10|18

12, avenue d'Italie — Paris XIIIe

Sur l'auteur

Magdalen Nabb est née en 1947 à Church, un village du Lancashire. Après des études d'art, elle enseigne la céramique. En 1975, elle visite Florence et, sous le charme de la ville, décide de s'y installer. C'est en 1981 qu'elle écrit son premier roman policier, *Le Gentleman florentin*, salué par Georges Simenon d'un retentissant bravissimo ! En 1982, *Le Gentleman florentin* est élu meilleur premier roman policier par la British Crimes Writer's Association. Depuis, Magdalen Nabb se consacre à plein temps à l'écriture. Elle a déjà publié onze titres de la série Guarnaccia. Magdalen Nabb a par ailleurs écrit une série de romans pour les enfants, avec pour héroïne récurrente une certaine Josie Smith, qui a connu un incroyable succès en Angleterre.

L'ARTISAN DU CRIME

PAR

MAGDALEN NABB

Traduit de l'anglais
par Jean-Noël CHATAIN

1018

INÉDIT

« Grands Détectives »
dirigé par Jean-Claude Zylberstein

Du même auteur
aux Éditions 10/18

Titre original :
The Marshal and the Murderer
(Publié pour la première fois en 1987
par William Collins Sons & Co Ltd., London.)

ISBN 2-264-03519-6

CHAPITRE PREMIER

— Eh bien, j'espère ne pas avoir abusé de votre temps...

Biondini, le conservateur de la galerie Palatine, clignait nerveusement des paupières derrière ses grosses lunettes, tandis que son regard vagabondait sur les gens gravissant le grand escalier de pierre du palais Pitti, comme si chacun d'entre eux était un voleur de tableaux en puissance.

— Non, non... lui assura l'adjudant Guarnaccia d'un air placide. À cette époque de l'année...

— En toute franchise, ce n'est pas la sécurité de cette exposition qui me donne la migraine, c'est de savoir si nous aurons le temps de tout accrocher d'ici l'ouverture. Le catalogue ne sera pas prêt, c'est déjà une certitude; quant au personnel disponible pour la période de Noël... ma foi, j'ai le temps de m'en préoccuper d'ici là... Excusez-moi encore, mes problèmes ne vous intéressent pas...

Ils avaient atteint le bas des marches, où les grandes lampes en fer étaient encore allumées dans la cour, bien qu'elles aient du mal à dissiper la nébulosité d'une matinée de novembre.

— Je vais vous laisser ici, adjudant.

Les deux hommes se serrèrent la main.

— Oh, j'ai failli oublier...

Biondini glissa une main fine dans sa poche de poitrine et en ressortit deux cartons d'invitation.

— Vous viendrez au vernissage ? Et amenez donc votre femme. À présent, je dois filer, j'ai quelqu'un qui m'attend pour ce catalogue. Merci encore...

Et le conservateur s'empressa de grimper l'escalier.

L'adjudant sortit par la grande arcade en pierre et promena quelques instants ses yeux sur les voitures garées dans l'avant-cour en pente. Il était sans doute le seul habitant de Florence à apprécier la grisaille de novembre, car elle lui permettait de sortir sans les lunettes noires qu'il portait presque en permanence pour se protéger contre son allergie au soleil.

Tout avait l'air tranquille et en ordre sur le parking. Plus bas, la circulation était régulière et seul un klaxon impatient ponctuait de temps à autre le ronronnement d'une cité vaquant à ses activités hivernales.

Satisfait, l'adjudant obliqua à droite et pénétra dans le poste des carabiniers qu'abritait une aile du palais.

L'escalier étroit menant au poste lui rappelait constamment qu'il était trop gros. Il le gravit avec lenteur, ouvrit la porte avec sa clé, puis traversa la salle d'attente déserte pour gagner son bureau. Il entendit crépiter une machine à écrire dans la salle de garde et une expression de fatigue s'inscrivit sur son visage, à l'idée que beaucoup de paperasse l'attendait lui aussi. C'était mardi et, bien qu'il ait toujours l'intention de se débarrasser de la pile de rapports arrivés le lundi, concernant les voitures volées et les menus cambriolages du week-end, il trouvait d'ordinaire mieux à faire, et les dossiers restaient en souffrance jusqu'au mardi.

Il alluma la lampe de bureau et s'assit lourdement, en fixant du regard le plan de Florence sur le mur d'en face. Il tendit ensuite la main sur la première fiche de la pile.

— Mon adjudant ?

Le brigadier Lorenzini avait passé la tête par la porte.

— Oh... vous êtes occupé. Je reviendrai plus tard si...

— Non, non ! Entre, fiston, entre. Il s'est passé quelque chose ?

— Rien, sauf une jeune femme qui vous a demandé il y a environ une demi-heure. Je suppose que vous étiez encore avec le Dr Biondini.

— Qu'est-ce qu'elle voulait ?

— Ben, c'est le problème, elle ne l'a pas dit. Elle voulait voir l'adjudant et, quand je lui ai dit que vous étiez sorti, elle a répondu qu'elle reviendrait plus tard. Je parie qu'elle ne vous connaît pas, de toute façon... c'est une étrangère. Je pense que votre absence lui a servi d'excuse pour changer d'avis ; vous savez comment sont les gens parfois : ils décident de porter plainte et dès qu'ils entrent ici...

— Je sais. Étrangère, dis-tu ? De quel pays ?

— Suisse, à ce qu'elle a dit, mais elle n'avait pas son passeport sur elle. En fait, c'est quand je le lui ai demandé qu'elle est devenue nerveuse et qu'elle est partie. Ma foi, c'est sans doute pas grand-chose, mais le fait est qu'elle m'a donné l'impression...

— Je t'écoute...

— Je ne sais pas trop, elle avait l'air sincèrement bouleversé par quelque chose et ça m'a frappé. Si c'est grave, je suppose qu'elle reviendra.

— Je le suppose aussi. Comment ça se passe à la maison ?

— Bien, on ne peut mieux.

Lorenzini et son épouse attendaient leur premier bébé d'ici peu, comme s'il s'agissait du premier enfant à venir au monde. Toujours sur la brèche, Lorenzini avait fait réviser sa petite Fiat à trois reprises, afin d'être prêt à filer à l'hôpital, la première fois alors que sa femme n'était que dans son cinquième mois.

— Si tu attends que les gars aient fini de manger, tu peux rentrer déjeuner chez toi, si tu veux.

— Merci, mon adjudant ! Avant, ça ne me disait rien, quand elle avait toujours la nausée et ne pouvait pas supporter les odeurs de cuisine, mais c'est passé maintenant... et j'aimerais voir si tout va bien, on ne sait jamais...

Il regarda son supérieur d'un air grave, comme s'il craignait quelque moquerie, mais l'adjudant lui renvoya le même regard solennel, avec ses gros yeux vides d'expression, et répondit :

— Évidemment. Mais tout se passera bien pour elle, c'est une jeune femme qui se porte comme un charme.

En vérité, il enviait Lorenzini. Lorsque ses deux garçons à lui étaient nés, il se trouvait ici à Florence et sa femme chez eux, à Syracuse, et il avait dû se contenter d'un coup de téléphone par semaine.

Il soupira tandis que la porte se refermait sur le brigadier. La pile de paperasses demeurait sur le bureau et elle n'allait pas disparaître comme par enchantement.

Les cloches sonnaient midi et un agréable fumet de sauce à la viande s'échappait de la salle des jeunes, lorsque l'adjudant se débarrassa enfin du dernier rapport, en marmonnant :

— Aucun verrou valable sur la porte, de l'argent dans toute la maison, et ils viennent pleurer dans mon giron comme si c'était ma faute...

L'odeur de cette sauce attisa son appétit. Il se rappela alors que sa femme faisait frire des croûtons dans une poêle quand il l'avait quittée le matin, ce qui signifiait qu'il y aurait sa *pasta alla mollica* préférée au déjeuner. Cette pensée, alliée à l'idée qu'il était venu à bout des dossiers, le ragaillardit, même s'il devait attendre encore une heure et demie avant que ses gamins ne traversent en courant la piazza à leur sortie de l'école. Il se leva et songea à aller voir le gars resté seul dans la salle de garde, tandis que son camarade était à l'étage en train de cuisiner. Mais il entendit des voix de l'autre côté de la porte et, lorsqu'il l'ouvrit, trouva Lorenzini en train d'examiner le passeport d'une jeune fille qui sursauta et regarda autour d'elle d'un air angoissé quand l'adjudant sortit de son bureau. Ce dernier s'avança et tendit la main pour qu'on lui remette le document, tout en dévisageant la visiteuse dont les traits semblaient un peu flous derrière les verres épais de ses lunettes. Elle devait être très myope.

— Vous êtes venue ce matin ? s'enquit-il en feuilletant le passeport.

— Oui, je m'inquiète sans doute pour rien, je ne sais pas si je devrais vous embêter avec ça...

— À quelle heure êtes-vous passée ?

— À quelle heure ? Je ne... je pense qu'il devait être dans les neuf heures.

— Neuf heures quinze, mon adjudant, intervint Lorenzini, qui avait vérifié depuis.

— Venez par ici, signorina... signorina Stauffer, dit Guarnaccia après avoir de nouveau regardé le document.

Il ouvrit la porte de son bureau et s'écarta pour la laisser passer.

— Eh bien, si vous croyez que...

— Asseyez-vous.

Il s'installa de l'autre côté de la table et l'observa quelques instants sans dire un mot. Ses cheveux châtain clair étaient coupés court et encadraient en douceur son visage, de telle sorte qu'il était impossible de savoir au juste à quoi elle ressemblait. Par-dessus le marché, elle arborait une veste noire dont elle avait relevé le col qu'elle tenait d'une main, laquelle se détachait de temps à autre pour rajuster les lunettes, avant de se cramponner de nouveau à l'encolure.

— Peut-être voudriez-vous ôter votre veste ? suggéra l'adjudant.

— Non, non. Merci. Je suis vraiment bien comme ça.

Mais il faisait très chaud dans le petit bureau.

Elle était non seulement très myope, se dit-il, mais d'une timidité maladive et fort agitée.

— Que vouliez-vous me dire ?

— Ce n'est pas de moi qu'il s'agit... c'est... c'est au sujet de quelqu'un...

— Et que lui est-il arrivé ? questionna l'adjudant, en se demandant si cette personne existait.

Tant de gens se présentaient avec d'interminables histoires concernant quelque ami imaginaire, et finissaient par : « Alors que pensez-vous que je... euh... qu'il doive faire ? »

— Il s'agit de votre petit ami, n'est-ce pas ?

— Non, non, d'une fille. Nous partageons un appartement.

La main glissa pour rajuster les lunettes, en couvrant le visage.

— Donc, vous partagez un appartement...

Allait-elle enfin en venir au fait ? Malgré tout, l'adjudant ne trahit aucune impatience mais resta assis à l'observer, ses grosses mains à plat sur le bureau. Cependant, comme elle ne poursuivait pas, il reprit :

— Où se trouve cet appartement, l'adresse ?

— Via della Caldaie... juste à côté de la Piazza Santo Spirito.

— Je sais où c'est. Quel numéro ?

— Au 9. Dernier étage.

— Vous avez le téléphone ?

— Oui.

Elle lui donna le numéro, qu'il nota sur le carnet près du combiné, juste au cas où.

— Depuis combien de temps vivez-vous là-bas ?

— Je... nous... depuis le 1er juillet, quand nous sommes arrivées de Suisse.

— Carte de séjour ?

— Je ne l'ai pas apportée, je ne savais pas que...

— Vous en avez une ?

— Oui. Monica aussi. Un permis de trois mois qui se termine en décembre.

Eh bien, ils progressaient. L'amie avait désormais un nom et n'était donc sans doute pas imaginaire.

— Et pour quel motif vous a-t-on accordé ces permis ?

— Les études. Nous sommes venues étudier ensemble ici à la Scuola Raffaello... c'étaient plutôt des vacances prolongées, mais nous avons décidé de rester encore plus longtemps.

— Vous vous plaisez ici, n'est-ce pas ?

— Beaucoup. Nous sommes toujours inscrites à l'école, bien que je ne verse plus de cotisation, je donne un coup de main au secrétariat.

— Est-ce le genre de travail que vous exerciez dans votre pays ?

— Non... non, nous sommes toutes les deux enseignantes, et c'est le métier que nous reprendrons, je pense, si...

La main rajusta encore les lunettes. L'adjudant n'aurait pu le jurer, mais il crut voir des larmes dans les yeux de la jeune fille.

— Écoutez, signorina... Je constate que vous êtes bouleversée, mais si vous ne me dites pas de quoi il retourne, je ne peux pas vous aider, si ?

— Vous ne le pouvez sans doute pas, de toute façon.

Guarnaccia réprima un soupir. Néanmoins, son interlocutrice s'exprima cette fois sans se faire prier.

— Je me suis dit que j'attendrais trois jours — je n'en ai parlé à personne à l'école —, mais ce matin, je me suis mise à paniquer. Elle s'en va parfois pour la journée, mais de là à découcher... elle n'a rien pris avec elle, vous voyez, c'est pourquoi j'étais...

— Votre amie a donc disparu ?

— Bien sûr, c'est pour cela que je me fais du souci.

— Bien sûr. Quand l'avez-vous vue pour la dernière fois ?

— Vendredi après-midi, vers les quatre heures.

— Elle a donc disparu depuis vendredi ?

— Non. Du moins je le suppose, mais j'étais absente. Nous sommes allés à Rome, vous voyez, tout un groupe de l'école. Nous sommes rentrés tôt le lundi matin. Je ne m'attendais pas à trouver Monica à l'appartement, car elle travaille le matin, mais comme elle n'est pas rentrée dans l'après-midi ni même hier soir pour dormir... pensez-vous vraiment qu'elle ait disparu depuis vendredi soir ?

— Par quel miracle pourrais-je le savoir, signorina... mais ne vous mettez pas dans cet état. Quel âge a votre amie Monica ?

— Vingt-cinq ans.

— Alors elle est assez grande pour veiller sur elle-même et partir en voyage toute seule si ça lui chante, non ?

— Elle n'a rien pris.

Le visage de la fille était rouge d'agacement. Elle avait beau être timide, elle n'en demeurait pas moins têtue et n'en démordait pas.

— Si vous en êtes certaine, vous devriez pouvoir me dire ce qu'elle portait.

— Un jean, un polo beige et un gros pull beige par-dessus, tricoté à la main, une longue veste matelassée, rouge, et des bottes en cuir qui lui arrivaient aux genoux, sa vieille paire. Elle ne serait pas allée n'importe où avec ces vêtements, ils étaient tachés.

— Tachés ? Quel genre de travail exerce-t-elle ?

— Elle travaille pour un artisan en céramique.

— Un instant.

L'adjudant prit une feuille de papier.

— Cette fille a un permis pour étudier ici et à présent, vous déclarez qu'elle travaille. Vous me dites qu'elle est enseignante et maintenant il semble qu'elle soit potière. Si nous reprenions depuis le début ?

N'avait-il pas entendu dire que les Suisses étaient froids et résolus ? À moins que ce ne soit les Allemands...

— Donc. Laissons de côté sa disparition pour le moment et concentrons-nous sur les faits. Quel est son nom de famille ?

— Heer. Monica Heeer. Attendez... j'ai apporté son passeport avec moi, au cas où...

— Bien. Un mètre soixante-cinq. Cheveux blonds. Métier ?

— Professeur d'arts plastiques.

— Ah. Et elle s'est inscrite à cette école... laquelle, déjà ?

— La Scuola Raffaello, Piazza della Repubblica.

— Pour y étudier ?

— L'italien. Pendant trois mois, nous y sommes allées à plein temps et nous avons étudié votre langue, ainsi que l'artisanat l'après-midi. Nous avons choisi la poterie, bien qu'on ait aussi le choix entre le travail du cuir et la sculpture sur bois. Quand nous avons fini le stage à plein temps, nous avons juste continué l'italien, et Monica...

— A trouvé un emploi chez cet artisan. Sans être assurée, je suppose. Non déclarée.

C'était peut-être la raison pour laquelle elle avait hésité à se présenter au poste ? Sa main agrippait de nouveau le col de la veste, une main carrée avec de petits ongles bien nets. Et très nerveuse.

— Ce n'était pas vraiment un travail... il lui apprenait le métier. Elle avait vraiment envie d'installer un atelier lorsque nous serions rentrées chez nous, plutôt que de reprendre l'enseignement.

Certes, elle n'était pas la seule étrangère à travailler illégalement. Ce n'était que trop facile, et une bonne affaire pour les employeurs qui voulaient éviter de prendre un apprenti et de payer les charges. L'adjudant décida de laisser cela de côté pour l'instant.

— Et vous ?

— Moi ?

La jeune fille évita son regard.

— Je n'ai pas le talent de Monica.

— Mais vous avez aussi suivi ce cours de poterie.

— Simplement parce que nous voulions être ensemble. Nous venions à peine d'arriver et...

— Et à présent, vous faites des travaux de secrétariat pour l'école... je suppose que ce n'est pas non plus un véritable emploi ?

— Non, en effet. Je donne un coup de main et mes cours d'italien sont gratuits.

— Humm...

Une idée traversa soudain l'esprit de Guarnaccia.

— Vous n'êtes arrivée qu'en juillet et vous avez commencé à étudier l'italien. Dans ce cas, votre aisance est remarquable.

Ce qui ne l'empêchait pas d'avoir un fort accent. Malgré tout...

— Nous parlions déjà italien. Chez nous, beaucoup d'élèves sont les enfants de travailleurs immigrés italiens. C'est ce qui nous a donné l'idée de venir ici, au début.

— Quelle langue parlez-vous dans votre pays ?

— L'allemand.

— Toutes les deux ?

— Oui. Nous sommes du même canton, Berne.

— Je vois.

L'adjudant réfléchit quelques instants. Les enfants disparus, c'était clair et net, on savait où l'on allait. Mais pour les adultes, c'était une autre paire de manches. Cela méritait une enquête ou peut-être pas. Cette fille était étrange, avec cette curieuse manie de se cacher derrière ses lunettes et son col de veste, mais elle paraissait assez sérieuse et tout aussi inquiète.

— L'endroit où elle travaille, vous savez où c'est ?

— Bien sûr. J'y suis allée avec elle quand elle a

décroché le boulot... quand elle s'y est rendue la première fois, je veux dire. Ce n'est pas vraiment dans les faïenceries, mais juste avant d'y arriver, sur la gauche de la route principale. Il n'y a pas grand-chose là-bas, sauf cet atelier, installé dans une maison de ferme, pas très loin d'une petite fabrique d'objets en terre cuite.

— À qui appartient cet atelier ?

— Il s'appelle Berti.

— Vous ne connaissez pas son prénom ?

— Non. Je ne connais pas non plus l'adresse exacte.

— Y a-t-il un téléphone, là-bas ?

— Non, sinon j'aurais appelé tout de suite, quand elle n'est pas rentrée lundi après-midi. En fait...

— Oui...

— Après être passée ici ce matin, j'ai décidé de me rendre là-bas.

— Vous y êtes allée ? Il y a un bon bout de chemin. Vous avez une voiture ?

— Non. J'ai pris le bus que Monica prenait toujours. Je n'étais pas sûre de l'arrêt et je l'ai manqué, alors j'ai dû revenir sur mes pas...

— Est-ce qu'elle était allée au travail ?

— Il a dit que non. Qu'il ne l'avait pas revue depuis qu'elle était partie vendredi, après le déjeuner.

— Elle restait manger sur place ?

— Il lui payait son repas au restaurant du bourg voisin. C'est sûr que ce n'était pas un vrai travail... je veux dire qu'il lui offrait son repas, ses frais de transport, et s'il vendait une pièce qu'elle avait réalisée, il...

— Inutile de rentrer dans ce genre de détails pour l'instant. S'il n'a pas vu votre amie depuis vendredi, vous ne pensez pas qu'elle est partie quelque part et qu'elle ne va pas tarder à rentrer ?

— Elle portait ses vêtements de travail, insista la jeune fille.

— Entendu.

Il sortit une carte d'un des tiroirs du bureau.

— Voici mon numéro de téléphone. Si votre amie revient, tenez-moi au courant.

Il se leva. La jeune fille ne bougea pas.

— Vous n'allez rien faire ?

— Je vais contacter mes collègues là-bas, pour qu'ils vérifient si quelqu'un l'a vue au travail hier, et je vais faire circuler sa description. En dehors de cela, je ne peux pas faire grand-chose, signorina.

Il lui ouvrit la porte. Elle passa devant lui, tête baissée, en murmurant « Merci » dans un souffle.

Plutôt navré pour cette drôle de créature obstinée, l'adjudant posa une main paternelle sur l'épaule de la visiteuse, tandis qu'ils s'approchaient de la porte extérieure.

— Ne vous faites pas trop de souci. Je suis certain qu'elle va réapparaître.

Mais loin d'apprécier le geste, elle tressaillit et se précipita dans l'escalier sans dire un mot.

De retour dans son bureau, Guarnaccia s'assit lourdement dans son fauteuil et réfléchit un peu avant de composer le numéro du central de Borgo Ognissanti, pour demander qu'on lui passe le capitaine Maestrangelo, son supérieur hiérarchique. Ce dernier prit note de la description de la jeune fille, mais observa :

— Elle a plus de dix-huit ans.

— Oui. Mais il semble qu'elle soit partie de chez elle en tenue de travail, sans prendre autre chose, alors...

— Je vois...

Le capitaine n'hésita pas longtemps ; au fil des années, il avait appris à assez bien connaître Guarnaccia pour se fier davantage à ses instincts qu'aux siens propres.

— Eh bien, si vous le jugez nécessaire, vous pourriez aller jeter un coup d'œil sur place, et en toucher deux mots à l'adjudant en poste.

— Pieri, c'est ça ?

— Pieri ? Non, il est mort, vous ne l'avez pas su ?
— Non...
— Une crise cardiaque, il y a environ un an. Il s'agit d'un nouveau, un brave type. Allez lui parler. Nul doute qu'il pourra vous dire quelque chose au sujet de ce céramiste pour lequel elle travaillait... il s'appelle comment, déjà ?

— Berti ! Et comment que je le connais. Quel numéro !
— Vous voulez dire qu'il a un casier ?
— Non, non !
Son collègue de la région des faïenceries braillait dans l'appareil avec une telle fougue que Guarnaccia dut tenir le combiné bien éloigné de son oreille. À en croire son accent, le nouvel adjudant était romain et sans conteste le plus jovial des personnages qu'il ait jamais rencontrés. Que trouvait-il de si drôle ?
— Un homme à femmes... et à son âge ! Mais certains d'entre eux n'abandonnent jamais. Il est bien connu dans le coin.
— Vraiment ? Ma foi, ça ne me dit rien qui vaille, parce que la raison de mon appel, c'est qu'il y a une jeune Suissesse qui travaillait là-bas, sans doute illégalement, et elle aurait disparu.
— Une blonde, plutôt jolie ?
— Exact. Vous la connaissez ?
— Bien sûr que je la connais ! Elle n'a pas choisi le meilleur employeur... non pas qu'il ait un fond méchant, mais malgré tout, je lui ai dit de rester sur ses gardes. Elle se juge capable de veiller sur elle-même, mais ces jeunes étrangères sont parfois un peu naïves. Jolie, en tout cas, très jolie !
— Comment l'avez-vous rencontrée, au juste ?
— Au restaurant. Tout le monde mange là-bas, y compris nous, car on n'a pas de cantine. Vous verrez si vous nous rendez visite... vous avez l'intention de venir par ici ?

— Je ne sais pas... c'est en dehors de mon secteur. D'un autre côté, la fille habite dans ce quartier, alors je me suis dit que je devrais regarder ça de plus près. Son amie, qui partage un appartement avec elle, a l'air de penser qu'elle a dû partir travailler lundi matin, puisque ses seuls vêtements manquants sont ceux qu'elle utilise au travail. Vous ne l'auriez pas vue hier, par hasard ?

— Non. Hier, non. J'étais au restaurant à ma table habituelle, mais elle n'est pas venue. Je me souviens d'en avoir fait la remarque, car elle y venait depuis quelques mois et je ne pense pas qu'elle ait souvent manqué. Elle n'y était pas aujourd'hui non plus.

— Alors je suppose qu'elle ne s'est pas rendue au travail du tout, à moins qu'il lui soit arrivé quelque chose en chemin... vous n'avez pas pu vous tromper, si ? C'est un grand restaurant ?

— Grand ? Oh ça, oui ! Comme je le disais, tout le monde y mange, mais je n'ai pas pu me tromper, car elle s'asseyait toujours à notre table. Tozzi, le patron, y tenait. Elle avait coutume de venir seule, vous comprenez, et l'établissement est rempli d'ouvriers... on n'y voit pas souvent une femme, hormis de temps en temps une acheteuse qui fait le tour des fabriques. Non, je dirais que je ne me trompe pas.

— Et ce Berti ? Si elle travaillait pour lui, est-ce qu'il ne déjeunait pas avec elle ?

— Pas lui ! Il doit rentrer chez lui à midi. Sa femme connaît l'oiseau, elle n'est pas folle. Il avait l'habitude de déposer la fille en voiture, puis de rentrer chez lui.

— Eh bien, on ne sait jamais, peut-être qu'il s'est débrouillé pour ôter son fil à la patte hier et l'a emmenée déjeuner quelque part.

— Il ne s'en tirerait pas à si bon compte dans un petit patelin comme le nôtre... remarquez, fallait voir comment il la lorgnait quand il croyait qu'elle ne faisait pas attention, cette vieille canaille !

L'adjudant médita un instant, puis ajouta :

— Je crois que je vais venir vous voir...

— J'en suis enchanté ! On sera là... on ne ferme jamais ! Fichu temps qu'on a en ce moment, et vous verrez que c'est dix fois pire par chez nous.

Mais il avait l'air aussi ravi que s'il s'extasiait sur le soleil éclatant !

— On vous attend pour quand ?

L'adjudant eut presque envie de se mettre en route sur-le-champ ; la journée avait été morne et il n'aurait pas détesté passer une heure en compagnie de cet homme qui semblait déborder d'entrain. Malgré tout, il répondit :

— Demain matin. Ce serait peut-être une bonne idée de venir avec le bus qu'elle prenait et de demander si quelqu'un l'a vue hier.

— Bonne idée, bonne idée ! Maintenant, ce que je peux faire pour vous, c'est d'aller faire un tour chez notre ami Berti et de voir ce qu'il a à dire en ce qui le concerne, de traîner un peu dans le coin, qu'en pensez-vous ?

— Merci, hésita l'adjudant, mais peut-être qu'il vaudrait mieux que vous ne parliez pas de...

L'autre partit d'un rire sonore :

— Ne vous en faites pas pour ça ! Je ne lui dirai rien... je suis une vraie tombe ! On parlera du mauvais temps et je jetterai un coup d'œil sur ces poteries... je peux même dire que je cherche quelque chose pour l'anniversaire de ma femme. Astucieux ! Sortir dans ce satané brouillard, c'est juste ce qu'il me faut ! À bientôt, alors. Bonne chance !

Après avoir raccroché, l'adjudant s'adossa à son grand fauteuil et émit un léger rot satisfait. Il avait encore trop mangé à déjeuner. Chaque jour il jurait de ne pas le faire, mais après toutes ses années de célibat forcé à grignoter un morceau de pain avec du fromage, le plaisir de retrouver son logement où l'attendait le réconfort des odeurs de cuisine et du bruit des enfants était tel qu'il ne pouvait résister et mangeait toujours avec plaisir. À présent, il éprouvait des picotements dans ses paupières lourdes et sentait sa figure toute rougeaude dans la petite pièce surchauffée. Pour un peu, il se serait assoupi sur place.

Ça n'allait pas. Il secoua la tête et écarquilla plusieurs fois les yeux. Ça n'allait pas du tout. Bon, de quoi devait-il s'occuper déjà... ?

Le bus ! Voilà ce qu'il devait savoir. Il composa le numéro inscrit sur le calepin du téléphone. Une seule sonnerie retentit avant qu'on ne décroche à l'autre bout du fil.

— Monica, c'est toi ?

— Signorina Stauffer ? Adjudant Guarnaccia à l'appareil.

— Oh...

Elle était à l'évidence déçue, mais elle ajouta, inquiète :

— Avez-vous découvert quelque chose ?

— C'est encore un peu tôt, signorina, mais demain je vais me rendre sur place, à l'endroit où votre amie Monica travaillait, et j'aimerais que vous me disiez à quelle heure elle prenait le bus au départ de Florence, afin que je puisse demander aux autres passagers s'ils l'ont vue hier, vous comprenez ?

— Oui. D'accord. Elle prenait celui de 8 h 25.

— Toujours ?

— Oui... Vous descendez au dernier arrêt avant la ville et vous verrez l'atelier juste au bord de la route, sur votre gauche. Pensez-vous qu'il lui soit arrivé quelque chose ?

— À ce stade, je n'ai aucune raison de le penser.

— Il s'est passé quelque chose, je le sens. Elle n'aurait jamais... Merci d'essayer de m'aider.

Il la plaignit à nouveau, mais avant qu'il ne puisse prononcer la moindre parole de réconfort, elle raccrocha brusquement. Quelle étrange créature... Il décida qu'il ferait mieux de boire une autre tasse de café. Malgré tout, il lui fallut encore une heure avant d'être complètement réveillé, et il se promit de moins manger le lendemain. Puis il se rappela qu'il finirait sans doute dans ce restaurant en compagnie de ce sympathique collègue et se demanda à quoi pourrait bien ressembler la cuisine là-bas.

« Viareggio et Forte dei Marmi, voie numéro 2. Viareggio et Forte dei Marmi... »

Sous l'éclairage au néon de la salle d'attente de la gare routière, tout paraissait plus sale encore. À l'extérieur, le crachin tombait dru et la ville s'enveloppait d'un voile de grisaille, même les pelouses trempées entourant le bâtiment en béton d'en face. L'adjudant était assis sur un banc inconfortable, cerné par l'odeur de vêtements humides, et, pour couronner le tout, la grosse femme à ses côtés ne faisait que secouer son parapluie, en projetant des gouttelettes d'eau qui coulaient sur le pantalon de l'uniforme de Guarnaccia. À un bout de la salle, le percolateur du bar ajoutait encore sa vapeur à l'humidité générale et à l'odeur âcre de fumée de cigarettes. Vêtu d'une combinaison tachée, un homme balayait les mégots et les emballages de biscuits sur le sol mouillé. Comment pouvait-on se rendre au bord de la mer en novembre, par une journée pareille ? Et pourtant, lorsqu'on annonça le bus pour Viareggio, deux ou trois personnes sortirent pour gagner les voies de départ, où les cars bleus attendaient. Peut-être vivaient-elles là-bas... à moins qu'elles n'y travaillent ou qu'elles n'aient quelqu'un à aller voir...

« Voie numéro 6, Lastra a Signa, Montelupo, Empoli, Fucecchio. Voie numéro 6... »

C'était celui-ci. Il était déjà huit heures vingt-cinq et le chauffeur trônait au volant, moteur allumé. L'adjudant laissa monter tout le monde, afin de pouvoir s'entretenir avec le conducteur sans bloquer le passage. La dernière à grimper fut la grosse dame qui se débrouilla pour donner un coup de parapluie à Guarnaccia, lorsqu'elle passa devant lui et se hissa sur le marche-pied.

— Faites comme chez vous, dit le chauffeur en mettant ses essuie-glaces en marche, dont chacun laissait des traînées d'eau sale de part et d'autre. Fichu temps, ce matin.

Le car n'était qu'à moitié plein. L'adjudant composta son billet dans la machine et se cala tant bien que mal sur un siège côté vitre, tandis que le bus cahotait sur une vaste artère menant hors de la ville. Dès qu'ils eurent quitté la circulation dense, le conducteur alluma la radio et la musique assourdissante d'une station locale noya le ronron des conversations qui avaient débuté dès qu'ils s'étaient mis en route. L'adjudant sortit le passeport suisse de sa poche et se contorsionna de nouveau pour quitter sa place.

Il s'adressa à tour de rôle à chaque voyageur, en se penchant sur eux pour montrer la photographie de la pièce d'identité. Il n'y avait que des femmes, à l'exception d'un homme d'un certain âge en imperméable miteux, coiffé d'un béret crasseux. Comme Guarnaccia l'avait deviné à la façon dont tout le monde s'était mis à bavarder, même d'un siège éloigné à l'autre, la plupart étaient des habitués et avaient vu la jeune fille. Malheureusement, personne n'était d'accord sur sa présence dans le car lundi.

— C'est pas la peine de me demander, dit la femme au parapluie d'un ton suffisant, je ne le prends que les mercredi et vendredi pour voir ma sœur à l'hôpital.

Quelqu'un ricana.

— Qu'y a-t-il de si drôle ? C'est dégoûtant, oui, de rire du malheur des autres !

Et elle se tourna vers la vitre, qu'elle frotta un peu

de son gant brun en laine pour effacer la buée et fixa la pluie, les lèvres pincées.

Une personne poussa doucement l'adjudant dans le dos et il se retourna. C'était l'homme au béret taché.

— Ce qu'elle veut dire, murmura-t-il, de sorte que Guarnaccia dut se pencher à cause du vacarme de la radio, c'est qu'elle va voir sa sœur à l'asile.

Il s'interrompit en gloussant.

— Et c'est pas la seule dans ce bus... J'y vais moi-même, si vous voulez le savoir, pour rendre visite à mon fils qui n'a jamais été bien dans sa tête. Avec sa mère disparue, voyez-vous, il n'y a jamais eu quelqu'un pour s'occuper de lui, et il s'est attiré des ennuis — ma foi, c'est mieux que la prison —, mais cette grande dame est la seule à l'appeler un hôpital. Vous pouvez me croire, sa sœur est folle à lier et, à mon humble avis, elle-même ne vaut guère mieux.

L'adjudant regarda autour de lui, ses yeux plus globuleux que jamais.

— Vous voulez dire que tous ces gens... ?

— Oh, pas tous, mais une bonne partie. Et tous ne l'admettront pas, vous pouvez me croire.

— Et vous ?

— Je vous l'ai dit, mon fils...

— Non, je veux parler de la photo. Vous la reconnaissez ?

— Je la reconnais sans problème. Joli brin de fille, pas vrai ? Qu'est-ce qui lui est arrivé ?

— Je n'en sais rien. L'avez-vous vue lundi ?

— Je n'étais pas dans le bus lundi. Je le prends le mercredi et le vendredi, comme Sa Majesté là-bas. Pourquoi ne pas demander au chauffeur ?

Les gens ayant pris le car lundi continuaient à ergoter haut et fort.

— Elle était assise juste devant moi !

— Non, vous vous trompez. Elle était dans le car, mais placée à l'avant.

L'adjudant se fraya un chemin dans l'allée étroite et fit signe au conducteur de baisser la radio.

— J'aimerais vous parler quand vous vous arrêterez.

— Pas de problème.

Ils étaient déjà loin de Florence et suivaient le fleuve et la ligne de chemin de fer en direction de Pise, traversant une série de petites villes qui semblaient déprimantes sous la pluie. Au centre de l'une d'elles, le car s'arrêta et le chauffeur leva la tête.

— Que puis-je faire pour vous ?

— J'essaye de retrouver cette fille. Savez-vous si elle était dans le bus lundi matin ?

— Oui, elle y était.

— Vous pouvez le certifier ?

C'était à présent trop beau pour être vrai.

— Vous l'avez vue lundi matin ?

— Exact.

— Ça ne pourrait pas être vendredi dernier ?

— Non. La semaine dernière, je faisais les après-midi. Elle prenait le car tous les matins, depuis un certain temps déjà. Et lundi, elle a fait comme d'habitude, elle s'est levée trop tard pour descendre à son arrêt... il n'y a rien sur cette route avant d'arriver à un grand virage, et l'arrêt se trouve là. Elle le ratait tout le temps et je la laissais souvent descendre bien après l'arrêt, alors que je n'aurais pas dû. Sinon, elle aurait dû descendre en ville et rebrousser chemin. Ça fait une trotte et c'est une route dangereuse, sans bas-côté.

— Je vois. Merci. Dans ce cas, vous feriez mieux de me prévenir quand on arrivera à son arrêt, ou je vais aussi le louper.

— Comptez sur moi.

Il monta de nouveau le son de la radio et l'adjudant alla se rasseoir en vacillant. Sous la chaleur des radiateurs du bus, son pantalon humide commençait à lui échauffer et lui irriter la peau. À l'instar des autres passagers, il effaça une grande partie de la buée de sa vitre. Les petites villes avaient disparu au loin et ils traversaient désormais des champs humides et des vergers fantomatiques. Comme la pluie et le brouillard épaississaient à vue d'œil, peut-être que son joyeux collègue ne plaisantait pas en disant que le temps se révélait dix fois pire par chez lui. Sans doute était-ce la proximité du fleuve. Sur la droite, la voie ferrée était à présent cachée par un grand mur noir ruisselant et l'on apercevait seulement les câbles électriques en hauteur. Le bus prit de la vitesse, tandis que de gros camions en provenance des villes industrielles situées plus loin avaient allumé leurs phares et surgissaient du néant en leur fonçant dessus. Le conducteur avait raison, c'était une route dangereuse, qui avait dû connaître son lot d'accidents fatals.

Le car négocia un grand virage et ralentit pour s'arrêter, apparemment au milieu de nulle part.

— Vous y voilà, chef !

L'adjudant descendit.

— Merci.

— À votre service.

Alors que le bus s'éloignait, Guarnaccia dut presque s'aplatir contre le mur humide, puis fut contraint d'y rester un certain temps, comme les camions et quelques voitures passaient en trombe dans les deux sens. Il entrevit un petit bâtiment ramassé de l'autre côté de la route, sur un bout de terrain jonché de détritus et de sacs en plastique, juste assez grand pour contenir le véhicule bleu ciel qui y était garé. Le temps de traverser, sa casquette et son manteau étaient trempés. Comme l'avait déclaré la jeune fille, il s'agissait à l'évidence d'une masure ordinaire ayant jadis abrité des paysans et elle devait sans doute se dresser dans un lieu quasi désert, jusqu'à ce qu'on construise la route pour desservir les nouvelles usines. La fenêtre de gauche plutôt grande, recouverte de papier kraft déchiré, devait être celle de l'atelier de l'artisan. On distinguait de la lumière à travers les déchirures. À droite, derrière le rideau en lambeaux d'une minuscule fenêtre à barreaux, un visage de femme apparut un instant puis se volatilisa. Par curiosité, il s'en approcha et scruta la pénombre. Au début, il ne put discerner grand-chose, mais perçut le caquetage étouffé des poules et un vague bruissement. Un tout petit chat noir sauta sur le rebord intérieur de la fenêtre et se frotta sur les barreaux humides. Il n'y avait pas de carreau, juste le morceau de rideau déchiqueté qui pendait de guingois. L'odeur des excréments animaux était presque écœurante. Au bout d'un moment, il parvint à entrevoir les yeux minuscules des volailles, qui passaient en grattant et en picorant pour l'observer, au cas où il leur aurait apporté lui aussi de la nourriture. Le bruissement devait provenir de l'intérieur d'un tonneau à vin. Une paire de longues oreilles dépassaient de temps à autre du bord, et l'adjudant en déduisit qu'il s'agissait d'un lièvre qu'on engraissait.

— Il n'y a rien d'intéressant là-dedans.

Guarnaccia tourna les talons. L'artisan se tenait sur son perron et l'observait, un petit pinceau à la main.

— Je suis curieux de nature.

L'adjudant le regarda de haut en bas, un peu surpris de le voir porter un costume en laine grise élimé et assez poussiéreux. Peut-être que l'individu avait ôté son tablier en voyant quelqu'un approcher. Guarnaccia était sûr que l'autre gardait un œil sur les allées et venues sur la route, à travers les déchirures du papier.

— C'est vous que je suis venu voir. Vous vous appelez Berti ?

— Exact. Voulez-vous entrer, au lieu de rester sous la pluie ?

— Ça ne me déplairait pas.

Il suivit l'homme, beaucoup plus petit que lui et assez décharné, dans l'atelier.

— Je dois vous déranger...

Berti haussa les épaules.

— Les gens viennent tout le temps.

Un poêle à mazout grésillait dans la pièce oblongue et plus vaste que l'adjudant ne l'aurait cru. Des assiettes en majolique occupaient chaque pan de mur et l'endroit regorgeait de poteries de toutes sortes, dont certaines sur des étagères branlantes et des tables de fortune, sans compter toutes celles qui jonchaient le sol de pierre, si bien que Guarnaccia osait à peine remuer, de peur de casser quelque chose.

— Je vais vous chercher un siège, dit Berti.

Et il se faufila avec aisance jusqu'au bout de la pièce, où il ôta une pile de plats posés sur une chaise pleine de poussière, qu'il ramena avec lui, sans déplacer le moindre coquetier de tout ce fatras.

— Merci.

— Ne vous asseyez pas tout de suite...

Il épousseta le siège avec un bout de chiffon.

— C'est tout ce que je peux vous offrir, mais vous verrez que ça fera l'affaire.

Berti s'assit alors à ce qui devait être sa place habituelle près de la fenêtre. Sur une petite table voisine, on apercevait des pinceaux de formes et de dimensions variées, ainsi qu'une multitude de pots de peinture, et d'autres encore posés à même le sol. L'adjudant, qui aurait aussitôt écrasé ou renversé le tout, était fasciné par la délicatesse de l'individu, qui semblait naturelle. Lorsqu'il se trouvait en un nouveau lieu, Guarnaccia avait l'habitude d'en faire le tour pour trouver ses repères, à l'instar d'un chien qui renifle les coins et recoins d'une nouvelle maison, mais ici, il décida qu'il ferait mieux de rester tranquille, sous peine de devoir payer les pots cassés, littéralement parlant.

— Ne voulez-vous pas faire une petite visite ?

Berti avait peut-être lu dans ses pensées, bien qu'il ne levât pas le nez de son ouvrage.

— Je suis bien ici. Continuez votre travail, si vous voulez.

En fait, l'artisan s'était déjà emparé d'une assiette blanche, pour la poser ensuite sur un petit tour placé devant lui.

— Vous ne voulez pas acheter quelque chose, alors ?

— Non, mais j'aimerais vous observer une minute, si vous n'y voyez pas d'inconvénient.

Berti haussa les épaules, comme s'il s'en moquait. Il lança le tour et ajusta l'assiette au millimètre près, afin de bien la centrer. Puis il prit un pinceau trempé dans l'un des pots à son coude et un parfait liseré noir apparut sur le pourtour de l'objet.

L'adjudant, qui aurait aimé apprendre une activité manuelle mais avait toujours fait preuve de maladresse, le contemplait en silence.

— Vous n'êtes pas de la région ? remarqua Berti, en changeant de pinceau pour tracer une autre ligne, aussi fine qu'un cheveu, à côté de la première.

— Non.

— Un ami de Niccolini ?

— Niccolini ?

— L'adjudant, en bas de la route.

— Ah...

Il n'avait pas songé à demander à son joyeux collègue comment il s'appelait.

— On pourrait dire ça.

— Il était ici hier, il cherchait quelque chose pour sa femme.

Guarnaccia ne répondit pas, mais jeta malgré lui un regard sur la fenêtre recouverte de papier, ce qui signifiait qu'il s'agissait d'un atelier sans autorisation de vendre directement au public.

— Eh oui, c'est l'Italie, adjudant, c'est l'Italie...

L'artisan s'interrompit dans sa tâche pour fixer son visiteur d'un œil de fouine, plutôt humide, et l'adjudant se souvint de son collègue le décrivant comme une vieille canaille. C'était à n'en pas douter une créature peu ragoûtante, qui évoquait une araignée, mais il avait fort bien pu être séduisant dans sa jeunesse. Ses traits flétris étaient réguliers et sa tignasse grise était si drue et ondulée qu'elle semblait le déséquilibrer. Il se tourna et choisit un autre pinceau, dont il affina la pointe entre ses doigts.

— Niccolini n'a rien acheté...

Il trempa la brosse dans un liquide jaune pâle et fit une série de traits au hasard — du moins aux yeux de Guarnaccia — sur la surface blanche de l'assiette.

— Et vous ne voulez rien acheter non plus. Allez-vous enfin me dire de quoi il retourne ? Je suis curieux, très curieux.

L'adjudant s'éclaircit la voix et posa ses mains à plat sur ses genoux, avant de se rendre compte qu'elles laissaient des traces de poussière blanche. Il tenta de les brosser, mais ne fit que les étaler.

— Ça peut être important ou non, répondit-il lentement, et sans doute qu'on va découvrir que ce n'est rien du tout. Je crois qu'une jeune femme vient ici tous les matins, une jeune Suissesse...

Les petits yeux humides lui décochèrent un regard, mais Guarnaccia, tout en le sentant, l'évita. Il fixait ces coups de pinceau incompréhensibles.

— Et alors ?

— Elle n'est pas là aujourd'hui ?

— Non.

— Elle était là hier ?

— Elle est libre d'aller et venir à sa guise. Elle ne travaille pas pour moi. J'ai dit ça à sa petite copine qui est venue ici et qui la cherchait... Je suppose que c'est elle qui est allée vous chercher ?

— Est-ce qu'elle était ici ?

— La petite copine ?
— Monica Heer.
— Hier, non.
— Lundi ?
— Lundi...
— Alors ?
— J'essaye de réfléchir.

Le pinceau resta en suspens, immobile, mais une seconde à peine. Quoi qu'il pût se passer dans la tête de cet homme, cela n'affectait pas ses mains, lesquelles évoluaient dans leur espace et leur temps propres... le savoir-faire de toute une vie. La brosse s'attaquait rapidement à l'assiette par petites touches fines de jaune plus foncé, qui donnaient forme aux mystérieuses marques plus claires, si bien que, comme par magie, elles se muaient en une multitude d'images : dragons grimaçants et torses humains grotesques, dotés de queues bestiales cinglant l'air.

Berti tourna la tête et sourit à belles dents.

— Raphaël, dit-il. Vous connaissez ces grotesques ?
— Je crois que j'ai déjà vu quelque chose qui y ressemblait...
— Les fresques du Palazzo Vecchio.
— Ça doit être ça, je suppose.

Les doigts fins saisirent une nouvelle brosse et tracèrent avec délicatesse les contours noirs des silhouettes, ajoutant de minuscules yeux flamboyants et de petites écailles.

— Elle n'était pas ici lundi, Monica. Jolie fille. Talentueuse aussi. Voilà ce qu'elle a fait.

Il désigna un groupe d'assiettes suspendues au mur près de la porte. Les couleurs étaient plus restreintes et les motifs plus abstraits que les pièces alentour. L'adjudant remarqua un miroir poussiéreux et brisé, posé sur une étagère voisine.

— Elle a ses propres idées, différentes des nôtres.
— Vous lui apprenez le métier ?

— La technique. Ses dessins sont assez beaux, mais il faut des années de pratique avant que la main soit assez légère pour ce genre d'ouvrage. C'est vraiment un travail de spécialiste, mais elle voulait tout savoir sur la poterie, c'est pourquoi...

— C'est pourquoi ?

— C'est pourquoi, si elle n'était pas ici lundi, c'est qu'elle est sûrement allée chez Moretti.

— Et qui est Moretti ?

— Il possède la fabrique d'objets en terre cuite, à quelques mètres d'ici, de l'autre côté du virage.

— Pourquoi serait-elle allée là-bas ?

— Ils cuisent demain.

— Et elle voulait apprendre ça ?

— Non, non.

L'assiette était terminée et Berti se leva et la plaça sur une pile, à côté de la porte, en glissant un bout de papier au-dessous pour qu'elle ne touche pas la précédente. Puis il s'essuya les mains sur un torchon sale.

— Je vois que vous ne connaissez pas grand-chose sur le métier. Je vais vous expliquer. À une certaine époque, j'avais l'habitude de tout faire ici : tourner, décorer, cuire, mais j'ai abandonné voilà un an ou deux. Je ne suis plus tout jeune et ça me coûtait trop en temps et en argent pour que ça reste lucratif. Ce n'est pas comme si j'avais un fils pour reprendre l'affaire... Enfin, j'ai vendu mon tour et mon four et, maintenant, j'achète ces assiettes en biscuit — déjà cuites une fois — à une usine et je les décore. Moretti les cuit ensuite pour moi. C'est plus facile et plus rentable, vous me suivez ?

— Je vous suis.

— Eh bien, comme je le disais, la jeune Suissesse souhaitait apprendre toutes les étapes du métier, installer son propre atelier. Je ne pouvais lui enseigner que la majolique, et c'est pour cette raison qu'une fois ou deux elle est allée faire un tour chez Moretti, ne serait-ce que pour garder la main sur le tour.

— Vous disiez à l'instant qu'il cuisait...

— C'est juste. C'est pourquoi... Je dois y aller maintenant, si vous voulez en savoir plus. Vous pourriez lui demander si elle était là-bas. Je ne l'ai pas vue depuis vendredi.

— Je vais le faire.

À travers une déchirure du papier couvrant la fenêtre, l'adjudant observait au-dehors l'arrêt de bus contre le mur noir ruisselant.

— Si cette fabrique de Moretti se trouve juste dans le virage, j'imagine qu'elle a dû descendre du car ici, comme d'habitude. On m'a dit qu'il n'y avait pas d'autre arrêt avant la ville.

Les petits yeux vifs de Berti suivirent le regard de Guarnaccia et comprirent.

— Je ne viens pas toujours ici aussi tôt. Vous ne m'auriez pas trouvé à cette heure-ci aujourd'hui si je n'avais pas dû emporter ces pièces chez Moretti.

— La fille venait toujours par le bus que j'ai pris. Est-ce qu'elle avait une clé pour entrer ?

— Jamais de la vie.

— Alors que faisait-elle si vous n'étiez pas arrivé ?

— Elle attendait.

L'adjudant regarda une nouvelle fois par la fenêtre la circulation ininterrompue sous la bruine. Berti avait-il remarqué qu'ils s'étaient mis à parler de la jeune fille au passé ? Il se penchait, à présent, et époussetait ses chaussures avec le même chiffon. Tous ses mouvements étaient lents, précis et continus. Ainsi accroupi, il évoquait plus que jamais une araignée.

— Si vous voulez bien m'accorder une minute, le temps d'ouvrir la voiture.

— Mais si l'usine se trouve dans le tournant...

Sans dire un mot, l'artisan désigna la pile d'assiettes et sortit. Il recula le véhicule vers la porte et ouvrit le coffre. Lorsqu'il revint, Guarnaccia lui demanda :

— Vous voulez un coup de main ?

Berti lui décocha un sourire narquois :

— Je ne pense pas que ce soit dans vos cordes.

Berti souleva les assiettes, et l'adjudant se rendit alors compte que la surface sur laquelle étaient peints les motifs se composait d'une épaisse couche de poudre blanche, dont les coups de pinceau n'avaient pas déplacé un seul grain.

— Du vernis brut. Il faut de l'expérience pour le manier.

Une fois les poteries emballées et Guarnaccia installé sur le siège passager, Berti ferma son atelier à clé. Dans le rétroviseur, l'adjudant le vit s'arrêter dans l'embrasure, les yeux fixés sur le mur, puis sortir un peigne de sa poche pour le passer avec soin dans ses épais cheveux poivre et sel.

CHAPITRE II

Ils roulèrent une vingtaine de mètres sous la pluie. Berti conduisait très lentement, avec une précaution qui semblait exagérée, en jetant sans cesse des coups d'œil dans le rétroviseur. Nul doute, songea l'adjudant, qu'il avait peur de casser les assiettes en cas de freinage brusque.

— Voilà où habite Moretti.

C'était sur la gauche, comme l'atelier de Berti, ainsi qu'il l'avait dit, juste dans le tournant.

— Va falloir que je fasse demi-tour ici.

Il s'engagea sur une aire de stationnement devant le portail d'une énorme maison ancienne qui se dressait en retrait de la route, presque en face de la fabrique, sa façade en stuc tachée de jaune sombre sous la pluie.

— Robiglio, ricana-t-il, et sa villa aux sept cabinets.

Et il jeta un coup d'œil sur l'adjudant, tout en passant la première. Comme l'autre ne pipait mot mais observait le silence en écarquillant les yeux, il leva la main et frotta le pouce et l'index en ajoutant :

— Un millionnaire.

Lorsque la circulation se calma suffisamment, il déboîta avec prudence et tourna pour se garer devant l'usine délabrée de Moretti, laquelle disposait d'une haute terrasse donnant sur la route, avec des marches pour y accéder de chaque côté. Là-haut, un grand gaillard robuste, coiffé d'un bonnet de laine et les épaules couvertes d'une toile d'emballage, était en train de déplacer des sacs en plastique, pleins à craquer.

Berti sortit du véhicule et l'interpella :

— Moretti est là ?

L'individu pointa son doigt sur la gauche et reprit sa manutention. L'adjudant descendit de la voiture et tous deux gravirent les marches en pierre mouillées.

— Dans son bureau, précisa Berti, en ouvrant la porte de ce qui n'évoquait guère plus qu'une cahute, séparée du reste du bâtiment.

Moretti se trouvait bien là, debout près d'une table à tréteaux, jonchée de bons de commande et de factures. Il se retourna et s'apprêtait à saluer Berti, lorsqu'il aperçut Guarnaccia et resta muet.

— J'ai amené mon stock... annonça Berti.

Et, avec un regard sournois en direction de l'adjudant, il ajouta :

— ... et quelqu'un qui veut vous parler.

— Que puis-je pour vous ?

Moretti était un petit rouquin au corps noueux. Il regarda l'adjudant droit dans les yeux.

— Juste quelques renseignements. C'est votre fabrique ?

— Elle appartient à mon frère et à moi.

— J'essaye de retrouver une jeune Suissesse, Monica Heer. Je crois savoir qu'elle venait parfois ici.

— Et alors ? Elle ne travaillait pas pour moi, répliqua Moretti en décochant un regard accusateur à Berti.

— Ce n'est pas ce que j'ai voulu dire et, du reste, je me fiche de savoir pour qui elle travaillait. J'essaye de la retrouver, c'est tout.

— Que voulez-vous dire par « la retrouver » ? Pourquoi donc ? Si elle a des problèmes avec vos services, ça ne me regarde pas.

Il ne se montrait pas hostile, seulement revêche, mais il y avait quelque chose d'agressif, voire de rebelle, dans la manière dont il continuait à soutenir le regard de Guarnaccia.

— Il semble qu'elle ait disparu, intervint Berti en se frottant lentement les mains, tandis que ses petits yeux furetaient ici et là dans le bureau en désordre. On ne l'a pas vue depuis vendredi.

— Eh bien, elle n'est pas ici. Vous feriez mieux d'apporter vos marchandises là-haut, ils ont déjà chargé plus de la moitié du four.

Moretti s'empara d'une paire de lunettes de lecture poussiéreuses et les chaussa sur le bout du nez, comme s'il ne les gardait jamais longtemps. Il sortit ensuite une facture bleue de la pile, comme pour indiquer que, pour sa part, leur conversation était terminée. Voyant que l'adjudant ne suivait pas Berti qui s'en allait, il releva la tête et dit :

— S'il y a autre chose... Je dois préparer tous ces bordereaux pour demain. Vous m'excuserez, mais ces jours-ci, nous sommes très pris.

— Pas de problème, répondit Guarnaccia d'une voix neutre, il n'y a rien d'autre... Sauf que j'étais en train de me demander si elle était venue ici lundi matin...

— Lundi matin... ? Je suppose qu'elle a pu le faire, puisque nous étions prêts à cuire.

— Elle aurait pu, dites-vous ? Vous l'auriez sans doute vue ?

— Pas nécessairement. Je ne suis resté qu'une demi-heure pour discuter avec des acheteurs. Je leur ai montré deux ou trois autres fabriques, puis je les ai amenés au restaurant, en ville. Nous étions dans ce bureau, donc pour ce que j'en sais, elle pouvait se trouver dans les ateliers, sur un tour.

— Quelqu'un l'aurait vue.

— J'en doute, pas le lundi. Il faut savoir que lorsque nous allons cuire et que les dernières pièces sont en train de sécher, nous prenons en général un long week-end. Tous mes ouvriers sont aux pièces, sauf l'apprenti, et ils travaillent sans relâche quand il y a de grosses commandes, puis prennent un peu de repos quand nous mettons au four. C'est à ce moment-là que la jeune fille avait l'habitude de venir, pour utiliser un tour, quand les potiers étaient en congé. Une fois que tout est sec et que nous sommes prêts à charger le four, tout le monde y met du sien et donne un coup de main. C'est une petite fabrique, dirigée de père en fils. Lundi, il n'y avait rien à faire et l'endroit était désert.

— Vous voulez dire que la jeune fille aurait pu entrer sans problème ? Vous ne fermez pas à clé ?

— À clé ? Non, jamais, c'est inutile...

Moretti se passa la main dans ses cheveux roux hirsutes, d'un air hésitant, un peu embarrassé par ce qu'il venait de dire, et en cherchant comment justifier ses propos.

— Dans un endroit comme celui-ci, il n'y a rien à voler... Je ferme en effet ce bureau avec une espèce de cadenas, mais je ne sais pas pourquoi je prends cette peine, vu qu'il n'y a pas d'argent.

— Je vois. Eh bien, je vais vous laisser continuer, alors...

L'adjudant décida qu'il ferait mieux de se renseigner auprès de son jovial collègue du poste de carabiniers en ville, avant de s'engager davantage. Il aimait toujours tâter le terrain seul, sans idées préconçues, mais ces gens-là paraissaient vivre dans un monde bien à eux, dont le fonctionnement lui échappait. Quand bien même, lorsqu'il repéra Berti en train de porter ses dernières assiettes dans l'usine, il lui emboîta le pas, un peu dans l'espoir qu'un ouvrier se serait trouvé là lundi, malgré ce qu'avait affirmé Moretti, et aussi parce qu'il commençait à avoir la certitude qu'il était arrivé quelque chose à la jeune Suissesse qui, à en croire ce qu'on lui avait dit, était descendue du bus en face de l'atelier de Berti et s'était volatilisée depuis.

Lorsque Guarnaccia pénétra dans le bâtiment sombre, Berti avait disparu et il n'y avait personne d'autre en vue. L'endroit évoquait une sorte de labyrinthe. Impossible de comprendre comment on l'avait construit. Il y avait tant de couloirs biscornus, d'escaliers branlants en bois, de pièces en enfilade, qui vous ramenaient sur vos pas. Il commença à croire que la jeune fille avait très bien pu se trouver ici, sans que personne le sache. Après avoir erré pendant un moment, sans croiser âme qui vive ou entendre autre chose que le bruit de ses propres pas, il se retrouva dans une longue salle haute qui semblait presque vide, de sorte qu'on ne pouvait deviner ce qu'on y faisait d'ordinaire, si toutefois on y faisait quelque chose. Des fenêtres s'alignaient le long d'un des murs, toutes sales et une ou deux brisées, si bien qu'elles laissaient entrer la pluie. Dans un coin, il aperçut une vieille baignoire, remplie de morceaux d'argile recouverts d'eau, et, non loin de là, une caisse contenant des rouleaux de fil métallique épais. Puis un vaste espace inoccupé et, au bout de la salle, un ensemble de grandes formes blanches. L'adjudant s'en approcha, curieux, mais il n'en sut pas davantage une fois tout près. D'énormes coquilles de plâtre, rugueuses à l'extérieur et lisses à l'intérieur. Il en effleura une d'une main hésitante. C'était humide et très froid. Il entendit ensuite des voix étouffées juste au-dessous de lui et descendit l'escalier le plus proche. À l'étage inférieur il n'y avait personne et il fut obligé de traverser encore trois ou quatre autres pièces, avant de trouver son chemin pour descendre encore plus bas, tout en s'égarant et en perdant la trace de l'endroit d'où provenaient les voix. Il finit par les percevoir à nouveau et pénétra dans une salle presque aussi vaste que celle qui se trouvait deux étages plus haut. Mais celle-ci était remplie et animée. En son centre trônait un gigantesque four céramique, avec des tas de briques effritées et une espèce de ciment rouge désagrégé autour de sa gueule béante. Ailleurs s'empilaient des rangées de grosses jarres ventrues, dont la plupart étaient presque aussi grandes que les deux hommes qui les soulevaient une à une pour les apporter à l'entrée du four. L'un des deux ouvriers leva la tête sans interrompre ses mouvements.

— Si vous cherchez le patron, il est dans son bureau.

— Non, répondit Guarnaccia en reculant pour ne pas bloquer le passage. Je cherchais le signor Berti.

L'individu désigna le four d'un hochement de tête. L'adjudant attendit qu'ils aient déposé leur fardeau, puis s'approcha et scruta l'obscurité. Un jeune gars était accroupi à l'entrée, en train de trier des piles de tubes couleur biscuit et de fixer leurs couvercles crénelés. Derrière lui, Berti faisait passer ses assiettes vers une autre cavité, d'où s'échappaient des voix indistinctes.

— C'est tout ?

— Encore deux.

— C'est plein !

— Je vais te passer une étagère.

— Ça va pas plaire au patron...

— Il n'en saura rien.

— Il le saura, s'il voit ne serait-ce qu'une tache de vernis sur sa marchandise...

Ignorant les récriminations, Berti s'avança vers le jeune homme accroupi.

— Donne-moi quatre supports et une tablette...

Il vit alors la silhouette sombre de l'adjudant qui occultait la lumière à l'entrée du four, aussi ronde et lourde que les jarres empilées autour de lui.

— Vous allez vous salir, ici. Je serai dehors dans une minute.

En effet, Guarnaccia jeta un coup d'œil sur son manteau noir et y découvrit de grosses traces de poussière rouge fer. Toutefois, il ne bougea pas. Il se sentait mal à l'aise et, plutôt que de poser des questions, observait tout de ses gros yeux égarés. Quoi qu'il en soit, l'adjudant était convaincu que si quiconque ici avait quelque chose à cacher, ces gens-là se serreraient les coudes, tels les membres d'une famille. On pouvait le deviner à leur manière de travailler, ou plutôt de continuer à travailler. D'ordinaire, lorsqu'un carabinier en uniforme se présentait quelque part à l'improviste, aussi insignifiante que soit la visite, toute activité en cours s'interrompait, ne serait-ce que par curiosité, mais ici sa présence ne produisait aucun effet. Il n'était pas des leurs et n'avait donc aucune importance. En dernier lieu, il se borna à demander aux deux individus qui alignaient les grandes jarres près du four :

— Vous êtes combien d'employés ici ?

— Y compris le patron ?

— Si vous voulez.

— On est huit, alors. Celle-ci a une légère fêlure sur le bord.

Il avait déjà tourné la tête pour se concentrer sur le travail en cours.

— Non... celle de derrière... c'est ça. Ponce-la un peu, tu veux bien, et espérons que ça ne s'ouvrira pas, une fois au four.

Il se retourna vers Guarnaccia, mais uniquement pour lui dire :

— Je vais devoir vous demander de vous pousser, ça ne vous dérange pas ?

— Non, non...

L'adjudant recula avec la plus grande précaution et fut ravi de voir Berti émerger du four à petits pas lents, comme une araignée.

— Alors, avez-vous découvert si elle est venue ici ?

— Non.

Berti saisit un bout de chiffon sur un appui de fenêtre poussiéreux et s'essuya les mains. Une planchette en bois était posée sur le rebord, avec quatre ou cinq figurines modelées en argile rouge. L'une d'entre elles représentait une tête grossièrement façonnée, avec des cheveux hérissés et de grandes oreilles, la bouche ne formant qu'un trou béant. Berti s'en empara et ricana :

— On dirait Moretti.

Il la remit en place avec le même soin qu'il portait à ses propres pièces.

Peut-être que celle-ci était l'œuvre de l'apprenti. Guarnaccia n'aurait pu en juger, mais il constata que l'adolescent avait une quinzaine d'années et semblait un peu vieux pour ce genre d'ouvrage enfantin, à moins qu'il s'agisse d'une plaisanterie. Nul doute que ce visage comique ressemblait fort au patron de la fabrique.

— Nous y allons ?

Guarnaccia n'avait nullement l'intention d'essayer de se débrouiller dans ce dédale sans l'aide de Berti. Il fut agacé de découvrir qu'après avoir tourné deux fois seulement ils étaient de nouveau à l'extérieur sous la pluie.

Moretti leur fit un signe de tête sans dire un mot lorsqu'ils passèrent devant la porte ouverte de la cahute qui lui tenait lieu de bureau. Ils descendirent les marches en baissant la tête pour se protéger des gouttes d'eau. L'homme au bonnet de laine avec la toile sur les épaules soulevait toujours les grands sacs en plastique, dont certains avaient éclaté et répandaient une fine argile rouge. Le froid empourprait ses énormes mains mouillées.

Ils montèrent dans le véhicule. Presque en face, une Mercedes blanche franchissait lentement les grilles de la grande demeure et le conducteur les fixait du regard par-dessus le volant.

— Le voilà, ricana Berti, et vous pouvez parier ce que vous voulez qu'il a besoin de ces sept chiottes, il est tellement plein de...

— J'apprécierais si vous pouviez me déposer en ville.

L'adjudant trouvait Berti assez répugnant, mais marcher sur cette route fréquentée par ce temps de chien ne l'enchantait pas.

— Mais je ne voudrais pas que ça vous retarde.

— Le boulot peut attendre. Ce n'est qu'à cinq minutes en voiture.

Berti démarra et, sans regarder Guarnaccia, ajouta :

— Faites pas trop attention à Moretti. Il est un peu brut de décoffrage, mais c'est un bosseur. Et en tout cas, il n'a pas eu la vie facile...

L'adjudant ne fit pas de commentaire. Comme ils s'éloignaient, il jeta un coup d'œil derrière lui, à travers les gouttes d'eau qui dégoulinaient sur les vitres. Là-haut, sur la terrasse, l'homme avec la toile sur les épaules avait cessé de travailler et les observait en souriant à belles dents.

Lors de leur bref trajet pour rejoindre le centre-ville, ils passèrent devant d'autres fabriques aussi petites que celle de Moretti, bien que la plupart soient des bâtiments récents en brique rouge, et, aux yeux de l'adjudant, le paysage parut n'être qu'un alignement ininterrompu de jarres orange mouillées, qui semblaient miroiter sous le ciel pâle.

— Bonjour, tout le monde ! Bonjour... bonjour. Comment ça va ? Bonjour... Tozzi ! Bien le bonjour à vous ! J'ai amené un visiteur, un collègue de Florence, alors j'espère que vous allez bien nous nourrir... Signora Tozzi, comment allez-vous ? Moi-même, je suis en pleine forme, comme toujours, comme toujours ! Je vous présente l'adjudant Guarnaccia, venu de Florence... Ah ! Voilà ce que j'appelle un rôti, regardez-moi ça ! Fichu temps ! On est gelés. Je n'ai jamais été aussi content de voir une bonne flambée !

Une grande cheminée était installée au milieu de la

cuisine du restaurant, où l'on s'affairait avec frénésie à cette heure agitée du déjeuner. Malgré les allées et venues des serveurs et les cuisiniers éreintés aux visages cramoisis, Niccolini, l'adjudant de cette petite ville de faïenceries, coula sa grande silhouette athlétique, remarquable dans son uniforme noir, dans l'effervescence ambiante, retira ses gants de cuir pour se réchauffer devant le feu où biftecks et côtes de porc grésillaient et crachotaient. Guarnaccia resta de l'autre côté d'un des deux comptoirs qui donnaient sur les salles à manger.

— Entrez, voyons, Guarnaccia ! Venez donc vous réchauffer... c'est du minestrone dans ce chaudron qui fume ? C'en est. On va en prendre un bol pour commencer, ça fait circuler le sang...

Mais Guarnaccia ne bougea pas et regarda alentour, jusqu'à ce que Tozzi, le propriétaire, vienne à sa rescousse en s'essuyant les mains sur un torchon propre. Un grand individu d'aspect sévère, avec une moustache grise et une prestance résolument militaire.

— Giuseppe Tozzi. Ravi de vous rencontrer, adjudant.

— Guarnaccia, répondit le carabinier en lui serrant la main.

— Voyons voir...

Tel un général prêt à lancer ses ordres de bataille, Tozzi jeta un regard circulaire sur le restaurant.

— D'habitude, notre adjudant déjeune dans la salle principale, mais je me demande...

Il se tourna vers Niccolini qui furetait dans la cuisine et lorgnait dans toutes les casseroles en ébullition, sans interrompre son monologue enjoué. Guarnaccia remarqua que les employés s'activant autour de lui semblaient réconfortés par sa présence. À l'évidence, cela ne dérangeait personne que nul n'ait le temps de lui répondre, et encore moins Niccolini lui-même.

— Où aimeriez-vous manger ? lui lança Tozzi. À votre table habituelle ?

— Parfait, parfait !

— Je pensais que vous souhaiteriez avoir un peu de calme, si vous voulez discuter, par exemple.

— Pourquoi pas ? Pourquoi pas ? Bonne idée. Comme ça vous arrange.

— Je vais vous installer dans l'arrière-salle, alors.

— Parfait. Impeccable. Tout me va.

— Par ici, je vous prie, dit Tozzi à Guarnaccia.

L'adjudant regrettait de ne pas déjeuner dans la grande salle, qui avait paru si lumineuse et accueillante quand ils étaient arrivés du froid et de la pluie, avec ses nappes à carreaux bleus, chaque table décorée d'un vase en faïence locale rempli de marguerites peintes, et les bavardages des ouvriers dévorant d'énormes assiettées de spaghettis. Il suivit Tozzi dans une salle à manger plus petite et plus paisible, où les meubles étaient massifs et anciens et les murs tapissés d'assiettes en majolique. Ici, une clientèle bien habillée conversait posément à mi-voix, tout en se restaurant.

— Donnez-moi votre manteau. Je place les faïenciers et leurs acheteurs ici, expliqua Tozzi en avançant une chaise pour l'adjudant. Vous serez plus tranquilles. Jetez un œil sur ma collection. Les pièces d'époque sont authentiques.

Livré à lui-même, Guarnaccia contempla les assiettes décorées sur les murs, en se demandant lesquelles étaient anciennes, alors qu'il aurait préféré se trouver dans la grande salle afin de pouvoir y observer les gens. Niccolini apparut au comptoir, derrière les bols de légumes récemment cuits qui s'y alignaient.

— Tout va bien ? Parfait. Je vous rejoins tout de suite !

Ils avaient seulement avalé la moitié de leur minestrone que Guarnaccia avait déjà la figure rubiconde, à l'instar de celle des cuisiniers travaillant autour de leur grand feu. La chaleur soudaine du restaurant et l'épais potage fumant produisaient un effet souverain, après une matinée passée sous la pluie froide. Il mangea la plupart du temps en silence, ses gros yeux fixés sur Niccolini qui se débrouilla pour poursuivre son jovial soliloque tout en expédiant son minestrone à grandes cuillerées.

— Et maintenant que vous avez parlé à Berti, vous voyez ce que je veux dire. Un sacré personnage, mais pas bien méchant. Malgré tout, ça ne me plairait pas de laisser ma fille travailler là-bas seule avec lui... non pas que j'en aie une, j'ai deux fils, dont l'un fait son service militaire chez nous, en ce moment. Que pensez-vous du restaurant ? Tozzi fait du bon boulot, il nous nourrit bien et c'est pour moi une bénédiction, car ma femme travaille : elle enseigne à plein temps à Empoli, alors elle n'est jamais à la maison avant trois heures. Mais on mange bien ici, très bien. Ah, comme je dis toujours, c'est la belle vie, à condition de savoir en profiter. Et vous, Guarnaccia, hein ? Je constate que vous vous régalez aussi. J'ai dit à Tozzi de nous apporter quelques belles tranches de ce rôti... Laissez-moi vous resservir une goutte de vin.

— Je ne crois pas que...

Le visage de Guarnaccia rougissait à vue d'œil. Il était sûr que s'il buvait une nouvelle gorgée il s'assoupirait dans le bus en rentrant à Florence. Il aurait l'air fin, et en uniforme, qui plus est ! Mais Niccolini lui avait rempli son verre à ras bord, tandis que Tozzi avait poussé son chariot jusqu'à leur table et découpait d'épaisses tranches juteuses du fameux rôti. « Ma foi, je ne prendrai pas de dessert », décida l'adjudant, alors qu'on plaçait une grande assiette sous son nez.

— Humm... !

Niccolini s'adossa à son siège, en se tamponnant les lèvres avec sa serviette.

— Eh bien, qu'en pensez-vous ?

— C'est très bon.

— Hein ? Oh, le rôti ? Splendide. Je faisais allusion

à l'histoire de cette fille. Il y a quelque chose, d'après vous ?

— Ça se pourrait, ça dépend... Pour vous dire la vérité, c'est surtout ce que vous pensez qui m'intéresse. Après tout, vous la connaissez. Je ne l'ai jamais vue.

— Vous avez raison, je suppose. Ma foi, elle m'a semblé assez sensée.

— Pas du genre à fuguer, sans rien dire à personne ?

— Je dirais que non. On ne sait jamais, bien sûr ; j'ai déjà vu des choses étranges se produire, mais elle a l'air en tout cas très sérieuse dans ce qu'elle fait, vous voyez ce que je veux dire ? Et puis les Suisses, ce sont des gens très stricts, très stricts.

— Ils ne se ressemblent quand même pas tous, déclara l'adjudant non sans raison.

— Non, non... Mais elle est stricte, vous voyez, dans sa manière d'agir. Elle fait attention à ce qu'elle mange, aussi. Un appétit d'oiseau, à mon humble avis, et jamais plus d'un verre de vin, même si je lui offre toujours un peu du mien. Un verre et puis de l'eau minérale. Et toc ! Personne ne la persuadera d'en boire une goutte de plus, à aucun prix.

Pour avoir fait l'expérience des méthodes de persuasion façon « bulldozer » de Niccolini, Guarnaccia se dit que cette jeune Suissesse devait en effet être dotée d'un caractère bien affirmé.

— Elle n'a pas de liaison avec un homme du coin dont vous auriez entendu parler ?

— Pas que je sache, non. Vous pouvez parier votre chemise que Berti a essayé, ce vieux bouc, mais je ne vois pas une jolie fille aussi intelligente qu'elle avoir une quelconque aventure avec lui. Entre nous, mon jeune brigadier en pinçait un peu pour elle aussi. Il mange en général avec moi ici et ses yeux pétillent toujours quand elle entre dans la salle... on ne peut pas lui en vouloir non plus. Oh, je ne suis pas en train de dire qu'elle l'encourage, pas de façon sérieuse, mais elle flirte un tantinet, vous savez. Elle est toujours contente de le voir, elle s'intéresse à tout ce qu'il a à dire, elle l'aguiche un peu. Mais rien de déplacé et, bien sûr, je suis toujours là... Une fille ravissante... mais elle ne devrait pas être aussi ouverte et amicale avec les hommes du coin, à mon avis. Je suppose que ces jeunes étrangères ont d'autres manières que les nôtres... Malgré tout, il y a tout un groupe de jeunes candidats potentiels là-bas.

Niccolini indiqua la grande salle voisine, d'où les conversations bruyantes et les rires filtraient jusque dans leur paisible pièce.

— C'est pourquoi Tozzi la fait toujours manger à notre table.

— J'aurais pensé, dit Guarnaccia en regardant autour de lui, qu'il l'aurait installée ici.

— En effet, mais elle ne veut rien savoir. Elle estime que c'est plus chaleureux à côté avec les potiers, plus vivant. C'est vrai, bien sûr.

— Oui.

L'adjudant aurait souhaité avoir eu la présence d'esprit de cette jeune fille. Il en aurait appris bien plus sur la ville si lui aussi avait insisté pour déjeuner dans la salle attenante avec les ouvriers. Ma foi, il allait devoir se contenter de ce que Niccolini pourrait lui confier. Nul doute qu'il savait tout sur tout le monde.

— Depuis combien de temps êtes-vous en poste ici ?

— À peine plus d'un an. Ça a passé vite, mais ça a fait un an le mois dernier. Je me suis tout de suite attelé à la tâche, Rome ne m'a jamais manqué. Je vais vous dire, je suis à l'aise partout, je prends la vie comme elle vient. Ma femme a eu un peu de mal à s'y faire, à changer d'école et tout le reste, mais avec un petit effort... Assez bizarres, les gens d'ici, jusqu'à ce que vous vous habituiez à eux, mais ils sont braves, au fond. On s'entend assez bien, l'un dans l'autre.

— « Bizarres » dans quel sens ?

— Eh bien, ils sont ce qu'ils sont, vous savez, ils ont leurs façons d'être, et vous en avez un ou deux qui sont vraiment bizarres. Entre vous et moi (il baissa la voix), dans une ville aussi petite que celle-ci et avec tant d'affaires de famille, il n'y a pas beaucoup de sang neuf. Tout ça est un peu trop fermé. Bien sûr, d'une certaine façon, c'est pas mal, car il y a beaucoup de boulot dans le coin et beaucoup d'argent à gagner aussi. Les jeunes n'ont pas besoin de quitter la maison pour chercher du travail, comme dans le Sud, vous comprenez.

— Je comprends.

Guarnaccia, qui venait de Sicile, connaissait fort bien le problème.

— Mais, d'un autre côté, il y a le fait qu'ils se marient entre eux, parfois... enfin... pour des raisons financières comme pour le reste. Plus de la moitié des habitants de cette ville sont parents à des degrés divers.

— Et ça donne lieu à de nombreuses querelles de famille ?

— Non, je ne dirais pas ça. Non. C'est une communauté très soudée, très soudée.

L'adjudant se souvint de la fabrique de Moretti, et combien il s'était senti étranger.

— C'est le sentiment que j'ai éprouvé, dit-il en fronçant les sourcils. En cas de menace de l'extérieur, ils se serreraient les coudes.

— Et vous avez tout à fait raison. Vous avez très bien compris !

— J'ai ressenti ça quand j'étais chez Moretti. Saviez-vous que la jeune Suissesse s'y rendait de temps en temps ?

— Vraiment ? Non, je ne l'ai pas entendu dire et je ne l'aurais pas cru.

— Pourquoi donc ?

— Eh bien, Berti, ça ne m'étonne pas, une vieille

canaille comme on n'en fait plus, et c'est pas la première fois que quelqu'un travaillerait pour lui sans être déclaré... Bien sûr, il n'y a personne pour reprendre son affaire, après ce qui est arrivé à son fils, et il n'aurait aucune raison de prendre un apprenti maintenant.

— Il avait donc un fils ?

— Oh oui. Une affaire tragique. Il est mort dans un accident pratiquement sous les yeux de son père, juste devant l'atelier. Ça a dû se passer peu de temps avant mon arrivée ici, je me souviens que tout le monde en parlait encore. Fauché par un camion dans le virage. Il était à motocyclette, aucune chance d'en réchapper.

Était-ce pour cette raison que Berti conduisait de cette façon, et non pas à cause des assiettes, comme Guarnaccia l'avait pensé ?

— Eh bien, Moretti, qui l'aurait cru... ? On dit qu'il a toujours été tout ce qu'il y a de réglo... un des rares. Je ne le vois pas courir le risque de prendre une employée au noir, bien que je ne le connaisse pas assez pour l'affirmer. Il est du genre à garder ses distances... il ne vient jamais déjeuner ici, par exemple, sauf s'il amène un acheteur. Vous êtes certain de ne pas vous tromper ?

— Tout à fait. Moretti me l'a lui-même déclaré. Mais je vous ai malgré tout induit en erreur. Elle n'est allée là-bas que deux ou trois fois, elle ne travaille pas pour lui. Apparemment, elle va se servir des tours quand les céramistes sont de repos, à savoir quand ils ont assez de pièces prêtes pour la cuisson.

— Je vois. C'est juste, ces petites fabriques prennent en général un long week-end... Ma foi, c'est différent. Alors elle va là-bas ? Et d'après vous c'est là qu'elle se trouvait lundi ? Au poste, vous me disiez que Berti affirme qu'elle n'était pas avec lui.

— C'est ce qu'il prétend, mais ça peut être vrai comme ça peut être faux.

— Humm...

— Vous seriez tenté de ne pas le croire ?

Niccolini éclata de rire.

— Ce gars-là pourrait se cacher derrière un escalier en spirale ! Oh, je ne dis pas qu'il ment forcément, mais il en serait capable, au besoin. Comme je l'ai déjà dit, il n'a pas un mauvais fond, mais il se peut qu'il ait flairé des ennuis et qu'il ait voulu rester en dehors. S'il pense qu'il est arrivé quelque chose à la fille...

— S'il lui est arrivé quelque chose, il s'y prend mal en nous mentant pour ne pas être mêlé à ça.

— Les gens ne voient pas plus loin que le bout de leur nez... Laissez-moi remplir votre verre, et pas de rouspétance ! C'est du bon vin et il ne peut vous faire que du bien... Et ceux qui se trouvent malins ont souvent moins de bon sens que les autres. Berti se croit malin, et nul doute qu'il l'est à sa façon et avec ceux de son espèce. Vous avez dû vous en rendre compte.

— En toute honnêteté, je ne sais pas trop quoi penser de lui.

— Ma foi, si elle devait se trouver chez l'un ou chez l'autre, puisque vous affirmez qu'elle est descendue du car comme d'habitude, je parierais sur Moretti pour savoir la vérité, connaissant Berti comme je le connais.

— Je suis d'accord. Mais il n'a pas pu me le certifier. Il dit qu'il n'est resté là-bas qu'une demi-heure et qu'il est ensuite sorti avec des clients, pour finir par venir déjeuner ici... On pourrait peut-être le vérifier, tant qu'on est sur place. Le reste des employés était de repos, alors...

— Humm... c'est difficile.

— Il semble qu'elle ait pu pénétrer là-bas, puisqu'il ne ferme jamais à clé.

— Ah bon... ? Ah ! Signora Tozzi, vous arrivez juste au bon moment. Vous ne vous rappelez pas, par hasard, si Moretti se trouvait ici lundi ? Je ne l'ai pas vu moi-même, mais il a dû manger dans cette salle, comme il était accompagné de clients.

— Exact. Sinon, il mange toujours chez lui. Ils étaient assis à votre table. Pourquoi ?

— C'est sans importance, sans importance. Vous êtes sûre que c'était lundi ?

— Certaine. Il a téléphoné pour réserver une table... elles ne sont pas légion dans cette salle, alors c'est pas toujours facile d'en trouver une libre. Bon, je ne vais pas vous demander ce que vous voulez comme dessert...

Elle leur sourit, les mains sur ses hanches larges, qui tendaient sa blouse blanche immaculée.

— ... car j'ai fait une *torta della nonna*.

— Oh ! Signora Tozzi, vous êtes un ange !

— Je ne crois pas que... commença l'adjudant.

— Holà, Guarnaccia ! Vous allez vous régaler. On n'a pas vécu tant qu'on n'a pas goûté à la *torta della nonna* de la signora Tozzi... Servez-le bien, ne lésinez pas ! Le moteur ne peut pas tourner sans carburant !

Elle leur servit deux belles parts et les regarda manger en souriant. En toute honnêteté et la bouche pleine, l'adjudant dut admettre que le gâteau se révélait particulièrement délicieux.

— Et que diriez-vous d'une liqueur avec votre café ? suggéra la patronne, rayonnant de plaisir à les voir se délecter. C'est offert par la maison.

— Non, non, s'empressa de répondre l'adjudant. Non, je vous remercie.

— Non, approuva Niccolini avec une gravité soudaine, il ne faut pas abuser des bonnes choses. Non, c'est bon, ça suffit.

Guarnaccia soupira de soulagement en son for intérieur.

— Ou bien une grappa ? Une goutte de cette grappa spéciale que vous avez goûtée l'autre jour ? Il en reste encore un peu.

— Ah, si vous me prenez par les sentiments, répliqua Niccolini, radieux. Une goutte de grappa n'a jamais fait de mal à personne.

— Bien dit ! déclara une voix tonitruante derrière l'adjudant. Apportez la bouteille à ces messieurs. C'est moi qui invite.

— Oh, signor Robiglio...

La patronne se hâta d'écarter le chariot des desserts.

— Voyons voir... où est-ce que je vais vous installer... il n'y a pas une seule table de libre.

— Ne vous en faites pas, signora, ne vous en faites pas. Chaque chose en son temps. Nul doute qu'il y aura bientôt de la place, et avec la permission de l'adjudant Niccolini, je vais m'asseoir ici quelques instants.

— Je vous en prie ! Je vous en prie !

La voix de Niccolini était toujours aussi vibrante et chaleureuse, mais son enthousiasme apparent sonnait creux, à tel point que Guarnaccia le fixa de ses gros yeux, plutôt que de porter son attention sur le nouveau venu, jusqu'à ce que ce dernier suscite son intérêt en se présentant.

— Ernesto Robiglio. Enchanté de faire votre connaissance.

— Guarnaccia.

Robiglio était un homme corpulent, aux traits épais, simplement vêtu d'une sorte de chandail noir de style marin, mais l'adjudant, qui n'était pourtant pas un expert en matière d'élégance, observa que la griffe du couturier apparaissait ostensiblement à l'extérieur, et au-dessous la chemise et la cravate semblaient être en soie.

— Ça ne signifie pas qu'il y a une relève de la garde, j'imagine ? fit Robiglio en regardant tour à tour Guarnaccia puis Niccolini. Vous n'allez pas nous quitter ?

— Non, pas du tout... L'adjudant Guarnaccia ici présent est juste en visite.

— Vraiment ? Pour une raison particulière ?

L'adjudant sentit que son collègue hésitait avant de répondre, comme lui-même l'avait fait auparavant :

— Ça se pourrait, ça dépend...

Niccolini, décida-t-il, n'aimait pas cet individu.

La signora Tozzi revint avec le café, une bouteille sans étiquette et trois verres.

— Je ne vais pas en prendre, puisque je n'ai pas mangé.

Robiglio les servit lui-même.

— J'espérais vous croiser. Comme je ne vous avais pas aperçu dans la grande salle, j'allais passer vous voir au poste après le déjeuner. J'y ai bien réfléchi et j'ai décidé qu'on pouvait prendre le fils de Sestini.

— Eh bien, c'est une bonne nouvelle ! Parfait. Je vais sans tarder mettre Sestini au courant. Vous ne le regretterez pas, c'est un brave garçon.

— Je n'en ai jamais douté. Tous les gens que vous me recommandez, je sais que je peux les embaucher sans hésitation.

— Alors vous avez finalement besoin d'un nouvel apprenti.

— En toute franchise, non. Mais j'arriverai toujours à le caser, n'ayez crainte.

— C'est très généreux de votre part.

— Disons que je peux me permettre d'être généreux une fois de temps en temps. Dans une petite localité comme la nôtre, une affaire aussi importante que la mienne... c'est une question de responsabilité... Laissez-moi remplir vos verres. Je sais par expérience que cette grappa a quelque chose de spécial. Bien sûr, on ne peut pas être généreux tout le temps, personne n'y trouverait son intérêt. Si je faisais faillite, ce serait un désastre pour la ville.

Il tint ces propos avec un sourire doucereux destiné à Guarnaccia.

L'adjudant observa les deux hommes en silence,

notant moins leurs paroles, sincères et amicales, que le ton de leurs voix, le charme agressif de Robiglio, l'expression fermée de Niccolini. Il continua à les dévisager, tandis que la conversation dérivait sur des noms, des familles et des entreprises dont il n'avait jamais entendu parler. Robiglio était-il réellement millionnaire comme Berti l'avait dit, en faisant demi-tour devant la grille de la grande demeure aux sept WC ? Ou était-ce une simple exagération ? Il vit que Niccolini commençait à s'agiter, comme s'il voulait se lever d'un bond et s'en aller. Il continuait à déverser son flot de remarques joviales, mais elles se firent de plus en plus brèves et hors de propos, jusqu'à ce qu'il se mette soudain debout, au beau milieu d'une phrase de Robiglio.

— Bien. Parfait. Guarnaccia, nous devons partir et le signor Robiglio pourra alors s'installer à notre table pour déjeuner.

— La note... suggéra l'adjudant.

— Une autre fois, une autre fois. Ravi de vous avoir vu. Merci encore pour le jeune gars. Au plaisir.

Et il quitta la salle à grandes enjambées, sans prendre la peine de voir si son collègue le suivait.

Il prit presque aussi brusquement congé des Tozzi et ne ralentit la cadence qu'une fois à l'extérieur du restaurant, en disant :

— Désolé, Guarnaccia. Peut-être vouliez-vous un autre café ?

— Peu importe.

— Je ne peux pas supporter cet homme. Pas du tout.

— Je l'ai remarqué.

— Vraiment ? fit Niccolini, étonné. Je ne suis pas du genre à me disputer, pourquoi devrais-je m'en faire ? Dans une ville aussi petite... et c'est quelqu'un d'important par ici.

— C'est ce qu'il a dit.

— J'aime garder mes opinions pour moi. Je dois le faire. Vous ne pensez pas qu'il ait remarqué quelque chose, si ?

— Peut-être pas...

L'adjudant songea que Robiglio aurait dû être aveugle et sourd pour ne pas se rendre compte de l'antipathie de Niccolini, mais il n'avait pas envie de le dire. Son collègue semblait convaincu de sa propre subtilité.

— Ma foi, ce n'est pas mon problème.

— Non.

— Il faut être en bons termes avec tout le monde, mais qu'est-ce que ça peut... Vous êtes sûr qu'il n'a rien remarqué ?

— Eh bien...

— Non, non ! L'important, c'est de rester poli. Vous êtes sans doute de ceux qui remarquent tout.

— Oui.

Ils empruntèrent un pont avec son parapet bas peint en jaune vif, et regagnèrent la grand-place flanquée du poste des carabiniers, d'une église, de deux ou trois bars et de quelques boutiques aux stores métalliques baissés. Au centre de ladite place se dressait, ruisselante, la statue en bronze d'un partisan, le poitrail nu, défiant l'ennemi. La pluie avait certes cessé, mais les trottoirs demeuraient mouillés et sales, et les flaques gorgées d'eau. Il faisait plus froid et humide que jamais, la place était plus ou moins déserte à cette heure-là. Au-dessus des cafés et des magasins, le stuc jaune trempé s'effritait et se fissurait autour des persiennes brunes des appartements. Le temps pluvieux semblait constituer l'élément naturel de la ville. On avait peine à imaginer l'endroit baigné de soleil.

— Je suppose que la localité se limitait au début à ce quartier, dit l'adjudant, comme ils traversaient la place d'un pas nonchalant, en évitant les grosses flaques.

Il prononça ces paroles plus pour distraire Niccolini de ses soucis que parce qu'il prêtait le moindre intérêt réel à l'endroit. Celui-ci le déprimait.

— C'est vrai, avant qu'ils construisent les fabriques, celles d'après-guerre. Il y avait juste le vieux centre ici et la villa Médicis... qui se trouve perchée là-haut sur la colline mais, par ce temps, on la voit à peine.

Une brume laiteuse emplissait la vallée et recouvrait les contreforts de la butte en question. Au-dessus, comme en suspens dans l'atmosphère, les silhouettes noires d'une rangée de cyprès et de pins parasols se découpaient sur le ciel gris, indiquant le sommet de la colline. L'adjudant ne discerna pas l'ombre de la villa.

— S'il faisait beau, maintenant...

Niccolini chassa la bâtisse d'un geste de la main.

— Allons prendre un café au bar ! lança-t-il. À quelle heure voulez-vous rentrer ?

— Par le premier bus qui passe.

— Allons demander à l'intérieur. Je ne le prends jamais, alors je ne connais pas les horaires. Ah ! Deux cafés, s'il vous plaît, et un car pour Florence pour l'adjudant ici présent, si vous pouvez nous servir ça aussi !

— Il y en a un qui passe dans environ un quart d'heure. On vend des tickets, au besoin.

L'établissement chichement éclairé était désert, à l'exception d'un adolescent qui jouait au flipper dans le fond.

— Il a l'intention de se faire élire, voilà, reprit Niccolini, en faisant tinter sa tasse sur la soucoupe.

— Robiglio ? Aux municipales ?

— Et je peux vous dire que j'en ai profité pour dépanner quelques personnes.

— Et pourquoi pas ?

— Mais j'ai autre chose à ajouter. Il a refusé de prendre le jeune Sestini la semaine dernière... ma foi, il n'obtiendrait pas leurs voix même s'il était le seul en lice, ce sont des communistes purs et durs, alors je n'avais pas grand espoir, mais je me suis dit que j'allais quand même tenter le coup... Sestini est un bon ouvrier, il façonne des moules chez Moretti, mais bien sûr Moretti a déjà un apprenti ; alors, dans une si petite entreprise, il ne pouvait pas prendre le fils, même pour faire plaisir à un bon employé. Et maintenant, notre ami Robiglio a changé d'avis, vous remarquez ?

— Sur l'engagement du jeune en apprentissage ? Oui.

— Je me demande pourquoi.

— Ma foi, vous le connaissez mieux que moi. Je ne peux pas me prononcer.

— Je le connais, en effet. Il y a beaucoup de choses dans son passé, à ce que j'ai entendu dire, sur lesquelles il vaut mieux ne pas trop s'attarder.

— Jusqu'où dans le passé ?

— Pendant la guerre. Je ne connais pas toute l'histoire, mais j'ai entendu certains détails. Une Chemise noire qui s'est débrouillée pour survivre après la défaite, vous voyez ce que je veux dire. Son père était maire de la ville sous Mussolini. Bien sûr, avec l'argent et les amis influents qu'ils avaient, ils n'ont pas tardé à revenir sur le devant de la scène, une fois que tout s'est calmé.

— Je vois. Vous pensez qu'il a peur de quelque chose ?

— Cela remonte à loin, mais les gens n'oublient pas.

— Vous êtes certain qu'il ne s'agit pas plutôt d'une affaire plus récente ? Après tout, la semaine dernière, il ne voulait pas vous aider... et, pour ne rien vous cacher, j'ai eu l'impression qu'il n'était pas des plus ravis de me voir ici.

— Vous croyez ? Quand je dis que vous êtes du genre à tout remarquer ! Eh bien, je n'aime pas ça.

— Je m'en rends bien compte. Au cas où ça présenterait le moindre intérêt, sachez qu'il m'a vu sortir de chez Moretti.

— Ah oui ? Ma foi, je ne le vois pas traiter avec du menu fretin comme Moretti... En tout cas, je vais garder un œil sur lui.

— Ce ne serait pas une mauvaise idée. Je crois que je ferais mieux de me mettre en route.

En fait, le car s'arrêtait déjà sur la place et l'adjudant eut à peine le temps de sauter à l'intérieur, tandis que Niccolini lui criait :

— Au plaisir ! Au plaisir ! On garde le contact...

Guarnaccia manqua s'endormir dans le bus.

Sa femme l'accueillit en disant :

— Puisque tu as été dehors toute la journée et que tu n'as sans doute pas mangé correctement, je t'ai préparé quelque chose d'un peu spécial pour le dîner...

Elle eut l'air si vexé par son grognement lugubre qu'il lui raconta toute sa visite aux faïenceries et lui décrivit Niccolini en détail.

— Il a l'air d'un sacré personnage.

— En effet.

— Est-ce que tu vas retourner là-bas ? Était-ce une affaire importante ?

Car il ne lui avait pas précisé la raison de son déplacement.

— Je ne sais pas encore. Peut-être pas.

Mais il n'était pas convaincu. Il ne fut donc pas surpris quand, à la première heure, le lendemain matin, il reçut un coup de téléphone. Niccolini était aussi tonitruant et plein de vie que d'ordinaire, mais il avait cette même nervosité dans la voix qu'en présence de Robiglio, la veille.

— C'est à propos de cette fille !

— La jeune Suissesse ?

— Exact. On l'a retrouvée.

— Alors elle était là-bas.

— Tout juste. Sous une décharge de tessons de poterie.

— Comment ça ? Je ne vous suis pas...

— Un type du coin l'a découverte. Il traversait le champ, derrière chez Moretti, pour aller élaguer des arbres et, en passant devant la déchèterie, il a aperçu une mèche de cheveux... Comme si on l'y avait complètement enterrée, mais la pile change tout le temps d'aspect, vous voyez ce que je veux dire.

— Non...

— Faut que je retourne là-bas illico. Le magistrat attend. Je vais devoir vous laisser.

Et son collègue raccrocha.

CHAPITRE III

L'adjudant n'avait pas sitôt reposé le combiné que le téléphone sonnait de nouveau :

— Guarnaccia ? Maestrangelo à l'appareil.

— Bonjour, mon capitaine.

— J'ai quelque chose pour vous, au sujet de cette jeune Suissesse disparue.

L'adjudant écouta, sans préciser qu'il était déjà au courant ; il laissa son supérieur finir, puis lui demanda :

— Est-ce que vous y allez ?

— Je suis sur le point de partir avec le substitut du procureur, après quoi je laisse l'affaire entre les mains de Niccolini, car ici je suis débordé. Je suppose que vous pouvez gérer ça depuis chez nous, vous renseigner sur la fille, son adresse en Suisse, ses amis et contacts à Florence et ainsi de suite ? Étant donné qu'elle habite votre secteur.

— Bien sûr.

— Parfait. Alors, si votre journée n'est pas trop chargée, vous avez peut-être envie de nous accompagner, puisque vous allez collaborer. Êtes-vous allé voir Niccolini hier ?

— Oui, oui.

— Il a l'air assez compétent, même si ça m'embête un peu qu'il ne soit en poste là-bas que depuis un an...

Alors qu'attendait-il de quelqu'un qui n'était allé sur

place qu'une seule fois ? Par moments, la confiance que lui accordait son capitaine perturbait Guarnaccia. Certes, à une ou deux reprises dans le passé, l'adjudant s'était rendu utile, mais seulement quand seule la simple observation était requise. Il ne possédait ni l'intelligence ni la formation pour tout ce qui exigeait davantage. En outre, Niccolini apprécierait peut-être la coopération mais pas l'ingérence. Le capitaine Maestrangelo se montrait toujours d'une politesse et d'une correction scrupuleuses, mais Guarnaccia devina à son ton qu'il allait lui mettre la pression, et lorsque cela arrivait, l'adjudant se pétrifiait, aussi inamovible qu'un roc.

— Pour ne rien vous cacher, commença-t-il lentement, j'ai rendez-vous dans une demi-heure avec le Dr Biondini, ici à la galerie Palatine... La sécurité de cette nouvelle exposition pose quelques problèmes. En fait, je voulais vous en toucher deux mots. J'ai bien peur de devoir vous demander un gars en supplément...

— Je vous enverrai quelqu'un. Pas de problème.

— À moins qu'on soit frappé entre-temps par la première vague de grippe.

— Vous aurez tous les renforts nécessaires.

— Peut-être, mais on a si peu de temps que je peux difficilement annuler ce rendez-vous.

La dernière chose qu'il souhaitait, c'était passer la matinée en compagnie d'un substitut du procureur, qui n'apprécierait pas la présence d'un sous-officier et s'adresserait uniquement au capitaine, lequel insisterait pour inclure son adjudant, comme il l'avait fait dans le passé. C'était gênant. On se sentait ridicule. Et à présent, le capitaine était agacé. Son ton devint un soupçon plus brusque.

— Dans ce cas, vous pourriez peut-être trouver le temps de voir Niccolini plus tard ce matin, et vous organiser tous les deux.

Cette fois, c'était un ordre.

— Oui, mon capitaine.

Eh bien, à son tour d'être agacé, maintenant. Certes, lui demander de coopérer depuis Florence, c'était tout à fait normal, mais il savait par expérience que Maestrangelo en espérait davantage. À quoi ça rimait-il ? Ces gens là-bas n'aimaient pas les étrangers. S'ils ne parlaient pas à Niccolini, ils ne se montreraient sans doute pas plus bavards avec lui.

En rentrant de son entretien avec Biondini, il était toujours énervé et passa chez lui prendre une tasse de café, avant de partir.

— Va t'asseoir dans la pièce d'à côté et je te l'apporte.

Son épouse lavait le sol de la cuisine et les chaises étaient posées à l'envers sur la table, de sorte qu'il n'avait pas de place pour s'installer.

Il entra dans la salle de séjour mais, plutôt que de s'asseoir, il arpenta la pièce d'un air malheureux, comme s'il se trouvait chez quelqu'un d'autre et n'avait rien à y faire... Ma foi, il n'allait pas interférer. Collaborer depuis sa juridiction, voilà tout ce qu'il ferait et rien de plus.

— Voilà. Pourquoi tu ne t'assieds pas une minute ?

— Je n'ai pas le temps.

Il prit la tasse et but le café d'un trait.

En vérité, il se serait volontiers assis cinq minutes, maintenant qu'il y songeait, le temps de recouvrer son calme, mais à ce moment sa femme sortit l'aspirateur et se mit à déplacer les meubles.

— Est-ce que tu ne pourrais pas le faire plus tard ?

— Mais tu as dit que tu allais partir...

Le téléphone sonna.

— C'est pour moi ?

— Non.

Et son épouse entama un dialogue incompréhensible, à l'évidence en rapport avec l'école fréquentée par leurs deux garçons... sans doute était-ce un autre parent au bout du fil. Il aurait aimé parler à sa femme ne serait-ce que quelques instants : non pas qu'elle pouvait l'aider, mais cela l'aurait soulagé. Toutefois la conversation n'en finissait plus.

— Non, non... vous avez raison, absolument, et si on attend la prochaine réunion parents-professeurs... Elle a dit ça ? Et lui, qu'est-ce qu'il a dit ? Non... Non, en effet. Eh bien, la distance ne devrait pas poser problème si... exactement. Exactement !

Finalement, l'adjudant enjamba l'aspirateur et sortit d'un pas lourd, en laissant la porte ouverte.

L'amas de tessons de poterie donnait l'impression de fumer sous le soleil humide qui transperçait la brume. De sa place, l'adjudant pouvait voir des hommes grimper sur l'amoncellement, avancer lentement et avec peine, quand ils ne progressaient pas carrément à quatre pattes. Ils devaient faire de leur mieux pour ne rien déplacer, mais de temps à autre la décharge s'affaissait sous leurs pas, ce qui les déséquilibrait et faisait dégringoler une ribambelle de tessons le long de la pile. Un individu en civil, sans doute un magistrat, parlait avec fougue à Niccolini, en désignant tantôt, de l'autre côté du champ détrempé et luisant, au-delà du dépotoir, la ville qui se drapait d'une épaisse brume, sous l'alignement des cyprès noirs et les contours flous de la villa, tantôt la fabrique délabrée, où la cheminée fumait avec force et propageait des vagues de chaleur, perceptibles dans l'air froid. Guarnaccia restait immobile et observait tout derrière ses lunettes de soleil, les mains enfouies au plus profond des poches de son manteau noir. Il était trop éloigné pour entendre ce que disait le magistrat mais, au bout de quelques instants, un cri lui parvint et l'un des hommes, en descendant tant bien que mal du tas de tessons, brandit quelque chose. Niccolini et son interlocuteur s'arrêtèrent de discuter et s'approchèrent pour examiner la découverte. À l'emplacement où ils s'étaient tenus, on apercevait maintenant une silhouette étendue à terre, couverte de blanc. Au bout d'un moment, Niccolini revint sur ses pas et la contempla, en se frottant le visage de sa grosse main. Puis il releva la tête, remarqua l'adjudant et lui fit un signe en guise de salut. Il traversa le champ détrempé en pataugeant, les joues rouges et le regard vif sous le soleil hivernal.

— Bonjour ! Bonjour ! Une sale histoire. Une sale histoire à tout point de vue. Ma foi, on vous a retrouvé la fille qui avait disparu. Reste plus qu'à mettre la main sur celui qui lui a réglé son compte. Ça risque d'être coton. Enfin, peut-être qu'un saint quelconque nous viendra en aide.

— Espérons-le...

Que lui avait dit le capitaine ? Bien qu'aussi chaleureux que d'habitude pour l'accueillir, Niccolini était-il un peu embarrassé ? Guarnaccia n'avait aucune intention de s'ingérer plus que nécessaire, mais il ne pouvait pas s'empêcher d'être intrigué. Son regard se porta sur la droite et la chaleur qui miroitait autour de la cheminée noire.

— C'est à lui, tout ça ?

— À Moretti ? Non, non. Tous les environs appartiennent au domaine de Robiglio. Moretti lui loue le champ, y compris le terrain où est située la fabrique. Les vergers par là-bas sont la propriété du gars qui a découvert le corps. Il y était parti faire un peu d'élagage. Le dépotoir à tessons est à Moretti, bien sûr, mais n'importe qui s'en sert pour y jeter ce dont il souhaite se débarrasser.

— Y compris notre ami Berti ?

— Non, pas Berti. Sauf les pièces qu'il cuit ici quand elles sont détériorées ou brisées.

Ils se turent un moment et observèrent les hommes qui continuaient à fouiller la décharge.

— Aucun badaud, remarqua l'adjudant.

— Je les ai chassés dès le début. Je dois dire que je ne m'attendais pas à ça. Quel que soit l'endroit où cette fille aurait pu finir, je n'aurais pas pensé que... Depuis que je suis en poste ici, je n'ai jamais eu d'affaire sérieuse, hormis un ou deux cambriolages... mais jamais quelque chose comme ça. Ma foi, c'est fait. Je suis désolé, vraiment... Bon !

Il frappa dans ses grosses mains et ajouta :

— On ferait mieux de s'y mettre. Je suppose que vous allez nous aider.

Il lui décocha un large sourire, mais on y devinait cette même nuance d'enthousiasme forcé que l'adjudant avait noté dans sa façon de traiter Robiglio. Le regard perturbé de Guarnaccia évita celui de son collègue.

— Je ferai mon possible depuis ma juridiction. Je peux au moins collecter pour vous des renseignements sur la fille auprès de sa colocataire, l'école qu'elle fréquentait et le reste...

— Comment ? Non ! Tel que je voyais les choses, vous alliez me donner un coup de main ici. Sur place ! Ne me dites pas que vous ne pouvez pas me consacrer un peu de temps. Allons, allons... personne n'est indispensable à ce point. Je compte sur vous.

En dépit de son irritation manifeste, il était décidé à se montrer jovial et à faire contre mauvaise fortune bon cœur. Il alla même jusqu'à flanquer une claque affectueuse dans le dos de Guarnaccia.

— Allons-y. Vous feriez mieux de jeter un coup d'œil sur la fille, même si c'est pas beau à voir.

Et l'adjudant se laissa conduire jusqu'au dépotoir, s'efforçant de suivre les grandes enjambées de Niccolini, mais trop préoccupé pour écouter l'inévitable monologue, jusqu'à ce qu'il comprenne qu'on parlait de lui.

— On en a même eu des échos à Rome. Bien sûr, un escroc de cette envergure, tout le monde était au courant, mais je ne me suis pas rendu compte à l'époque que c'était vous qui l'aviez pincé pour le meurtre de cette Allemande.

— Je ne l'ai pas pincé, rectifia Guarnaccia, dérangé par ces rumeurs erronées qui circulaient. Il est mort...

— Nous y voilà...

Un seul jeune carabinier montait la garde près de la silhouette recouverte d'un drap.

— Tu peux t'en aller, mon garçon. On va attendre l'arrivée de l'ambulance.

— Elle est déjà là. Ils se sont garés devant l'usine, puisqu'ils ne pouvaient s'approcher davantage, et ils devront amener la civière jusqu'ici. Le magistrat est parti leur dire qu'ils pouvaient l'emporter.

— Alors, vas-y. Retourne au fourgon avec les autres.

— Et vous ?

— L'adjudant Guarnaccia ici présent me déposera... Vous avez pris votre voiture aujourd'hui ?

L'autre acquiesça d'un hochement de tête et le jeune homme les laissa, en effleurant sa casquette pour les saluer et en contournant le drap en toile à bonne distance, sans baisser les yeux. Sans doute avait-il évité de regarder le corps pendant tout le temps qu'il était resté là.

— Un appelé ? devina Guarnaccia.

— Exact. Et je vous parie que j'aurai bientôt sa mère au téléphone, qui me demandera de le tenir à l'écart de tout ça. Il vient d'une bonne famille, vous voyez le genre... Il a sollicité une permission de quarante-huit heures voilà deux ou trois mois, pour monter son cheval au concours hippique des quatre ans, à Grosseto, et il l'a obtenue, puisqu'ils savent frapper aux bonnes portes. Jetez donc un coup d'œil...

Niccolini avait soulevé le drap tout en parlant.

— Cette entaille... commença l'adjudant en fronçant les sourcils.

— Elle a l'air bizarre, je sais, mais c'est parce qu'elle s'est produite après le décès, probablement causée par un tesson de poterie pointu, lorsqu'on s'est débarrassé d'elle.

— Il n'y a aucun doute qu'elle n'est pas morte ici ?

— Aucun. Et, qui plus est, elle n'était pas vêtue au moment de sa mort, ou du moins pas complètement. Elle ne portait pas ce jean, par exemple ; on le lui a remis après, selon le médecin.

L'adjudant contempla en silence le visage sombre et tuméfié. Une bande de peau pendait de la joue écorchée, tandis qu'un œil vitreux était mi-clos, donnant ainsi l'impression d'un fâcheux regard lubrique. Seuls les cheveux blonds, aussi mouillés et sales qu'ils fussent, offraient une idée de l'apparence de la fille de son vivant.

— Quel gâchis...

Niccolini aurait pu lire dans ses pensées.

— Si vous l'aviez connue... dit-il en rabaissant le drap d'un seul coup. On n'a pas retrouvé ses sous-vêtements.

Une fois les brancardiers arrivés, les deux collègues tournèrent les talons et traversèrent le champ détrempé en direction de la fabrique.

— Je vais avoir une petite discussion avec Moretti, annonça Niccolini, alors qu'ils s'approchaient du bâtiment, dont un des murs irradiait la chaleur.

Il semblait que le rugissement féroce du four céramique à l'intérieur allait faire exploser toute la bâtisse délabrée.

— Il a fait sa forte tête quand le magistrat et le capitaine étaient là. Même s'il ne sait rien, va falloir qu'il change d'attitude, sinon il va s'attirer des ennuis.

— Vous pensez qu'il ne sait vraiment rien ?

— À ce stade, je n'en ai honnêtement aucune idée... Non, ce n'est pas tout à fait vrai. À mon avis, dans une ville aussi petite, tout le monde sait quelque chose. Je vais lui parler, de toute façon.

— Je peux vous attendre dans la voiture, si vous souhaitez le voir en privé, suggéra Guarnaccia.

— Vous ne voulez pas m'accompagner, alors ?

Et l'adjudant dut suivre malgré lui son collègue, tandis que celui-ci grimpait les marches deux par deux, entrait dans la fabrique à grandes foulées et traversait le labyrinthe vers la source de la chaleur et du bruit, tout en grognant chaque fois qu'il se trompait de chemin :

— Quel satané endroit !

Lorsqu'ils pénétrèrent dans la salle de cuisson, l'adjudant manqua reculer d'un pas, moins en raison de la chaleur intense, qui le frappa comme une vague soudaine, qu'à la vision du four lui-même, qu'il avait connu béant et noir et qui maintenant paraissait vivant tandis qu'il rugissait et tremblait, les flammes léchant les brèches de la façade de brique, tel un dragon prisonnier qui tenterait de s'enfuir. Aucun signe de Moretti, mais le grand gaillard au bonnet de laine était présent, penché pour régler le robinet d'une conduite de gaz menant au foyer. Niccolini lui tapota l'épaule et l'individu se retourna sans se redresser. Il avait la figure rouge et la sueur dégoulinait de dessous son couvre-chef, à tel point que Guarnaccia se demanda pourquoi il ne l'ôtait pas.

— Où est-il ? brailla Niccolini.

L'homme leva les yeux vers le haut plafond noirci, qu'il désigna du doigt, sans se donner la peine d'essayer de se faire entendre, avant d'indiquer d'un bref mouvement du menton la direction qu'il leur faudrait emprunter.

Dans la salle voisine, un homme était assis et travaillait seul, creusant de profonds motifs dans une jarre rouge qui tournait lentement entre ses genoux. Ses mains, son visage et ses vêtements étaient souillés par cette même nuance rouille, tandis que ses bottes étaient enfouies sous les rubans rougeâtres qu'il avait découpés, telles des bandelettes de cuir, si bien qu'il donnait l'impression d'avoir été planté là et d'avoir absorbé au fil des ans la couleur prédominante de son environnement. Il les contempla de ses prunelles inexpressives, sans interrompre les mouvements cadencés qui projetaient d'autres serpentins d'argile sur le tas à ses pieds.

Niccolini passa à grandes enjambées sans le gratifier d'un regard, mais l'adjudant croisa ces yeux mornes, conscient à nouveau d'être un intrus, sans existence réelle pour ces gens-là. Il aurait aimé s'arrêter, insister pour établir un contact quelconque, mais pour rien au monde il n'aurait voulu se perdre dans ce labyrinthe, d'autant que Niccolini se trouvait déjà dans la salle suivante et tonnait :

— On cherche Moretti ! Où est l'escalier ?

L'adjudant ne pouvait donc que lui emboîter le pas.

L'un des trois céramistes travaillant côte à côte sortit un bras couvert d'argile rouge d'un cylindre en révolution sur son tour, pour indiquer :

— Par là-bas, sur votre droite.

Aucune chance de pouvoir s'attarder ici non plus, mais malgré tout, Guarnaccia embrassa la salle de ses gros yeux et murmura, comme il passait devant celui qui avait répondu :

— Qui travaille ici ?

Il y avait un quatrième tour avec un morceau de glaise qui attendait.

— Moretti.

Le tourneur replongea le bras dans le cylindre et se pencha au-dessus tandis que les flancs s'enflaient et s'accroissaient à la base.

L'adjudant rattrapa Niccolini sur les marches en bois, soufflant un peu sous l'effort qu'il fournissait pour suivre l'allure décidée de son collègue.

— Quel fichu endroit ! continuait à grommeler son collègue. Quelle pagaïe !... Maintenant, où est-ce qu'on... ?

Ils firent une halte en haut de l'escalier, sans trop

savoir où poursuivre, jusqu'à ce qu'ils perçoivent des voix plus loin, deux voix, dont l'une s'éleva tout à coup au-dessus de l'autre avec colère.

— Et je te le dis, comme je te l'ai toujours dit, tu ne t'en tireras pas comme ça une deuxième fois. La fille est morte, pour l'amour du ciel !

L'autre formula une réponse inaudible. Guarnaccia et son collègue se rapprochèrent du bruit, en accélérant un peu, comme s'ils étaient conscients d'un danger imminent.

— En quoi ça me regarde ? Comme ça regarde tous ceux qui ont une fille dans cette ville ! C'est déjà suffisant que cette cinglée de nymphomane...

Les deux adjudants couraient presque, trébuchant sur des marches inattendues, heurtant des étagères et des tables, qui tachaient de poussière rouge leurs manteaux noirs ; mais, au-dessus de leurs propres pas pesants, ils entendirent le cri étouffé et la courte échauffourée qui précédèrent un fracas si violent que le plancher trembla sous leurs pieds. Ils parvinrent ensuite à la longue pièce nue au-dessus du four céramique et surprirent Moretti et l'un de ses hommes en train de se battre en silence. Le premier avait les mains sur la gorge de son adversaire, mais c'est sa propre figure qui s'empourprait, comme si c'était lui qu'on étranglait.

— Ça suffit ! fulmina Niccolini.

Moretti lâcha prise et se retrouva les bras ballants le long du corps. Ni lui ni l'autre homme ne regardèrent les intrus ; ils continuèrent à se fixer, en respirant fort.

— Qu'est-ce qui se passe ? poursuivit Niccolini en s'approchant d'eux. Alors ? Moretti ? Sestini ?

Guarnaccia se tint à l'écart et les observa. Moretti, avec ses vêtements tachés de rouge, ses cheveux roux en désordre et son visage congestionné de colère, évoquait un diable sorti de sa propre fournaise. L'autre, Sestini, n'était que blancheur. Il devait s'occuper de ces étranges moules en plâtre qui avaient tant troublé l'adjudant, lors de sa première visite. L'une de ces énormes formes gisait à terre, brisée en trois morceaux, dont l'un oscillait en douceur.

Ce fut Sestini qui finit par répondre, les yeux toujours rivés sur Moretti.

— C'est rien, marmonna-t-il, un simple désaccord privé.

— Un désaccord ? tonna Niccolini. Ben voyons ! Écoutez, Moretti, je suis revenu vous dire de changer d'attitude, si vous ne voulez pas avoir des ennuis avec nous, et je vous trouve en train d'étrangler l'un de vos meilleurs ouvriers...

— Comme je le disais, interrompit Sestini, c'est une affaire privée.

Puis il se retourna et se pencha pour examiner la coque de plâtre fracturée.

— La barbe ! Je ne peux plus rien faire avec ça...

La figure de Moretti recouvrait un aspect normal, mais son regard restait chevillé sur Sestini, suivant chacun de ses mouvements. Guarnaccia, près de la porte, était certain que ses yeux exprimaient de la gratitude. Son collègue, en revanche, semblait sur le point de perdre son sang-froid. Il était aussi rouge que Moretti auparavant.

— Écoutez ! reprit Niccolini.

— Non, c'est vous qui m'écoutez ! aboya Moretti en se tournant soudain vers lui. J'ai eu ma dose pour la journée ! Des types qui fourrent leur nez partout, interrompent le travail, posent des questions stupides... je n'ai aucune responsabilité dans ce qui est arrivé à cette fille. Ce qui arrive aux gens, c'est le plus souvent leur faute !

— Leur faute ! rugit Niccolini, en dominant son interlocuteur, plus petit, comme s'il l'eût volontiers soulevé et secoué. Avez-vous vu l'état du corps de cette fille ? Alors ? L'avez-vous vu ?

— Je n'en suis pas responsable ! insista Moretti en

se passant une main nerveuse dans les cheveux et en regardant autour de lui, comme en quête de quelque preuve tangible pour justifier sa déclaration.

L'adjudant s'avança et demanda d'un ton calme :

— Elle était nymphomane, c'est ça ? N'est-ce pas ce que quelqu'un était en train de dire ?

Moretti eut l'air stupéfait, à cause de cette remarque ou de la présence de Guarnaccia, qu'il n'avait pas remarquée jusque-là.

— Personne n'a dit ça...

— Ah non ? fit Niccolini, ses yeux passant de Moretti à son collègue, avant de revenir sur Moretti. Eh bien, l'adjudant Guarnaccia et moi, on doit devenir durs d'oreille. Tous les deux.

— Ou alors vous avez une dent contre moi, comme tout le monde ici.

— Personne n'a une dent contre vous, n'est-ce pas, Guarnaccia ?

L'adjudant resta silencieux. La chaleur montait à travers les lattes du plancher en vagues étouffantes, et il aurait aimé ôter son manteau. Il glissa sa casquette sous son bras et chercha un mouchoir pour s'éponger le front.

— Eh bien ? On vous écoute...

Moretti était presque tombé à la renverse sous l'agressivité de Niccolini.

— Je...

— Oui ? Quoi ?

— Je n'ai rien voulu dire de particulier... marmonna Moretti. J'ai juste perdu mon sang-froid... et, à ma place, ça vous serait peut-être aussi arrivé.

— À votre place, j'éviterais sûrement de perdre mon sang-froid. Maintenant, écoutez-moi : si vous n'avez rien à voir dans cette affaire, vous n'avez rien à craindre, mais évitez de braquer les gens. Gardez votre calme et répondez sans détour à une question directe, pas comme ce matin. Ce genre d'attitude ne donne rien de bon. Vous avez un alibi en béton, de même que vos ouvriers, puisqu'ils étaient tous chez Tozzi... mais si vous commencez à faire le malin avec nous, on va se mettre à croire que, d'une manière ou d'une autre, il existe un lien entre vous et la mort de cette fille. Est-ce que je me suis bien fait comprendre ?

— Je n'ai rien à voir avec ça.

— Alors arrêtez de raconter des bobards ! Pour quelle raison vous battiez-vous, tous les deux ?

— Comme il l'a dit, c'était une affaire privée, quelque chose entre lui et moi, sans rapport avec la fille. Je n'ai jamais fait de mal à qui que ce soit de toute ma vie, n'importe qui vous le dira en ville.

— Je n'en doute pas un instant mais, malheureusement, personne dans cette ville n'a envie de me dire quoi que ce soit. Ils sont tous comme vous. Et, à ce propos, vous feriez mieux de vous rappeler que les gens responsables de cette enquête ne vous connaissent pas et ne savent rien sur vous. Tout ce qu'ils savent, c'est qu'on a découvert le cadavre de la fille sur votre décharge de tessons... et puis voilà que je vous retrouve en train d'étrangler Sestini... Arrêtez ce foutu boucan, vous voulez bien ?

Sestini avait fait rouler les fragments de moule dans un coin et les brisait en petits morceaux à l'aide d'un maillet. Il s'interrompit sans se rebiffer et commença à glisser les débris dans un sac-poubelle de plastique noir. L'adjudant laissa Niccolini tenter vainement de raisonner Moretti et s'approcha de Sestini.

— Au fait, de quoi s'agit-il ?

— Ce sont des moules.

— Ils ont une drôle de forme.

— Ils sont en deux parties, parfois trois. On doit les faire tenir avec du fil de fer. Celui-ci est fichu, c'est sûr...

— Est-ce qu'il est souvent aussi violent ?

Sestini haussa les épaules sans répondre et Guarnaccia abandonna. Il ne voyait pas comment quiconque pourrait jamais savoir le fin mot de cette histoire, si coupable et innocent observaient le silence, et c'est ainsi que les choses se dérouleraient, semblait-il.

Il regarda par la fenêtre brisée, là où la pluie s'engouffrait la veille. En s'éloignant de la voie ferrée et de son haut mur noir pour former un grand virage, la route très fréquentée paraissait un peu moins lugubre vue d'ici qu'à l'extérieur de chez Berti. Nul doute que ce devait être un assez agréable coin de campagne, quand on avait construit la vaste demeure d'en face.

La maison aux sept toilettes...

Sous l'exaspération, la voix de Niccolini gagnait de nouveau en volume, mais l'adjudant ignorait ce que son collègue disait. Guarnaccia avait remarqué qu'il existait bel et bien une personne en ville qui parlait, et en permanence, qui plus est. Robiglio, aussi désagréable qu'il fût, n'était pas comme les autres. Il n'avait pas cette mentalité du paysan opiniâtre qui observe un silence tenace envers et contre tout, qui manque de confiance en soi pour s'exprimer, et qui n'imagine pas qu'on le croirait s'il s'y risquait.

Un homme raffiné, un homme du monde, le signor Robiglio. Il pouvait certes mentir comme un arracheur de dents, mais il dirait quelque chose. La façade jaune de la maison commençait à sécher par plaques sous le soleil pâle. Elle ne serait sans doute jamais complètement sèche avant que la pluie ne retombe dans cet endroit maudit... hormis peut-être en plein été, lorsque Robiglio était probablement parti. Il était du genre à posséder une résidence secondaire dans quelque station balnéaire à la mode, voire à l'étranger.

Les grandes fenêtres ne lui renvoyaient aucune image.

Sestini s'était remis à marteler et, cette fois, personne ne lui dit d'arrêter. L'adjudant jeta un coup d'œil derrière lui. Niccolini avait posé sa grosse main sur l'épaule de Moretti et lui parlait d'une voix plus basse, plus pressante, mais l'autre détournait les yeux. À quoi tout cela rimait-il ? Il allait agir à sa guise, pour le meilleur ou pour le pire, comme le faisaient toujours les gens élevés dans l'idée de ne faire confiance à personne, en dehors de leur propre famille. Dans un soupir, Guarnaccia se retourna vers la vitre. Puis il fit un pas en avant et scruta avec un regain d'intensité. Les hautes fenêtres n'étaient plus désertées. Quelqu'un regardait fixement là-bas, comme lui ici. S'observaient-ils l'un l'autre ? Installée en retrait de la route, avec son allée qui partait du grand portail, l'imposante maison aux sept toilettes se situait trop loin pour le dire. Guarnaccia ne recula pas. En tout cas, la voiture du propriétaire était garée devant, comme pour annoncer sa présence. Impossible de savoir qui était la personne d'en face. Certes pas Robiglio lui-même, qui se trouvait sûrement à sa fabrique, à cette heure-là, mais malgré tout, cette image floue confirmait qu'il était perturbé pour une raison ou une autre par la venue de l'adjudant, assez sans doute pour qu'il se sente tenu d'embaucher un apprenti dont il n'avait pas besoin. Et si Guarnaccia avait bonne mémoire... Sestini avait fermé les sacs-poubelles et les empilait contre le mur.

— N'est-ce pas votre fils qui va être pris chez Robiglio ?

— Et alors ?

L'adjudant se contenta de le dévisager. Inutile de dépenser son énergie. On n'allait pas arrêter toute la population de la ville pour rétention d'information.

Peut-être que la même pensée avait traversé l'esprit de Niccolini.

— Vous finirez au trou, écoutez-moi bien ! Je vous conseille de réfléchir à ce que j'ai dit, car une fois derrière les barreaux, vous comprendrez que c'est pas facile d'en ressortir. Alors, répondez-moi ! Est-ce que je parle à un mur ? Nom d'un chien !

Et, sans crier gare, il tourna les talons et quitta la pièce d'un pas déterminé, en oubliant, ou en préférant oublier, qu'il n'était pas venu seul. L'adjudant s'épongea une nouvelle fois le front et marcha lentement dans le sillage de son collègue. Et s'il s'égarait encore, tant pis. Guarnaccia n'était pas d'humeur à talonner cet homme volcanique chaque fois qu'il perdait patience.

Il ne s'égara qu'une seule fois, en vérité, car il connaissait mieux les lieux à présent et eut la chance de croiser l'apprenti qui découpait de gros morceaux d'argile avec du fil de fer, à mesure que celle-ci sortait d'une espèce de boudineuse géante. Le jeune garçon lui indiqua son chemin de manière assez sensée, bien que Guarnaccia ne pût s'empêcher de songer aux figurines enfantines qu'il avait vues la veille sur l'appui de fenêtre, en se demandant si le gars n'était pas un peu retardé.

Niccolini piaffait à côté de la voiture.

— Il fait froid, dit-il en jetant un regard noir.

Et, une fois assis sur le siège passager :

— Il fait surtout humide.

L'adjudant démarra et lança un coup d'œil de l'autre côté de la route, sur les grilles de la demeure de Robiglio.

— Je me demandais si...

Mais son collègue l'interrompit :

— On va passer chez Berti, si ça ne vous dérange pas. Il en sait plus sur cette fille que quiconque ici, et, bon sang ! s'il commence à tergiverser avec moi, je le fais coffrer avant même qu'il comprenne ce qui lui est tombé sur le coin du nez.

Berti alla droit au but en les accueillant.

— Vous voilà de retour, alors ? Vous avez arrêté Moretti ?

Une telle entrée en matière sidéra tellement Niccolini qu'il en oublia son agressivité.

— Qu'entendez-vous par là ?

— Il me semble que ma question est assez claire. Si la fille se trouvait bien là-bas lundi...

— Ça reste encore à prouver. On sait seulement qu'elle aurait pu y être.

— On l'a découverte chez Moretti, pas vrai ? Ça ne vous dérange pas si je continue à travailler...

Il était assis à sa place habituelle, près de la fenêtre masquée.

— Vous n'allez pas me dire que vous cherchez un truc pour votre femme, aujourd'hui, j'imagine.

— Ce qui s'est passé n'a pas l'air de vous bouleverser.

— La vie continue, répondit Berti en cherchant le pinceau dont il avait besoin parmi ses pots de peinture, la vie continue. Personne ne le sait mieux que moi. Je n'ai pas deux sièges à vous offrir, mais l'un de vous deux peut s'asseoir.

La chaise poussiéreuse était toujours à l'endroit où l'adjudant s'était assis.

— Ce ne sont pas des sièges qu'il nous faut, mais des informations sur la fille, répliqua Niccolini avec brusquerie.

— On en a déjà fait le tour avec votre chef un peu plus tôt, non ?

— Et vous aviez aussi peu de choses à dire que tous les autres ici, alors que c'est vous qui avez eu le plus de contacts avec elle.

Berti traça avec délicatesse le contour d'une fleur sur une assiette, puis posa le pinceau. Il essuya ses doigts semblables à des pattes d'araignée, lorgna chacun des deux adjudants à tour de rôle ; ses yeux minuscules étincelaient.

— Si vous pensez ce que, d'après moi, vous pensez, Niccolini, vous faites fausse route.

— Oh, vraiment ? J'ai vu la façon dont vous la regardiez.

— La manière dont je regarde les femmes ne leur a

jamais fait de mal. Au contraire, elles aiment ça. Il fut un temps — pas si lointain — où je pouvais en avoir trois dans la même journée.

Pour une raison étrange, c'est à Guarnaccia qu'il choisit d'adresser cette remarque.

— Trois dans la journée... répéta-t-il.

Et il fit soudain un geste si vulgaire de la main que l'adjudant, malgré lui, recula d'un pas et heurta la porte que quelqu'un tentait d'ouvrir.

— Fermez-la, fermez-la, reprit l'artisan.

Puis il cria à l'intrus invisible :

— Allez-vous-en, je suis occupé !

— Qui est-ce ? fit Niccolini en virevoltant.

Et l'adjudant ouvrit la porte à temps pour voir une petite femme tourner les talons et décamper en pantoufles vers la maison voisine.

— Ce n'est que Tina, elle habite à côté, expliqua Berti en reprenant son pinceau.

— Celle dont le mari a découvert le corps ? Qu'est-ce qu'elle vous veut ? questionna Niccolini en bousculant son collègue pour sortir à grandes enjambées.

La visiteuse avait disparu.

— Eh bien, dit-il à son retour, dominant le petit artisan ratatiné comme s'il voulait le manger tout cru, qu'est-ce qu'elle vient donc faire ici ?

— C'est ma voisine, non ? répondit Berti. Elle vient bavarder de temps en temps.

Il gloussa à part lui et ajouta :

— Si vous voulez vraiment savoir pourquoi elle vient...

Il reposa avec soin son pinceau et se tourna vers une étagère derrière lui, où il y avait une pile de livres poussiéreux sur la majolique et quelques pages découpées de magazines d'histoire de l'art, dont il copiait sans doute les motifs. Ce tas dissimulait quelques revues sur papier glacé, et il en sortit une qu'il agita sous leur nez.

— Elle aime emprunter celles-ci. Tiens, jetez-y un œil.

Les frêles doigts grisâtres qui agrippaient la grande photo pornographique rendaient encore plus choquantes les couleurs criardes.

— Ça va comme ça, Berti ! aboya Niccolini.

— Vous vouliez savoir...

À l'évidence, Berti prenait un malin plaisir à les choquer de quelque manière que ce soit, et Guarnaccia était convaincu que cela le visait en particulier. C'était à lui que Berti faisait un clin d'œil à présent :

— La vie est assez terne par ici, alors il faut qu'on trouve un brin d'excitation là où on peut.

— Je pense que je ferais aussi bien d'aller discuter un peu avec cette voisine... annonça lentement l'adjudant.

Il n'avait aucune raison de le faire, sauf qu'il était trop content d'échapper à Berti et à son atelier encombré, avec ses odeurs de poussière et de paraffine, sans parler de sa face lubrique et des publications pornos. Niccolini ne fit aucune objection. Il était probablement ravi de voir s'en aller son collègue, quelle que soit l'excuse. Une fois dehors, Guarnaccia marqua une pause, car il ressentait le besoin de respirer l'air frais. La brume qui voilait le soleil depuis un moment s'était épaissie et le ciel affichait une nuance gris pâle uniforme, au-dessus du haut mur noir et des câbles électriques de la voie ferrée. Les voitures passaient devant lui, debout sur ce carré de terre battue, au seuil de chez Berti. Une vie terne... Et avant la tombée de la nuit, c'était quasi certain qu'il allait encore pleuvoir.

Derrière lui, la voix de Niccolini augmentait en volume, et il se demanda également si sa propre présence n'était pas la cause réelle des problèmes plutôt que le manque de coopération des habitants. Dans un cas comme dans l'autre, il ne pouvait guère y remédier. Et c'est en soupirant qu'il tourna les talons et frappa à la petite porte, près de la fenêtre à barreaux. Le chat n'était pas à son poste, ce jour-là, mais l'odeur était plus entêtante que jamais, et il plissa le nez en attendant. Il dut patienter longtemps. Puis frapper à trois reprises, avant d'entendre la femme se déplacer en traînant les pieds, mais elle ne vint même pas jusqu'à la porte. Il ne fut pas surpris de percevoir, quelques instants plus tard, un battement d'ailes parmi les poules picorant et de voir des yeux fixés sur lui derrière les barreaux. Il dévisagea à son tour la figure blême et attendit. Lorsqu'elle disparut, il frappa de nouveau à la porte avec vigueur, juste au cas où la femme pensait qu'il puisse abandonner et s'en aller, mais les pas traînants s'approchèrent et la porte s'entrebâilla suffisamment pour laisser voir le visage. À la grande surprise de Guarnaccia, elle n'était pas hostile, mais affichait une curiosité puérile.

— Qui êtes-vous ?

— Guarnaccia, adjudant des carabiniers. J'aimerais entrer et vous parler un moment.

— Ça va pas *lui* plaire.

Malgré cette remarque, la porte s'ouvrit et l'adjudant retira sa casquette, puis se courba un peu pour pénétrer dans la maison. Il se retrouva dans un petit corridor sombre, où l'odeur de la volaille dans la pièce de gauche devenait suffocante, et il ne fut pas mécontent de suivre son hôtesse derrière une porte sur la droite, qu'il s'empressa de refermer derrière lui.

— D'habitude, je la laisse ouverte, dit-elle en s'arrêtant au milieu de la pièce pour l'observer. J'aime bien avoir un peu d'air. Mais vous avez peut-être froid...

— En effet, lui assura Guarnaccia, très froid.

Ce qui était vrai, en tout cas, et il posa un regard d'envie sous la voûte passée à la chaux qui menait à la cuisine, où un poêle ronronnait douillettement dans la pénombre, avec une casserole d'eau fumante dessus. Mais la femme resta là, dans ce qui devait constituer un salon, quoique assez étriqué et dépourvu de fenêtre, avec peu de place pour s'asseoir. Une ampoule nue éclairait mal l'endroit. Son hôtesse lui proposa une chaise dure et très inconfortable, puis resta debout au-dessus de lui, à l'observer, tandis qu'il s'asseyait et posait son couvre-chef sur ses genoux, en regardant autour de lui. Le seul bruit qu'on entendait était le tic-tac d'une lourde horloge démodée. On ne pouvait manquer la nouvelle machine à laver, ornée d'un bouquet de fleurs en plastique dans un vase, posé sur un bout de tissu coloré, ainsi que la déprimante photo de mariage sur le mur au-dessus. Le lave-linge représentait le seul élément nouveau apporté par la route très fréquentée qui traversait ce coin de campagne pour le relier à la zone industrielle située plus loin. Sinon, la masure offrait en tous points le souvenir misérable de la propre enfance de Guarnaccia. Il avait conscience du regard assez stupide de la femme, attendant qu'il prenne la parole.

— Votre mari est au travail ? lui demanda-t-il enfin, en jetant un coup d'œil sur la pitoyable photo de mariage.

— Il est au verger, en train d'élaguer.

— Pourquoi ne pas vous asseoir ? suggéra-t-il, un peu déconcerté par le fait qu'elle demeure plantée là à le contempler.

Elle obtempéra, docile, et referma un cardigan en laine informe sur la bavette de son tablier à fleurs.

— Fait froid...

Elle se releva et l'adjudant lui emboîta le pas, en supposant qu'ils allaient se rabattre sur la cuisine, mais elle ajouta :

— Je reviens dans une minute...

Et il se rassit. Il la regarda soulever la plaque du poêle avec un crochet et lâcher une bûche dans le foyer. Elle s'empara ensuite d'un petit pot en terre cuite, qu'elle remplit de cendres chaudes, récupérées en bas. Elle plaça le tout comme une offrande sur le sol en béton, entre leurs deux sièges, et s'assit en souriant. Le petit chat noir que Guarnaccia avait vu espionner à travers les barreaux la veille surgit de nulle part et s'installa auprès du pot, en ronronnant.

— C'est votre mari, n'est-ce pas, qui a découvert le corps ?

— C'est ça.

— Il partait travailler ?

— Il allait élaguer, expliqua la femme patiemment.

Puis elle se mit à le fixer avec une telle intensité qu'il se demanda s'il avait une tache sur la figure, peut-être une trace d'argile.

— Il y a un problème ? finit-il par dire.

Le regard de son hôtesse se fit sournois. Elle se révélait plus jeune que l'adjudant ne l'aurait cru au début, et si elle ne louchait pas vraiment, elle avait une légère coquetterie dans l'œil.

— Je voulais juste vous demander, dit-elle, si c'est vrai que vous venez de Florence.

— Je n'y suis pas né, si c'est ce que vous voulez dire, répondit l'adjudant, interloqué par cette question. Mais j'y habite.

— Vous avez fait tout ce chemin aujourd'hui ?

— Je... euh... oui.

— Et ça a pris beaucoup de temps ?

— À peine une demi-heure, ce n'est pas loin... Vous voulez dire que vous n'êtes jamais allée à Florence ?

— Non, mais j'ai entendu dire qu'il y a de grandes églises là-bas et des statues, gloussa-t-elle en le dévisageant à nouveau.

— Vous ne sortez donc jamais ?

— Oh si. Il y a une boutique en bas de la route et là j'y vais, et je suis allée en ville, aussi. *Il* m'y a emmenée.

— Votre mari.

— C'est ça. *Lui*.

Guarnaccia lança un regard gêné sur la pièce. Non seulement il n'y avait pas de fenêtre ici, mais la cuisine semblait aussi en être privée, du moins à ce qu'il pouvait en voir. À une époque, l'atelier de Berti devait être intégré à la maisonnette, et cette partie servir pour les bêtes et les réserves. Il revit le visage de son interlocutrice épiant par les barreaux, puis un autre détail lui revint en tête.

— Vous allez de temps en temps à côté, non ? Pour voir Berti.

— Quand il n'est pas trop occupé, il me permet d'entrer et veut bien que je lui parle. Et il me laisse...

Guarnaccia l'interrompit, dans l'espoir d'éviter le sujet des magazines, qui le dérangeait plus que jamais en présence de cette pauvre créature infantile :

— Mais ce n'est pas lui, n'est-ce pas, qui vous a parlé des églises et des statues de Florence ?

— Non, non. C'est la signorina.

— Eh bien, voilà déjà un mystère de percé, commenta l'adjudant à mi-voix.

— C'est un mystère ? *Psst... psst*, viens par ici...

Elle souleva le chat noir malingre et se réchauffa les mains sur sa fourrure chaude, tout en rapprochant ses pieds en pantoufles du pot de cendres.

— C'est juste une façon de parler. Berti m'a dit qu'il arrivait souvent tard le matin, et que la jeune fille qui venait travailler pour lui n'avait pas de clé. Je ne pouvais pas l'imaginer en train d'attendre sous une pluie battante.

— Un jour, elle a attendu sous la pluie et je l'ai vue.

— Et vous l'avez invitée à entrer ?

— Elle me parlait. Elle avait de jolis cheveux et maintenant elle est morte. Elle m'a fait un cadeau, remarquez. Vous voulez que je vous le montre ?

— Si ça vous fait plaisir.

Elle regagna la cuisine en traînant les savates et saisit une boîte en carton sur une étagère. Elle n'apporta pas la boîte, mais l'ouvrit sur la table et en sortit quelque chose de plat.

— Voilà.

Elle revint en brandissant son trésor.

— Je la conserve dans la pochette, comme le jour où elle me l'a donnée.

Un emballage de papeterie avec une carte postale à l'intérieur, où figurait une vue du Palazzo della Signoria.

— On voit bien l'horloge sur la façade de l'église, avec les statues et les gens qui vont dedans.

Guarnaccia décida de ne pas essayer de lui expliquer qu'il ne s'agissait pas d'un lieu de culte. À quoi bon ? Il se borna à dire :

— Peut-être que vous irez là-bas un jour.

Elle secoua la tête :

— *Il* ne me laissera pas.

— Et vous faites toujours ce qu'il vous dit ?

Elle gloussa, puis fit descendre le chat de sa chaise, pour s'y rasseoir. Elle se pencha vers Guarnaccia et lui confia :

— Faut bien, vous voyez, quand il est là, sinon... Mais une fois par semaine, quand il va jouer au billard...

Elle s'interrompit et lorgna la porte, comme si elle craignait qu'*il* ne la franchisse et se jette sur elle.

— ... je vais voir mon frère.

— Ah bon ?

— Il veut bien que je lui parle.

La même expression qu'elle avait utilisée pour Berti. Elle était peut-être un peu simple d'esprit, mais on ne pouvait pas nier que sa solitude, dans cette maison nue avec pour seule compagnie le tic-tac de la grande horloge et les poules picorant à côté, était aussi réelle et désespérante qu'elle aurait pu l'être pour quiconque.

— Vous ne le *lui* direz pas ?

— Non, non...

— Car s'il le découvre, il va m'enfermer. Quand il est vraiment en colère, il dit qu'on devrait m'enfermer dans la villa.

— La villa ?

— Là-haut, dit-elle en désignant une vague destination de sa main potelée. Alors vous ne devez rien répéter.

— Je ne dirai rien. Quel jour s'en va-t-il jouer au billard ?

— Le jeudi. C'est aujourd'hui.

On avait peine à croire qu'elle se débrouillait pour être au courant des jours qui passaient, car ils devaient tous se ressembler à ses yeux ; mais si le jeudi se révélait aussi important, peut-être y parvenait-elle. Cela valait la peine d'essayer.

— Quand avez-vous vu pour la dernière fois la signorina qui vous a offert la carte postale ?

— La semaine dernière. Il pleuvait vendredi, et je l'ai guettée, car j'avais pas entendu la voiture de Berti.

— Et lundi ?

— Lundi, non.

— Non, quoi ?

— Berti est arrivé tôt, j'ai entendu la voiture.

— Je vois. Alors vous n'avez pas guetté la jeune fille ?

— J'ai entendu sa voiture à lui avant le car, alors je savais qu'elle ne passerait pas chez moi.

— Je vois...

Ma foi, il avait tenté sa chance.

— Elle est pas allée voir Berti non plus. Je sais pas où elle est allée. Je l'ai vue partir sur la route.

— Ah oui ? Dans quelle direction ?

— Par là-bas, vers la ville. Peut-être qu'elle est allée voir mon frère. Il veut bien que les gens lui parlent et elle aime parler aux gens. Moi aussi. Alors elle est peut-être allée le voir.

— Peut-être.

— Un jour, il va se marier, et s'il a un bébé, alors je pourrai jouer avec.

— Ce serait agréable...

Guarnaccia commença à penser qu'il ferait aussi bien de partir. Il croyait volontiers qu'elle se rappelait réellement avoir vu la jeune fille descendre du bus et partir sur la route le lundi, mais le témoignage de cette femme ne serait certes pas valable devant la justice. Il se leva avec raideur, car la petite pièce confinée était vraiment glaciale.

— Vous ne partez pas? Moi, ça me plaît de vous parler.

— Merci.

C'était sans doute à peu près la seule personne des environs qui devait aimer cela!

— Si j'avais un bébé, je jouerais avec et je l'habillerais. J'en avais un dans le temps, mais il est mort, et maintenant, je peux plus en avoir.

— Je suis désolé.

— Ils ont tout enlevé.

— Je suis navré. Il faut vraiment que je m'en aille, à présent...

L'adjudant s'était approché de la porte.

— Je vais vous montrer une photo de lui, si vous voulez. C'était un petit garçon... je l'ai dans ma boîte...

Elle regagna rapidement la cuisine et Guarnaccia n'avait pas d'autre choix que d'attendre près de la porte, en tripotant sa casquette entre ses grosses mains.

— Voilà... annonça-t-elle en se précipitant vers lui. Est-ce qu'il est pas mignon?

C'était en effet un superbe bébé aux belles joues éclatantes et aux doux cheveux blonds. Un petit poing potelé se tendait vers une cuillerée de bouillie jaunâtre dont la photo, découpée avec soin dans un magazine, faisait la publicité.

CHAPITRE IV

Il décida d'attendre Niccolini dans la voiture, en allumant le moteur pour se réchauffer. Sans avoir besoin de regarder, il savait que Tina apparaissait de temps à autre derrière les barreaux, pour voir s'il était toujours là. Peut-être lui en voulait-elle de stationner ainsi, au lieu de rester en sa compagnie, mais il n'y pouvait rien. Il garda les yeux fixés sur le grand mur noir. Un train passa en trombe derrière celui-ci et fit vibrer la voiture, puis il n'y eut que des camions et quelques véhicules particuliers. Personne ne s'arrêtait ici, les automobilistes ne jetaient même pas un coup d'œil au passage. Il se demanda si Berti faisait beaucoup d'affaires et avec qui, et, assez vite, il se surprit à espérer que quelqu'un daigne s'arrêter, ou même qu'il puisse voir les trains passer, plutôt que de les entendre. S'il éprouvait déjà ce sentiment après une dizaine de minutes d'attente morne, que dire de ceux qui se retrouvaient coincés ici toute leur existence ? Certes, il était habitué à l'agitation de la ville. Avec le temps, les gens s'habituent à tout. Quand bien même, il fut assez content lorsque Niccolini sortit avec fracas de l'atelier, en claquant la porte derrière lui, avant de s'engouffrer dans la minuscule Fiat 500 qui pouvait à peine le contenir.

— J'ai ma dose, se contenta-t-il de dire. Allons manger un morceau.

Eh bien, s'il n'était pas d'humeur à fournir des renseignements, Guarnaccia n'était pas non plus du genre à insister, quoiqu'ils n'aient aucun intérêt à travailler ensemble, même à contrecœur, si l'enquête se déroulait ainsi. L'adjudant déboîta et se glissa dans la circulation en direction de la ville, en gardant ses opinions pour lui. S'il ne se trompait pas sur son collègue, Niccolini serait incapable d'observer le silence plus de quelques minutes.

Ce fut en réalité une question de secondes.

— On ne sait jamais sur quel pied danser avec ce bonhomme !

— Non.

— Je suis moi-même quelqu'un de simple et j'aime que les choses soient bien claires, bon sang !

Guarnaccia, qui sentait que Niccolini était beaucoup moins simple qu'il ne le croyait ou qu'il en avait l'air, ne fit aucun commentaire.

— Il commence par « Vous avez arrêté Moretti ? » et puis voilà qu'il défend le comportement de l'autre bougre, comme si c'était son meilleur ami ! Et placide avec ça, alors que lui-même n'est pas tiré d'affaire non plus. On n'a aucune preuve qu'elle n'est pas allée le voir lundi, aucune !

— La voisine...

— La voisine... comment s'appelle-t-elle ? Tina... n'est pas bien nette, d'après notre ami Berti, et ce n'est pas tout...

Niccolini n'acheva pas sa phrase.

— Vous avez pu découvrir quelque chose, alors ?

— Assez pour continuer...

Et il se mit à pianoter sur le tableau de bord de sa grosse main gantée.

L'adjudant pouvait difficilement lui en vouloir, après tout, car lui-même n'aurait pas apprécié de se voir imposer un parfait étranger sur son propre territoire. Il suffisait d'être patient, peut-être d'en toucher deux mots au capitaine et de s'extraire de toute cette affaire.

— Je me suis dit que ça vous intéresserait de savoir, déclara-t-il avec précaution, que la fille avait l'habitude de se réfugier chez Tina, les matins où elle arrivait avant Berti et trouvait porte close. C'est vrai que cette femme n'est pas tout à fait nette, bien sûr... mais, même si je ne suis pas un spécialiste, je dirais qu'elle a plus la mentalité d'une gamine que d'une adulte, ce qui ne l'empêche pas de remarquer ce qui se passe...

— Remarquer ! Remarquer quoi ? Elle doit inventer, je parie.

— Ça se peut...

Impossible d'oublier le bébé sur la publicité découpée.

— Mais en menant une telle vie, enfermée dans cette maison toute la journée...

— Elle a besoin d'être enfermée, au dire de tous !

— Au dire de Berti, insista Guarnaccia en douceur. Et il se peut qu'il ait exagéré, en sachant que j'étais allé la voir. D'après Tina, elle a vu la fille lundi matin descendre du car et s'en aller sur la route, et elle affirme que Berti se trouvait déjà dans son atelier à ce moment-là.

— Alors Berti l'aurait vue lui aussi. L'arrêt de bus se situe juste en face. Ça lui rapportait quoi d'être équivoque s'il l'a vue partir chez Moretti ? Non, non...

— Vous avez dit vous-même, observa l'adjudant, qu'il n'est pas clair au sujet de Moretti : d'abord il l'accuse, puis il le défend.

— Quand même, bon sang, s'il l'a vue...

— Je ne pense pas que ça change grand-chose qu'il l'ait vue ou non.

— Hein ? Qu'est-ce que ça veut dire ?

— Ma foi, elle allait chaque matin chez Berti, alors

si un jour elle descend du bus et s'en va chez Moretti sans prendre la peine de traverser la route et de prévenir Berti, même si sa voiture est là...

— Il l'aurait déjà su, bien sûr. Évidemment, Moretti était prêt à cuire et Berti allait apporter sa marchandise, alors il serait le premier...

— À lui dire qu'elle pouvait y aller.

— Il lui en aurait parlé vendredi. C'est logique.

— Je suppose que vous avez raison.

— Bien sûr que j'ai raison. Mais il aurait dû nous le dire ! Je ne supporte pas les gens qui me font perdre mon temps.

— Je peux me garer là ?

— Parfait, parfait. Ce type doit me croire né de la dernière pluie.

Guarnaccia rangea son véhicule.

Lorsqu'ils poussèrent la porte vitrée, la vague de chaleur et les bonnes odeurs de viande rôtie qui les accueillirent se révélèrent aussi opportunes et réconfortantes que la veille, mais l'adjudant eut le sentiment que les conversations étaient plus bruyantes et plus agitées qu'il n'en avait le souvenir. Peut-être se trompait-il mais, en tout cas, nul doute qu'au premier « Comment ça va ? » tonitruant de Niccolini, le brouhaha diminua d'un seul coup et cessa en quelques secondes, laissant son salut en suspens. Au bout de la pièce, un téléviseur couleurs diffusait les actualités de la mi-journée. Guarnaccia ne l'avait pas remarqué lors de sa première visite, bien que le poste soit sans doute allumé tous les jours, mais à présent la voix du présentateur dominait clairement le cliquetis des couverts et le crépitement du feu dans la cuisine.

Affichant un sourire inquiet, Tozzi navigua entre les nappes à carreaux pour se précipiter vers eux.

— Il y a une table qui se libère à côté d'ici une minute ou deux, annonça-t-il, si vous voulez bien...

— Ne vous en faites pas, interrompit Niccolini, on sera très bien ici, à ma place habituelle.

Et il s'assit devant la télévision.

Guarnaccia s'installa en face de lui, conscient que tous les yeux étaient fixés sur eux. Tozzi s'en alla et ne revint pas. Un petit gars en tablier blanc trop grand pour lui vint noter leur commande et, peu à peu, les discussions autour d'eux reprirent, mais à voix mesurée. On pouvait toujours entendre le présentateur du journal et l'adjudant se tourna pour regarder les scènes d'un conflit quelconque à l'étranger, sans trop comprendre de quoi il s'agissait. Lorsqu'on les servit, Niccolini mangea un plat de spaghettis avec un appétit et un enthousiasme ostentatoires, mais Guarnaccia savait que son collègue était perturbé. Ce devait être la première fois que celui-ci entrait dans cette salle sans être salué chaleureusement par la quasi-totalité des clients. Et l'adjudant était prêt à parier que c'était aussi la première fois que son collègue n'était pas allé tout droit dans la cuisine, pour y soulever les couvercles des grosses casseroles et voir quelles bonnes choses mijotaient, avant de se réchauffer devant la cheminée, en bavardant avec tout le monde. L'agacement ressenti par Guarnaccia lui-même céda la place à de la peine pour ce géant auparavant si jovial, qui se retrouvait tout à coup dans une situation qui le dépassait. Natif d'une très petite ville de Sicile, l'adjudant était assez habitué à ces silences soudains qui, souvent, ne visaient personne en particulier ou si peu, et, une fois passés, on les oubliait comme s'ils n'étaient jamais survenus. Mais Niccolini était un citadin, un Romain, qui n'avait sans doute jamais été confronté à un tel bloc d'hostilité dans sa vie, et, avec son caractère exubérant et affable, il allait à coup sûr en pâtir. Pardessus le marché, il devait probablement souhaiter avoir au moins un de ses hommes avec lui, peut-être le jeune brigadier dont il avait parlé et qui déjeunait d'ordinaire avec lui, au lieu de cet étranger qu'on avait parachuté à ses côtés, contre sa volonté.

Guarnaccia l'observa avec sympathie, mais Niccolini évitait son regard. Il faisait mine de fredonner un air à part lui et d'étudier le menu avec intensité, comme s'il n'avait jamais mangé dans ce restaurant et ne connaissait pas par cœur les plats de chaque jour. Dans l'idéal, il aurait fallu dire quelque chose, entamer un dialogue qui meublerait au moins le silence, mais l'adjudant avait beau se creuser la tête, aucun sujet ne lui venait. Leur second plat arriva à point nommé, mais c'eût été tellement mieux si Tozzi les avait servis lui-même, en leur glissant un mot ou deux. On ne pouvait guère espérer que cet adolescent aux fines mains rougies et à l'énorme tablier lancerait la conversation, et Guarnaccia se contenta de marmonner « Merci ».

Sur ces entrefaites, un groupe d'ouvriers de Moretti entra et, de nouveau, le niveau sonore diminua de manière perceptible. Ils s'installèrent à l'unique table vacante, laquelle se trouvait juste à l'entrée, de sorte qu'ils n'apparurent pas dans le champ de vision de Niccolini. Il nota néanmoins le changement d'atmosphère et suivit le regard de son collègue.

— Qui est-ce ?

— Les gars de Moretti.

— Personne ne leur parle ?

— Pas au début, mais l'un d'eux vient de se tourner pour s'adresser à quelqu'un assis à la table voisine. Ils ont l'air de se disputer, en tout cas...

— Vous entendez ce qu'ils se disent ?

— Rien.

Les conversations avaient repris et, outre la télévision et le bruit de la cuisine, c'était impossible de percevoir la moindre parole d'aussi loin.

— Moretti n'est pas avec eux, ajouta Guarnaccia.

— Il ne les accompagne pas. Son frère et lui mangent à la maison, sauf quand Moretti amène un client ici. Ils se chamaillent toujours ?

— Oui. C'est l'un des céramistes, je ne connais pas son nom.

Entre-temps, le tourneur s'était rendu compte que l'adjudant l'observait et il haussa volontairement le ton pour se faire entendre, tout en continuant à parler au même homme à la table voisine.

Cependant, Guarnaccia ne parvint pas à distinguer les propos ; tout ce qu'il perçut distinctement fut le mot « étrangère » prononcé avec un profond dégoût. Il pouvait assez bien en deviner la signification, à savoir que la vie de tout le monde était perturbée par une étrangère qu'on avait assassinée, quelqu'un qui n'avait rien à voir avec eux, et qui donc ne comptait pas. Cela cadrait fort bien avec leur attitude courante envers les gens de l'extérieur.

— Goûtez donc ces épinards, dit soudain Niccolini en tendant à l'adjudant une grosse cuillerée.

Guarnaccia ouvrit la bouche pour protester en disant qu'il n'en était pas du tout friand, mais il comprit à temps que si son collègue se remettait à le nourrir, cela valait plus qu'une simple cuillerée de légumes verts amers.

— Merci.

Un chariot avec un énorme saladier de tagliatelles passa en roulant devant l'adjudant et s'arrêta. Tozzi posa son regard sur eux.

— Vous êtes satisfaits, messieurs ?

— Parfait, parfait, répondit Niccolini.

— Une triste affaire... ce qui est arrivé à cette fille.

— Exact, dit Niccolini, une triste affaire.

— C'est désolant pour tout le monde. Dans une petite ville comme celle-ci... N'en veuillez pas aux gars s'ils s'agitent un peu...

— Ah non ?

— Je veux dire qu'il n'y a pas lieu de prendre ça pour vous. Par ici, les gens ont tendance à se serrer les coudes et à taire leurs différences, quand les ennuis viennent de...

— De l'étranger ?

— Vous savez comment ça se passe.

— Je commence...

— C'était pareil pendant la guerre.

— On n'est pas en guerre. Une fille innocente s'est fait sauvagement assassiner et, à ce que je vois, tout le monde s'en fout dans cette fichue ville !

— Ce n'est pas tout à fait vrai. Personne ne souhaite avoir des problèmes, voilà tout.

— Eh bien, c'est fait. Et le pire, c'est qu'ils n'ont pas fini d'en avoir, tant que je n'aurai pas mis ce meurtrier au frais. Si vous voulez, vous pouvez le leur répéter de ma part, car je parie que chacun des hommes de Moretti sait qui a tué cette fille, aussi sûr qu'ils vont manger cette *pasta*... et vous feriez peut-être bien de la leur servir avant qu'elle refroidisse.

— Écoutez, si j'ai commis une indiscrétion, je vous demande de m'excuser. C'est juste que je connais ces hommes et ça ne fait pas assez longtemps que vous êtes là pour comprendre... Enfin, j'essayais de vous aider.

— Si vous voulez être utile, transmettez-leur juste ce message de ma part... et apportez-nous éventuellement un dessert, puisqu'on a fini.

— Je vous envoie le garçon.

Tandis que Tozzi poussait son chariot vers les ouvriers de Moretti, Niccolini croisa le regard sans expression de son collègue.

— Inutile de me le dire. Je n'aurais pas dû me montrer aussi cassant avec lui.

L'adjudant ne pipa mot.

— C'est vrai, il semble qu'on se soit déjà fait assez d'ennemis sans avoir besoin de créer d'autres inimitiés. Je vois bien que vous désapprouvez.

L'adjudant resta muet.

— Je ne peux tout bonnement pas supporter que ces gens-là pensent pouvoir se moquer de moi.

— En ce qui me concerne, répondit Guarnaccia lentement, je serais plutôt de l'avis de Tozzi. Je ne pense pas que vous devriez le prendre comme un affront personnel.

— Oh, d'accord, je sais que je ne suis pas visé en tant que personne. Si vous préférez, c'est mon uniforme qu'ils narguent. Disons que je le prends personnellement au nom de l'armée.

— Eh bien, à votre place, je ne m'inquiéterais pas, répliqua Guarnaccia, placide. Je crois que l'armée s'en remettra.

Et Niccolini de sourire à belles dents :

— Vous avez raison ! Pourquoi est-ce que je me bilerais ? dit-il en riant. Quel imbécile je fais ! Chaque fois que je me mets en colère, je me regarde dans la glace et je me dis : « Niccolini, t'es rien qu'un abruti ! Pourquoi t'inquiéter ? » Je devrais être comme vous et aborder la situation avec calme. Je parie qu'il vous en faut beaucoup pour sortir de vos gonds. Non, non, vous êtes dans le vrai. On va considérer tout ça posément. Tôt ou tard, on finira par découvrir le responsable de cette histoire.

— Tant qu'à faire, rétorqua Guarnaccia, je préférerais qu'on le découvre le plus tôt possible.

Son regard se portait au-delà de son collègue, à l'endroit où déjeunaient les employés de Moretti.

— Vous ne pensez pas que...

— Qu'ils vont rendre justice eux-mêmes ? Si. D'après moi, il s'y préparent. Ça me travaille depuis ce matin, quand on a interrompu cette bagarre entre Moretti et Sestini, mais ça m'est revenu à l'esprit d'autant plus fort lorsque Tozzi a fait allusion à la guerre. J'imagine qu'il y a eu quelques règlements de comptes en douce, après le départ des fascistes.

— Sans doute, sans doute. Mais comme partout ailleurs, à l'époque.

— Oui. Mais dans les grandes villes, ça consistait souvent à aligner tous ceux qui portaient une chemise noire contre un mur, sans distinction. Dans les villages, c'était un peu différent, ça tenait plus de la vengeance personnelle que de l'hystérie collective. Vous voyez ce que je veux dire ?

— Ma foi, oui... mais non ! L'ambiance n'était pas la même, en ce temps-là. Dans toute cette pagaïe, les gens pouvaient tout se permettre et ils n'hésitaient pas. Non, non. Je vois, bien sûr... c'est peut-être le sentiment que ça nous donne, mais n'exagérons pas. Ils ne peuvent pas s'imaginer s'en tirer impunément, de nos jours.

— J'espère que vous avez raison.

— Et moi donc. Mais que j'aie raison ou tort, si c'est ce qu'ils ressentent, personne ne va nous confier quoi que ce soit d'utile.

— Ils y viendront. On ne sait pas encore qui, mais ils ne seront pas tous d'accord et ils ont probablement tous des épouses...

— Tiens, voilà une idée. On pourrait interroger les femmes.

— Non, non, dit l'adjudant. On n'en a pas besoin. C'est pas comme ça que ça fonctionne.

— Je sais de quoi il retourne, Guarnaccia : vous devez vous-même venir d'un patelin aussi petit.

— Encore plus. Et je ne serais pas surpris que vous récoltiez une belle moisson de lettres anonymes d'ici demain matin.

— Bon sang ! Eh bien, on en apprend tous les jours dans cette fichue existence, comme j'ai coutume de dire... Ah ! Si nous prenions une petite douceur ?

L'adolescent au grand tablier avait poussé le chariot des desserts vers leur table et attendait leur commande. Niccolini se frotta les mains, en retrouvant sa bonhomie habituelle.

— Je serais tenté par deux belles parts de ce gâteau au chocolat... qu'en dites-vous, Guarnaccia ? Et ne lésine pas, mon garçon. Le moteur peut pas rouler sans carburant et on a du pain sur la planche.

Ils prirent le temps de déguster, avec la ferme intention de siroter aussi leur café.

— Une fois de retour au poste, expliqua Niccolini, on va être dérangés des dizaines de fois, surtout que j'ai été absent toute la matinée. Quand les gars de Moretti seront partis, j'aurai deux ou trois choses à vous dire.

Les ouvriers ne tardèrent pas à s'en aller, mais ils ne quittèrent pas les lieux sans créer un nouveau petit manège. Ayant achevé son repas, chacun se rendit aux toilettes, au bout de la salle, et dut ainsi passer devant la table des deux carabiniers. Aucun ne leur adressa la parole et un ou deux allèrent même jusqu'à fixer du regard les deux individus en uniforme, comme pour souligner que leur mutisme était tout à fait délibéré. Le dernier à revenir des lavabos fut le céramiste qui avait entamé la querelle avec une table voisine un peu plus tôt.

Cet homme passa devant Guarnaccia et Niccolini en les ignorant, mais il s'arrêta à une table située presque en face, en haussant la voix pour être certain qu'on l'entende, et s'adressa à un ouvrier qui buvait seul son café avec un journal sous les yeux.

— Alors, qu'est-ce que tu penses de tout ce cirque ? Moi, ce que j'en dis, c'est que ça ne vaut rien d'avoir affaire à des étrangers. J'ai pas de temps à leur consacrer, moi. J'ai raison ou pas ?

L'individu, qui portait le badge de la compagnie d'électricité sur sa combinaison, leva le nez d'un air surpris. Puis il lorgna un peu plus loin et comprit quelles personnes la remarque visait.

— T'as bien raison, dit-il, faut se méfier quand on se mélange avec des étrangers... surtout les Allemands.

Et il revint à sa lecture.

L'autre parut furieux, mais s'éloigna sans ajouter un mot.

— Enfin, à quoi ça rime ? dit Niccolini en fronçant

les sourcils. Je croyais que tout le monde savait qu'elle était suisse.

— Les gens déforment, lui rappela l'adjudant, et elle parlait effectivement allemand, alors ils ont dû remarquer son accent. Qui est ce type, au fait ?

— Un cousin de Moretti.

— Alors, on sait dans quel camp il se trouve. Rien à espérer de ce côté-là.

— Rien. Il n'a pas apprécié la réponse, malgré tout, non ? J'arrive pas à savoir pourquoi, et vous ?

— Non plus.

— Je suppose que vous avez raison à propos de l'accent de la fille...

— Je l'ai noté chez son amie. Il était assez marqué, même si elle parlait bien l'italien. Je ferais mieux de rentrer d'ici peu à Florence et d'aller lui parler. Il faut bien que quelqu'un lui annonce la nouvelle, et peut-être que j'arriverai à en savoir plus... mais pour ne rien vous cacher, elle n'est guère plus causante que ceux d'ici.

— Nous voilà bien lotis. Ma foi, si un saint pouvait nous aider, c'est le moment ou jamais... et tout ce qu'on a, c'est Berti.

— Il a fini par vous parler, alors ?

— Il m'a confié une chose, dès l'instant où vous avez franchi la porte. Vous savez qui est cette femme ? La folle ?

— Tina ?

— Exact. Écoutez ça... Je ne l'aurais pas cru, mais je doute fort qu'il ait pu l'inventer. C'est la sœur de Moretti.

— Vraiment ?

— La sœur aînée. Surprenant, non ? J'en savais rien, je vous l'affirme... mais il semble qu'il n'a rien à voir avec elle, qu'il l'a mariée à ce paysan qui la garde quasi enfermée puisqu'elle n'a plus toute sa tête.

— Peut-être que c'est parce qu'il la tient enfermée

qu'elle n'a plus sa tête, suggéra Guarnaccia en se rappelant la maison silencieuse à l'air vicié, sans fenêtres. Après tout, il ne l'aurait pas épousée...

— Attendez, j'y viens. Vous n'avez pas vu son mari ?

— Non, il taillait ses arbres.

— Exact. Il faisait de l'élagage dans ses vergers et c'est pour ça qu'il l'a épousée, pour ce terrain. Il a une bonne vingtaine d'années de plus qu'elle et c'est un drôle de personnage, lui aussi. Il cultive quelques arpents sur l'ancienne base du fermage à cinquante pour cent de la production, et pour quelqu'un dans cette situation, posséder son lopin de terre... enfin, je n'ai pas besoin de vous dire ce que ça représente, vous venez vous-même d'une région agricole.

— Il a obtenu les vergers en guise de dot ?

— Tout à fait. Moretti les lui a achetés et s'est ainsi débarrassé pour de bon de la sœur cinglée.

— Où était-elle auparavant ?

— Chez les religieuses. Mais elles refusaient de la garder parce que, bien qu'étant assez docile — elles lui ont enseigné grosso modo comment tenir une maison et elle aidait aux cuisines —, elle fuguait de temps en temps pendant la nuit. Inutile de préciser qu'elle a fini par tomber enceinte et, après cela, les bonnes sœurs n'ont plus voulu d'elle. Moretti avait le choix entre l'accueillir chez lui ou la faire interner, à moins de trouver une manière de la caser. Ma foi, il semble qu'il l'ait trouvée.

— Alors, c'est vrai...

— Comme je vous le dis, il n'a pas pu l'inventer, aussi roublard qu'il soit.

— Non, je fais allusion à... voilà, elle m'a dit qu'elle avait eu un enfant et, pour une raison ou une autre, je ne l'ai pas crue.

— C'est vrai, mais je crois qu'il n'a pas vécu longtemps... c'est peut-être aussi bien, en fait. Enfin, voilà... ça ne nous avance pas à grand-chose pour l'enquête, je présume. Berti essayait de faire passer Moretti pour une sorte de saint homme, compte tenu du fait qu'il aurait pu assez facilement se débarrasser de sa sœur en la faisant interner, plutôt que débourser tout cet argent... Quelque chose ne va pas ?

— Non, non... je me demandais seulement...

— Bien sûr, c'est vrai qu'au tribunal la défense pourrait fort bien utiliser ce genre d'histoire, dans le pire des cas, mais ce qui m'a surtout frappé, c'est qu'il s'en passe beaucoup dans cette ville et je n'en sais rien.

— Et Berti non plus.

— Ça, je n'en donnerais pas ma main à couper.

— Humm... Vous avez dit que, selon lui, Moretti s'est débarrassé de cette pauvre fille en la mariant ?

— C'est l'impression que ça donne.

— Eh bien, elle m'a dit qu'elle allait le voir régulièrement.

— Elle l'a sans doute inventé. Elle prend ses désirs pour la réalité. À quel point est-elle atteinte, d'après vous ?

— J'en sais rien. Comme je disais, elle a surtout un comportement de gamine. Je dois avouer que je n'ai accordé aucun crédit à ce qu'elle m'a dit, mais à présent, je n'en suis plus aussi sûr.

— Enfin, si le vieux la tient enfermée...

— Il va jouer au billard.

— Vous voulez dire qu'elle sort quand...

— Chaque semaine. Ce n'est pas impossible. Et lorsqu'elle m'a dit qu'elle avait vu la fille s'en aller sur la route lundi, elle a déclaré : « Peut-être qu'elle allait voir mon frère. »

— Ah bon ? Eh bien, ça commence à devenir plausible.

— Et vous avez dit que c'était son mari qui avait découvert le corps...

L'adjudant se tut, le regard rivé à sa tasse de café.

La salle à manger était presque vide et l'on entendait le bruit de la vaisselle qu'on lavait en cuisine. La télévision était encore en marche, mais le son baissé.

— Qu'on prenne le problème d'une manière ou d'une autre, on en revient toujours à la même famille, reprit Niccolini au bout d'un moment, encore que je me demande ce que l'un ou l'autre pouvait avoir contre cette fille... Oh, misère ! ne regardez pas tout de suite, mais voilà Sa Majesté, le futur maire...

Guarnaccia n'eut pas besoin de se retourner, puisqu'il pouvait voir Robiglio s'approcher dans les yeux plissés de Niccolini. Toutefois, c'était un Robiglio différent de la version de la veille, et l'adjudant s'en rendit compte dès qu'ils eurent échangé une poignée de main.

— Une histoire navrante, dit Robiglio à Niccolini. J'imagine que c'est ce qui amène votre collègue ici, bien que vous n'ayez pas pris la peine de le mentionner hier.

— On ne savait pas encore... commença Niccolini.

Mais Robiglio l'interrompit avec une arrogance qu'il avait eu quelque peine à dissimuler à leur dernière entrevue.

— C'est votre droit le plus strict, bien sûr, ça ne me regarde pas.

Et il se tourna pour lancer :

— Tozzi ! Ne me réservez pas de table pour demain, je m'en irai dans la matinée.

Il les gratifia d'un bref hochement de tête en guise de salut, puis les quitta.

— Au revoir ! dit poliment Niccolini. Et bon débarras... ajouta-t-il lorsque l'autre ne pouvait plus l'entendre. Eh bien, en voilà un de plus qui ne veut plus bavarder avec moi tout à coup, non pas que ce soit une grosse perte. Je ne pense pas qu'il pourrait nous apprendre grand-chose.

— Il semblait tenir à nous dire quelque chose...

Les gros yeux de l'adjudant restaient fixés sur la porte que Robiglio avait franchie.

— À mon avis, il voulait qu'on sache qu'il s'en allait. Je me demande pourquoi.

— Vous croyez ? Enfin, on n'a aucune raison de tenter de l'en empêcher.

— Aucune à notre connaissance. Je dirais qu'hier c'était un homme soucieux. Il n'a pas apprécié ma présence. Maintenant, il sait pourquoi je suis là... Je me demande où il va.

— J'aurai tôt fait de le découvrir, dit Niccolini en se levant d'un bond. Je vais aller régler et faire parler Tozzi.

— Laissez-moi...

— Restez où vous êtes. Un peu de relations publiques ne me fera pas de mal. Je n'aurais pas dû me montrer aussi sec avec lui, vous avez raison.

— Malgré tout, c'est à moi de vous inviter aujourd'hui.

— Vous m'inviterez quand je viendrai à Florence.

— Mais quand... ?

— En l'an deux mille !

Et Niccolini disparut.

Guarnaccia enfila tant bien que mal son manteau, en se sentant comme d'habitude un peu lourd après son déjeuner, surtout comparé à son collègue, qui semblait toujours déborder d'une énergie contenue. Ce dernier revint, plus fringant que jamais, en se frottant les mains.

— C'est fait ! Et je peux vous dire où s'en va notre ami. En Suisse !

— Signorina Stauffer ?

La porte était tout juste entrouverte et il distinguait à peine la personne qui se trouvait derrière.

— Adjudant Guarnaccia. Puis-je entrer ?

La porte s'ouvrit lentement. La jeune fille garda la tête baissée mais, en dépit de son attitude et de ses lunettes, il voyait qu'elle avait déjà pleuré et il n'était guère pressé de lui annoncer ce qu'il avait à lui annoncer. Sans dire un mot, elle le conduisit dans un petit salon. Les meubles étaient pour la plupart anciens et vermoulus, sans doute compris dans la location, mais on notait çà et là de nombreux signes des occupantes : quelques plantes en pot sur une petite table, près de la fenêtre, une rangée de cartes postales sur le manteau de cheminée, un chandail rose soigneusement plié sur le dossier de la chaise. Un jeune homme était assis sur un canapé en velours défoncé, au centre de la pièce, et des volutes de fumée de cigarette flottaient dans l'atmosphère. L'adjudant eut le sentiment d'avoir interrompu une conversation intime, sans doute à propos de l'amie disparue. Le jeune homme se leva.

— C'est au sujet de Monica ?

Guarnaccia regarda son interlocuteur puis la jeune fille, en attendant qu'on le lui présente.

— Je m'appelle Corsari, dit-il, comme l'hôtesse ne parlait pas mais restait debout à se tordre les doigts avec nervosité. J'enseigne à l'école...

— Je vois.

Et puisque personne ne bougeait ni ne lui proposait un siège, ce fut l'adjudant lui-même qui suggéra :

— On s'assoit ?

Il prit la chaise sur laquelle était posé le pull-over, mit sa casquette en équilibre sur ses genoux et tenta d'éviter les regards anxieux fixés sur lui.

— J'ai bien peur d'apporter de mauvaises nouvelles.

Sans les regarder directement, il se rendit compte que la fille se contractait et prenait une profonde inspiration, et que le jeune homme s'approchait d'elle sur le sofa et lui passait un bras autour des épaules.

— Je savais qu'il lui était arrivé quelque chose, je savais...

— Essayez de garder votre calme, signorina.

Guarnaccia était soulagé par la présence du jeune homme.

— Votre amie est morte, je suis vraiment navré de vous l'apprendre, et nous avons besoin de votre aide...

— Je l'avais prévenue ! Je lui avais dit de faire attention !

— De faire attention à quoi ? Vous pensiez qu'elle courait un danger là-bas ?

— Qu'est-ce que je vais faire ? Qu'est-ce que je vais faire ?

Elle se tenait toute raide sur le sofa, en tremblant violemment, comme si elle allait bientôt exploser, mais elle n'explosa pas. Elle s'effondra tout à coup et émit une longue plainte qui semblait plus animale qu'humaine.

— Qu'est-ce que je vais faire ? Aidez-moi...

Elle se laissa choir contre le dossier, les yeux clos, inspira profondément, puis sanglota, de plus en plus vite.

L'adjudant se leva.

— Restez auprès d'elle. Je vais lui chercher un verre d'eau... où est la cuisine ?

— Par là...

Guarnaccia rapporta de l'eau et tendit le verre au jeune homme, qui essayait de calmer son amie. Mais elle était encore secouée de spasmes et ses yeux, grossis par les épaisses lunettes, regardèrent l'adjudant comme pour lui répéter « Aidez-moi ».

— Je crois qu'elle devrait s'allonger, se borna-t-il à répondre. Couvrez-la comme il faut, qu'elle soit bien au chaud...

Le jeune homme aida son amie à se mettre debout, mais il dut presque la porter, car ses jambes flageolaient trop pour la soutenir.

— Essayez de lui parler un peu, murmura Guarnaccia, comme ils franchissaient la porte. Elle se sentira mieux si elle peut pleurer tout son soûl...

Puis il alla se poster près des plantes, à la fenêtre, et contempla la maison d'en face qui, dans cette rue étroite, ne se trouvait qu'à quelques mètres. Une femme accrochait sa lessive sur une corde tendue par une poulie, contre le mur lépreux. Après avoir suspendu chaque pièce, elle tirait sur le fil qui grinçait bruyamment. Il n'y avait pas d'autre bruit dans la ruelle et il entendait les chuchotements du jeune homme, ponctués par les sanglots de son amie. Comment Robiglio avait-il qualifié l'affaire ? « Une histoire navrante. » Certes, on ne pouvait pas le contredire. Deux femmes passèrent au-dessous en empruntant la chaussée, puisque les trottoirs étaient occupés par les voitures garées. Elles bavardaient à qui mieux mieux et un adolescent en scooter venant dans l'autre sens manqua les renverser. L'une des deux se retourna pour crier :

— Regarde où tu vas, jeune écervelé !

Le gosse fit un geste obscène et poursuivit son chemin, en zigzaguant un peu.

Dans la chambre, le bruit avait changé. La jeune fille parlait à présent, d'une voix saccadée, mais à travers ce qui semblait de vraies larmes, et c'était une bonne chose. L'adjudant s'éloigna de la fenêtre et alla observer les cartes postales sur la cheminée. La plupart paraissaient provenir de Suisse. Qu'est-ce que Robiglio allait faire dans ce pays ? À en croire Tozzi, il s'y rendait assez souvent, et Niccolini en avait aussitôt conclu qu'il y avait un rapport avec la jeune défunte. Malgré tout, il ne fallait pas perdre de vue ce qui sautait aux yeux...

Le jeune homme réapparut.

— Elle est plus calme, maintenant.

— Elle risque néanmoins d'avoir besoin d'un sédatif, ce soir. Est-ce qu'elle a un médecin ici ?

— Je ne suis pas sûr, mais j'en doute. Je pourrais appeler le mien.

— Vous les connaissez depuis longtemps, ces filles ?

— Depuis leur arrivée, plus ou moins, puisque j'enseigne à l'école.

— Alors vous pourriez peut-être m'aider. Je ne pense pas que la signorina soit en état de le faire pour le moment.

Ils entendaient encore ses sanglots, assourdis sans doute par les couvertures.

— Si je peux vous être utile... Mais vous ne verrez sans doute pas d'inconvénient à me dire exactement ce qui est arrivé à Monica...

— Mort par strangulation. Plus techniquement, je dirais qu'on l'a étouffée en lui comprimant la gorge. Il se peut qu'il y ait eu tentative de viol auparavant, mais nous n'en serons certains qu'après l'autopsie.

— Ça ne vous dérange pas si on s'assoit ?

Le jeune Corsari avait le visage blême et semblait ahuri, bien qu'il parvînt à garder son sang-froid.

— Où est-ce que... ?

— Où ça s'est passé ? On l'a retrouvée près d'une faïencerie, où elle est censée être allée travailler lundi.

— Une fabrique... ? Mais elle travaillait pour un artisan.

— Oui, mais il semble que de temps en temps elle allait là-bas pour garder la main sur le tour.

— Je l'ignorais...

— Cela n'avait pas d'importance jusqu'à maintenant. Comme vous la connaissez bien, peut-être pourriez-vous me dire ce que la signorina Stauffer entendait par « Je l'avais prévenue » ?

— C'est difficile à expliquer.

— Prenez votre temps.

Corsari examina ses mains quelques instants, puis dévisagea l'adjudant, comme pour jauger sa capacité de compréhension. La figure de Guarnaccia demeurait insondable.

— Je suppose qu'il s'agit en fait d'une question de personnalité...

— Laquelle ?

— Celle de Monica, bien sûr. Élisabeth... enfin, vous vous en êtes rendu compte vous-même.

— Elle n'est pas très coopérative.

— Il faut la connaître. Les gens ont tendance à la croire taciturne ou peu sympathique, mais ce n'est pas le cas. Elle est d'une timidité maladive, mais une fois que vous avez gagné sa confiance... Enfin, c'est Monica qui vous intéresse. C'est tout le contraire, complètement ouverte et chaleureuse. Elle est si pétillante et débordante d'affection... Je devrais parler d'elle au passé, n'est-ce pas ? Mais c'est difficile... Je m'attends à la voir franchir la porte en trombe d'un moment à l'autre. Elle avait une façon de mettre plein de vie dans la maison...

Il balaya la pièce du regard et ajouta :

— C'est si silencieux sans elle qu'on a l'impression qu'il manque une dizaine de personnes et non une seule. Vous comprenez ce que je veux dire ?

— Je comprends.

— Alors vous pouvez imaginer qu'elle attirait les gens.

— Notamment les hommes ?

— J'essaye d'y venir de manière qu'il n'y ait aucune méprise...

— Poursuivez.

— Je ne peux même pas affirmer que je la comprenais tout à fait moi-même, même si je l'ai connue assez longtemps et me suis trouvé dans une position... elle était sympathique et prévenante avec tout le monde, vous voyez, et Élisabeth avait le sentiment qu'elle n'aurait pas dû l'être. C'est aussi une question de différence culturelle, bien sûr. J'ai moi-même beaucoup voyagé en Europe du Nord, alors je sais que c'est possible, normal, que des amitiés affectueuses existent entre hommes et femmes sans qu'il y ait autre chose. Ici, c'est différent. Si une fille offre une tendre amitié à un homme, il a tendance à interpréter cela comme une tout autre proposition. Élisabeth avait l'impression — et je suis d'accord avec elle — que Monica aurait dû adapter son comportement au pays où elle vivait.

— Ça paraît raisonnable.

— Monica ne voulait rien entendre. Elle disait que sa personnalité était ainsi faite et qu'elle lui plaisait, et n'avait pas l'intention de la réprimer. Elles se disputaient souvent à ce sujet, parfois violemment.

— Vous ne pensez pas que la signorina Stauffer était simplement un peu jalouse, dès lors qu'elle n'avait pas elle-même le don de se faire des amis ?

— Bien sûr qu'elle était jalouse. Il ne pouvait en être autrement.

Une question de personnalité. De différence culturelle. Quand ce jeune homme allait-il enfin en venir au fait ? L'adjudant l'observait. Il devait avoir dans les vingt-cinq, vingt-six ans et était séduisant. Il semblait intelligent et cultivé. Guarnaccia décida d'être direct, puisqu'il avait déjà compris de quoi il retournait.

— Avez-vous été vous-même victime de ce malentendu causé par la personnalité de la jeune femme et ces différences culturelles ?

Corsari rougit.

— Oui, je suppose, même si le mot victime est peut-être un peu fort.

— Comme vous voulez. Quoi qu'il en soit, vous êtes restés amis ?

— Certainement. Je n'avais aucune raison de les perdre comme amies à cause de ça.

— Et ensuite, vous avez appris à connaître la signorina Stauffer et vous avez reporté votre affection sur elle, c'est ça ?

— J'aime beaucoup Élisabeth, dit-il simplement.

Mais malgré tout, vous ne devez pas penser que j'en voulais à Monica pour la façon dont les choses se sont passées. J'ai dit auparavant que je n'étais pas certain de l'avoir bien comprise et c'est vrai. Même par la suite, quand je n'étais plus une « victime », selon votre expression, j'ai vu le phénomène se reproduire chez d'autres hommes, sans vraiment savoir si elle agissait en toute innocence ou s'il y avait une touche de... comment dire... ?

— De malice ?

— C'est trop fort...

Tous les mots simples paraissaient trop forts à ses yeux. L'adjudant commença à réviser son opinion initiale à propos de cet homme, car s'il demeurait tout à fait charmant, il ne semblait pas vraiment un homme à part entière. Il n'y avait rien en lui qui permette de le cerner.

— Peut-être ne le savait-elle pas elle-même, se borna-t-il à commenter.

Le séduisant visage de Corsari s'éclaira :

— Vous savez, je pense que vous avez raison. En tout cas, on ne peut pas appeler ça de la malice. Au pire, on pourrait dire qu'elle avait plaisir à aguicher un peu.

— Alors quelqu'un n'a pas apprécié d'être un peu aguiché.

— Vous pensez que...

— Et quoi d'autre ? Quelqu'un l'a assassinée !

— Mais personne n'irait aussi loin à cause de ça, pas quelqu'un de normal !

— Alors c'est l'œuvre de quelqu'un d'anormal. Vous avez vous-même déclaré qu'elle se comportait ainsi avec tout le monde. Un autre facteur a peut-être précipité les choses, comme la jalousie... Je présume que, parmi tous ceux qu'elle aimait aguicher un peu, il y en a eu un ou deux qui ont réussi à la séduire ?

— Non, non, ça n'est jamais allé aussi loin. Au

mieux, elle l'invitait ici à dîner et il avait tôt fait de comprendre qu'elle n'avait rien d'autre à offrir, alors soit il disparaissait, soit il changeait son fusil d'épaule.

— Comme vous ?

— Oui. Je crains qu'en dépit de mes efforts pour vous expliquer la situation, vous en ayez une idée fausse. Tout ça était très léger. Monica était une fille adorable et très intelligente.

— Vous voulez bien me donner vos nom et adresse ?

— Certainement. Je vais vous les noter.

Il se leva et rejoignit un petit secrétaire dans le coin, qui contenait de quoi écrire dans un tiroir. À l'évidence, l'appartement n'avait aucun secret pour lui. L'adjudant se mit debout et attendit. Plus aucun bruit ne parvenait de la chambre et il se demanda si les larmes n'avaient pas épuisé la jeune fille, au point de l'endormir.

— Voilà. Je vous ai inscrit aussi mon numéro de téléphone à l'école, puisque j'y suis presque toute la journée.

— Vous pourriez aussi ajouter les coordonnées de Monica Heer en Suisse, si vous savez où les trouver...

— Bien sûr. Vous allez devoir prévenir ses parents...

— Oui.

— Ça doit être quelque part...

Corsari ouvrit un ou deux autres tiroirs, trouva ce qu'il cherchait et recopia la seconde adresse sur le même bout de papier.

— Merci. Je dois m'en aller.

Ils passèrent devant la porte de la chambre, restée entrebâillée. Guarnaccia aperçut seulement un coin du lit, mais un froissement et un léger reniflement lui indiquèrent que la jeune fille ne dormait pas. La pièce était envahie par la fumée de cigarette.

— Rappelez-vous ce que je vous ai dit pour le tranquillisant... et je pense qu'elle ne devrait pas rester seule pendant quelque temps.

— Je vais appeler mon médecin maintenant et je peux toujours dormir sur le canapé. Ça m'est déjà arrivé.

L'adjudant le dévisagea de ses gros yeux exorbités, mais ne fit aucun commentaire. Dès que la porte se referma sur lui, il descendit les marches d'un pas lourd, car il n'y avait pas d'ascenseur, puis marmonna dans sa barbe en sortant dans la rue : « Eh bien, je ne suis pas convaincu... »

Mais si quiconque lui avait demandé de quoi, il aurait eu bien du mal à répondre.

CHAPITRE V

L'adjudant descendait le grand escalier avec difficulté. Il régnait une telle bousculade qu'il avait déjà perdu sa femme de vue, et la foule le comprimait contre la large rampe en marbre, chargée sur toute sa longueur de branches de laurier et de monceaux d'agrumes. Le parfum des citrons embaumait l'atmosphère, où l'on diffusait la musique d'un opéra de Verdi, mais Guarnaccia n'aurait su dire lequel. Les marches semblaient ne jamais s'arrêter, et il n'espérait pas retrouver son épouse avant d'atteindre le rez-de-chaussée. Son uniforme lui tenait chaud et, par-dessus le marché, une femme âgée au chapeau de feutre brun et aux lèvres charnues lui donnait la nausée avec son parfum et ne cessait de lui flanquer des coups de coude dans les côtes, tant elle gesticulait et se plaignait de la mauvaise organisation.

— Ma chère, si seulement ils s'étaient montrés plus sélectifs !

La sélection devait sans doute l'inclure elle-même et non pas des sous-officiers, à en juger par le regard en coin méprisant qu'elle lança à l'uniforme de l'adjudant.

Lorsqu'il arriva enfin au bas de l'escalier, il repéra le Dr Biondini en train de serrer la main à des gens sur la gauche, mais Guarnaccia, placé trop loin à l'opposé, n'escomptait pas le rejoindre, pas plus qu'il n'avait l'intention d'essayer. Tout ce qu'il désirait, c'était s'extirper de la foule qui l'emportait comme une vague et se retourner pour voir si sa femme était descendue. Lorsqu'il y parvint, elle le surprit en lui tapotant l'épaule, car elle avait atteint le bas des marches avant lui.

— As-tu parlé au Dr Biondini ?

— Comment aurais-je pu ? marmonna-t-il. C'est impossible. Où est-on censés aller, maintenant ?

— À la Sala Bianca. J'ai demandé à quelqu'un. Tu devrais faire un effort, Salva. Il va trouver ça tellement mal élevé...

L'adjudant se borna à grogner et tenta de dénicher un mouchoir pour s'éponger le front.

— On aurait dû venir plus tôt, murmura sa femme.

— Je ne vois pas comment, si je travaillais...

Quand ils parvinrent à la Sala Bianca, ils ne purent y pénétrer et durent rester à l'extérieur, bloqués par la foule, tandis qu'un politicien invité pour l'ouverture de l'exposition prononçait un discours interminable, en profitant au maximum pour s'exprimer sur toutes sortes de sujets autres que les peintures, notamment sur lui-même — à ce que put en percevoir Guarnaccia — et sur sa vie initiale à Florence. Comme si l'exposition n'avait pas créé suffisamment de problèmes de sécurité sans ce...

L'adjudant regarda alentour. Il n'était peut-être pas expert en la matière, mais une affluence de cette envergure présentait un certain danger, peu importe le nombre d'hommes avec des détecteurs de métaux placés aux portes...

Un violent coup dans le dos et une voix familière l'arrachèrent à cette pensée.

— Je n'entends rien et je vois encore moins. Ils auraient dû prendre des dispositions pour ceux qui ne peuvent pas rester debout très longtemps. Vous apercevez quelque chose ? On dit qu'il a vieilli... j'étais une grande amie de sa mère, avant la fameuse dispute... vous voyez ce que je veux dire... J'étais *moi-même* tout à fait choquée, bien entendu, et comme la princesse s'est considérée insultée dans le salon de cette femme, je n'ai pas eu le choix...

— Partons d'ici, murmura Guarnaccia.

— Salva ! Chut...

— Qui, moi ? Mais si tout le monde...

— Chuuut !

C'était la femme derrière lui. Aucun espoir de s'échapper, en réalité, car ils étaient cernés de tous côtés. Tenir bon, c'était la seule chose à faire. L'ennui, c'est que la journée avait été longue. Il n'avait quitté Niccolini que quatre heures plus tôt, pour rentrer et passer chez la signorina Stauffer, mais il avait l'impression que cela faisait quatre jours. Et à ce train-là, ils auraient de la chance de pouvoir regagner la maison et souper avant huit heures et demie ou neuf heures du soir...

— *... les questions et problèmes inhérents à l'héritage culturel, écologique et artistique de la ville connue — non sans raison — au siècle dernier comme l'Athènes d'Italie. Selon Carducci...*

Heureusement qu'il s'était débrouillé pour appeler le capitaine avant de venir ici, bien qu'il n'ait pas pu lui confier grand-chose à part l'adresse de la jeune fille à l'étranger. Après tout, il n'avait rien de concret à divulguer, rien de net et précis à consigner dans un rapport ou même à expliquer au téléphone. Non pas que son supérieur se soit attendu à des révélations fracassantes.

— À ce stade, ce sont seulement vos impressions qui m'intéressent...

Tout ça, c'était bien joli, mais Guarnaccia n'était pas très doué pour expliquer. Il fallait quelqu'un d'intelligent pour ça. Quelqu'un avec du bagout, comme ce type qu'on entendait en ce moment...

— ... À la fin du XIIIe *siècle, on pouvait dire de Florence qu'elle avait anticipé ce qui, cinq siècles plus tard, à la fin du* XVIIIe*, représentait l'atmosphère de la France révolutionnaire. Les guildes devinrent des républiques au sein de la République, et les artisans, bien que ne prenant pas une part active dans le gouvernement...*

— Si vous avez la moindre idée, même de façon générale...

Mais l'adjudant n'en avait jamais aucune. Une multitude d'images se bousculaient dans sa tête, sans former un tableau cohérent : le regard hostile d'un homme taché de rouge, les pieds enfouis sous des copeaux d'argile ; la petite pièce silencieuse, malodorante, où le chat de Tina se réchauffait contre un pot de terre cuite rempli de cendres ; l'aspect lugubre d'un haut mur noir sous la pluie... À quoi bon expliquer ce genre de choses, même s'il en avait eu la capacité ? Ce fut peut-être pour dissimuler son embarras qu'il avait dit, de façon assez prématurée, songeait-il maintenant avec le recul :

— On pourrait avoir besoin de la brigade financière...

— Vraiment ? Vous voulez dire que...

— Je n'en sais rien, ce n'est pas aussi clair... je n'ai aucune preuve qu'il y ait... on ferait mieux de voir venir.

Grâce à Dieu, le capitaine n'avait pas insisté mais lui avait plutôt demandé comment ça se passait avec Niccolini. Ça, au moins, il pouvait y répondre.

— Sans problème, à mon avis. On s'entend bien. En tout cas, je m'entends bien avec lui et j'espère que ma présence ne le dérange pas... C'était un peu difficile au début...

— Je suis convaincu que vous ferez du bon travail ensemble. À présent, si vous voulez bien me donner les coordonnées de la fille en Suisse, je vais tâcher de me mettre en relation avec ses parents.

Il n'en aurait pas été aussi convaincu, songea Guarnaccia, s'il avait vu les deux collègues ce matin-là. Pourtant, il avait raison, en définitive. Le capitaine était un homme intelligent.

À propos, est-ce que ce jeune gars... comment déjà ?... Corsari. Humm... il avait des mains très lisses... et autre chose aussi... ses oreilles, voilà ! C'est drôle... l'adjudant ne se souvenait pas de les avoir observées sur le moment, mais il les voyait maintenant aussi nettement que si elles se trouvaient devant lui. Nettes et pâles et si finement modelées qu'on les aurait crues sorties d'un moule. Qu'avait donc dit Niccolini ? Vous êtes du genre à tout remarquer... la belle affaire : relever des détails saugrenus ! Ces grands moules de Sestini, à la verticale dans cette salle humide, glaciale, avec la pluie qui tombait à travers une fenêtre brisée... il n'avait pas reconnu ce que c'était, mais ils étaient en morceaux, bien sûr. Ils devaient sécher au-dessus du four céramique. C'est drôle comme on pouvait voir ces grandes jarres rouges dans tous les jardins de Toscane, sans jamais se demander comment diable on les fabriquait... C'était l'odeur qu'on respirait dans cette pièce à moitié vide... le plâtre humide, et les autres salles exhalaient le parfum distinct et terreux de l'agile mouillée. Tout cela si froid, puis la chaleur soudaine du four lorsqu'ils cuisaient... Ça ne devait pas se produire si souvent. La plupart du temps, ce devait être un lieu drôlement pénible pour travailler, surtout en hiver, mais ils avaient l'habitude. Pas la fille, en fait. Ça n'avait pas dû être une partie de plaisir dans cette fabrique désolée, délabrée, en hiver, surtout quand elle était déserte. N'y avait-il pas déjà songé ? Non... c'était en rapport avec l'atelier de Berti, quand il avait pensé qu'elle n'avait pu attendre là-bas sous la pluie... ma foi, elle avait trouvé une solution, grâce à Tina. En avait-elle trouvé une chez Moretti aussi ?

Là-bas, elle ne disposait pas de Berti pour la

conduire en voiture en ville et prendre un repas chaud. Berti serait passé la prendre, bien sûr, s'il l'avait voulu... mais non, Niccolini a dit qu'elle n'était pas venue manger. Bizarre qu'elle n'ait jamais manqué le restaurant, au point que personne ne se soit rendu compte qu'elle allait parfois chez Moretti. Cela aurait été logique, après tout, que Berti la dépose. Quelle autre solution avait-elle pu trouver ce jour-là... Il y avait la maison de Robiglio de l'autre côté de la route... Guarnaccia se souvint d'avoir aperçu un visage qui observait là-bas aussi et il tenta d'imaginer la silhouette floue qu'il avait entrevue, en train de faire un geste d'invite... non, c'était trop tiré par les cheveux. Ce devait être plus simple, plus évident. Et si on l'avait tuée avant le déjeuner ? Ça pourrait coller, auquel cas Berti serait peut-être allé là-bas et donc il savait... Eh bien, l'autopsie le dirait. Malgré tout, l'adjudant avait l'impression qu'un détail lui échappait, quelque chose qui lui avait déjà traversé l'esprit au début, comme l'idée lui était venue que si Berti fermait son atelier et ne voulait pas donner sa clé... Non. C'était là, quelque part, mais il ne parvenait pas à savoir quoi. Nul doute que ça lui reviendrait quand il ne chercherait pas à s'en souvenir. Il pouvait au moins se rendre chez Berti demain et lui demander tout de go s'il avait l'habitude de passer prendre la fille et de la déposer au restaurant, lorsqu'elle travaillait chez Moretti. C'était peut-être un personnage un peu louche, mais Guarnaccia avait le sentiment que le bougre ne prendrait pas le risque de lui mentir sans vergogne si on lui posait la bonne question. Avait-il eu droit au traitement habituel, l'avait-elle aguiché ? Elle devait probablement le considérer trop vieux pour se donner cette peine. Nul doute qu'elle aurait sorti le grand jeu au jeune brigadier, si Niccolini ne s'était pas toujours trouvé là... et puis ce n'était pas dans la poche ! Niccolini avait la tête sur les épaules et tu penses bien qu'il aurait vite pigé le truc.

Bien sûr, c'était le cas, en un sens, mais comme le jeune Corsari, il avait insisté sur le fait que tout ça était très léger et charmant... « Elle l'aguiche un peu, mais rien de déplacé. » En tout cas, quelque chose ne collait pas. Pour commencer, on avait peine à croire que tel ou tel homme n'avait pas eu de succès avec elle. À son âge, elle avait sûrement un amant... à moins qu'elle n'ait subi une déception amoureuse ou qu'elle traverse une mauvaise passe et prenne ainsi sa revanche. Mais non, l'amertume se serait remarquée... et le jeune Corsari l'aurait su, depuis le temps qu'il connaissait les filles. Et puisqu'il tenait tant à défendre le comportement de Monica, il aurait été le premier à fournir ce genre d'excuse. Ce n'était pas un imbécile.

— Enfin, il y a quelque chose qui cloche quelque part... et c'est moi l'imbécile si je ne le vois pas !

— Salva !

— Quoi ?

Il s'arracha à ses méditations dans un sursaut et vit qu'une sainte désincarnée, la bouche entrouverte, l'observait avec reproche. Il battit des paupières et regarda autour de lui, comme si on venait d'allumer les lustres étincelants.

— Salva... murmura son épouse, rouge d'embarras. Qu'est-ce qui t'arrive ? Ça fait vingt minutes que tu grimaces devant tout le monde et voilà que tu parles tout seul...

— Ah bon ? Et alors ? Personne n'a dû s'en rendre compte dans tout ce brouhaha.

— Beaucoup de gens l'ont remarqué. Et tu n'as même pas jeté un œil sur le moindre tableau.

S'ils étaient tous comme cette sainte au teint blafard et à la bouche béante, l'adjudant se dit qu'il n'avait pas perdu grand-chose, mais n'en souffla mot. Il fit un vaillant effort pour tendre le cou et, sur la pointe des pieds, parvint à entrevoir ici ou là quelques cadres dorés parmi la foule de visiteurs. Pour tout dire, il n'avait même pas noté qu'à un certain moment l'interminable discours s'était achevé, et il s'était laissé porter par le mouvement pour voir l'exposition.

L'avantage, c'est qu'il avait perdu dans la foulée la femme au chapeau de feutre. Au bout de quelques instants, il se rendit compte que les gens les avaient poussés sur le côté, tout en continuant la visite, si bien qu'il se retrouvait pour la première fois face à un tableau entier, sans aucune tête pour le gêner. Il resta là, immobile, à contempler une curieuse petite silhouette sur la droite de la toile, puis son regard parcourut le reste. S'il faisait demain un saut chez Berti, est-ce qu'il n'aurait pas intérêt à en profiter pour discuter une nouvelle fois avec Tina ? Aussi folle qu'elle lui avait paru, il avait pu vérifier la véracité de certains détails qu'elle lui avait confiés. Bien malin celui qui savait ce qu'elle pourrait encore...

— Ah, adjudant ! Bonsoir, signora. Eh bien, adjudant, je vois que vous admirez le Parmigianino. Ravissant, n'est-ce pas ? Une œuvre très originale et si moderne, bien sûr, pour son époque.

Ils échangèrent une poignée de main avec le Dr Biondini, et Guarnaccia écarquilla ses gros yeux sans comprendre.

— Vous étiez tout à fait fasciné par le tableau, reprit le conservateur en souriant. À présent, je me sens coupable de vous avoir interrompu.

— Ah...

Et il se retourna vers la peinture, en la voyant cette fois en totalité, sans trop savoir quoi en dire.

— Ma foi... mais est-ce que... le cou m'a l'air un peu long, d'après moi...

Il sentit les doigts de sa femme s'enfoncer dans son bras et songea qu'il avait sans doute proféré une bêtise.

— Bien sûr ! répliqua Biondini en riant. Vous avez raison. En fait, on l'appelle la « Madone au long cou ».

Les doigts de son épouse relâchèrent leur emprise.

— Nous avons une terrible bousculade, ce soir, mais il y a de bonnes choses à boire et à manger, à condition d'arriver jusqu'à elles... et si vous parvenez à vous arracher à la Madone au long cou ! Nul doute que vous avez un certain don d'observation, mais je suppose que cela fait partie de votre métier, n'est-ce pas ? Vous êtes un sacré personnage !

— Oh, Salva, tu es vraiment unique, ça ne fait aucun doute !

— Qui ça, moi ?

On approchait de dix heures du soir et, comme ils avaient dîné tard après l'inauguration, son épouse venait de débarrasser la table et s'assit auprès de lui sur le canapé, où il regardait la télévision ou du moins faisait semblant. Le film avait déjà commencé quand Guarnaccia avait allumé le poste, en sortant de la cuisine, et il n'avait aucune idée de l'intrigue.

— J'abandonne !

Il vit que son épouse tricotait avec une certaine agitation et s'arrêtait de temps à autre pour compter les mailles avec frénésie. Bref, un problème la tenaillait.

— Qu'est-ce qui se passe ?

— Peu importe, si tu es trop fatigué pour en discuter.

— Discuter de quoi ?

— De quoi ? Mais si je ne t'en ai pas parlé au moins cinq fois, je ne t'en ai jamais parlé... c'est à propos des garçons qui doivent traverser toute la ville, avec quasiment rien dans le ventre, pour rejoindre un gymnase qui mesure la moitié de cette pièce, juste pour courir dans la poussière.

— Courir dans la poussière... ?

— Que veux-tu qu'ils fassent d'autre dans une salle de cette taille ? Et ils appellent ça de l'éducation physique ! Si ce n'était pas au diable Vauvert, ils pourraient au moins déjeuner, mais avec à peine une heure de battement entre ce cours et le précédent, ils ont juste le temps d'avaler un sandwich, les bus étant ce qu'ils sont. Quoi qu'il en soit, je pense que tu devrais m'accompagner à la réunion.

— Quelle réunion ?

— Oh, Salva ! La réunion dont je te parle, si seulement tu pouvais redescendre sur terre une minute. C'est mieux si tu viens. Tu n'as pas encore mis les pieds à l'école. Les gens vont penser que les petits n'ont pas de père.

— Mais tout le monde me connaît par ici...

— Là n'est pas la question. Tu devrais montrer que ça t'intéresse. C'est à six heures et demie, demain soir.

— À six heures et demie ? Je ne serai pas là... enfin, ça m'étonnerait.

— Tu ne vas pas encore être parti toute la journée ?

— Humm...

Elle poussa un soupir théâtral et compta de nouveau ses mailles, mais le sujet semblait être clos. Ils regardèrent le film en silence pendant un quart d'heure, avant qu'elle ne reprenne la parole.

— Qui c'est ? Ce n'est pas sa femme...

— Hein ? La femme de qui ?

— Sa femme *à lui*. Celle qu'on vient de voir partir en avion. Celle qu'on a aperçue à l'aéroport était blonde. Sa femme n'était pas brune et plus grande ?

— Je n'en ai aucune idée.

Nouveau soupir appuyé.

— Ta mère avait raison, paix à son âme ! La moitié du temps, tu dors debout.

— Humm...

Ils se couchèrent aussitôt après le journal télévisé. Avant de gagner leur chambre, son épouse alla comme d'habitude recouvrir leur cadet, qui dormait toujours en travers du lit, les bras en croix, avec les couvertures traînant par terre. L'aîné dormait en chien de fusil, la tête dépassant à peine. L'adjudant resta à la porte, son regard évoquant celui d'une chatte qui veille jalousement sur sa nichée, mais il n'entra pas. Même si son épouse lui reprochait de ne pas s'y intéresser suffisamment, les deux garçons potelés aux cheveux noirs occupaient le centre de son existence. Certes, c'était elle qui veillait à tout, y compris les fessées lorsqu'ils avaient fait des bêtises, mais elle avait coutume d'ajouter : « Si je raconte à papa ce que vous avez fait, vous recevrez une *vraie* volée ! » Et ils la suppliaient de ne rien dire. Naturellement, elle le lui répétait en douce et il jouait son rôle de père fouettard en les menaçant de ses gros yeux, mais la vraie volée n'arrivait jamais. Il était incapable de porter la main sur eux.

Lorsqu'ils furent installés dans le lit et que sa femme eut éteint la lampe, il déclara tout à coup dans le noir :

— C'est peut-être parce que je mange trop.

— De quoi tu parles ?

— Tu as dit que je donnais l'impression de dormir debout. Peut-être que je mange trop et que ça me rend somnolent.

— Ne sois pas ridicule.

— D'accord.

— C'est parce que tu es préoccupé. C'est le travail ?

— Peut-être.

Elle n'insista pas. Il n'avait jamais pris l'habitude de discuter de ses problèmes, notamment parce qu'il essayait de ne pas y songer une fois la journée terminée ; ce qui n'était pas facile compte tenu du fait qu'ils vivaient dans la caserne. Mais c'était aussi parce qu'ils étaient restés séparés trop longtemps, depuis sa mutation à Florence, et qu'elle avait dû demeurer avec les garçons à Syracuse, pour s'occuper de sa mère à lui qui était malade. Il s'était accoutumé à ruminer en solitaire. Malgré tout, au bout d'un moment, il soupira en disant :

— Tu as raison. J'ai une sale affaire sur les bras...

— C'est pour ça que tu es si souvent à l'extérieur ?
— Oui.
— Essaye de ne pas trop y penser. Tâche de passer une bonne nuit.

Plus facile à dire qu'à faire. Lorsqu'il s'endormit enfin, il avait encore la tête remplie des mêmes images de cette ville pluvieuse de faïenciers, et il fut le premier surpris de se réveiller frais et léger, comme si toute l'énigme avait été résolue avec une facilité déconcertante pendant la nuit. S'il avait rêvé, il n'en avait aucun souvenir, et il eut beaucoup de peine à revenir dans cette réalité où il ne comprenait rien, à la case départ où il se trouvait la veille. Toutefois, même après en avoir pris conscience, il conserva son sentiment de confiance et de légèreté.

— Eh bien, tu as l'air vraiment plus enjoué ce matin, observa son épouse, comme il s'asseyait devant son grand bol de café au lait et une brioche. Tu as bien dormi ?
— Je pense que oui...

Il n'y avait rien à expliquer, et, qui plus est, Guarnaccia avait l'impression qu'à l'origine il avait dû se rappeler pendant la nuit ce qui l'avait rendu perplexe la veille. De nouveau, il était convaincu que c'était lié au fait que la jeune fille restait dehors sous la pluie, à cause de l'atelier fermé à clé, mais s'il s'en était souvenu durant la nuit, rien n'en demeurait à présent.

Avant de s'en aller, il fit un saut à son bureau pour remplir la main courante, ce qu'il n'avait pu faire la veille au soir, à cause de l'exposition.

— Est-ce que vous serez parti toute la journée ?

Bien qu'il soit parfaitement capable de prendre le relais en l'absence de son chef, le brigadier Lorenzini offrait l'impression que les autres gars et lui-même étaient abandonnés comme des orphelins.

— Je rentrerai le plus tôt possible dans l'après-midi.

Mais il n'allait pas revoir son bureau de sitôt, si seulement il l'avait su. Il passa son manteau et, après un coup d'œil par la fenêtre sur le temps clair et hivernal, il farfouilla dans ses poches en quête de ses lunettes noires et les enfila. Au pied de l'escalier, il salua les gardiens du parc dans leur bureau du rez-de-chaussée et sortit en plissant les yeux sous le soleil, malgré ses verres fumés. Sa petite voiture cabossée était garée à l'ombre, à côté de celle de la brigade et du fourgon, sur le gravier juste devant la porte. Tandis qu'il démarrait, il regarda, par-delà les buissons de laurier, le campanile en marbre miroitant et la cathédrale au dôme rouge, nimbée d'une brume bleu pâle, et se rappela que la veille aurait dû être son jour de repos. Ce serait agréable d'être en congé aujourd'hui pour faire un tour dans les paisibles allées bordées d'arbres des jardins Boboli, en prenant le temps d'observer les poissons rouges nager sous la fontaine dans le lac vert, ou de s'asseoir sur la pierre chaude d'un banc, sous l'une des charmilles gardées par les statues blanches de soldats romains. Il aurait même apprécié une balade en ville avec sa femme, pour contempler les boutiques élégantes, où ils ne pourraient jamais s'offrir le luxe d'entrer.

— Ma foi, marmonna-t-il dans sa barbe, faudra attendre la retraite. Espérons au moins que le temps sera le même là-bas...

En tout cas, une fois sur la nationale, tandis qu'il suivait la ligne de chemin de fer, la brume ne s'était pas dissipée sur la route, et l'adjudant remonta la vitre qu'il avait jusqu'ici laissée ouverte. Il paraissait faire plus froid, mais peut-être son imagination lui jouait-elle des tours. Quoi qu'il en soit, le ciel restait dégagé et lumineux. Lorsqu'il se gara devant chez Berti, la maisonnette attenante avec ses tas de détritus et de sacs en plastique parut encore plus décrépie et sale sous le soleil que sous la pluie grise de novembre qui l'avait adoucie et camouflée.

Il n'y avait aucun autre véhicule, et le store métallique recouvrait la porte et la fenêtre de l'atelier. Avant même qu'il ne coupe le moteur, le visage pâle et rond de Tina apparut derrière les barreaux, en souriant d'un air absent, comme si elle l'attendait. Quand il sortit et frappa à la porte, il entendit la femme s'approcher d'un pas traînant, et elle lui ouvrit sur-le-champ, un œil lui souriant avec un plaisir enfantin, l'autre un peu dévié.

— Bonjour, commença Guarnaccia, je ne vais pas entrer...

Mais elle reculait déjà, faisant la sourde oreille, et il n'eut d'autre choix que de retirer ses lunettes noires et de la suivre, en retenant son souffle, à cause de l'infection qui régnait dans l'étroit couloir.

— Vous pouvez vous asseoir sur la même chaise.

Il l'imaginait en train de dire la même phrase à la jeune Suissesse, pathétique dans son bonheur à recevoir quelqu'un. La maison n'avait pas changé d'un iota, tout était rangé à merveille, mais rien ne semblait récent et propre, encore qu'il s'agisse peut-être de l'effet psychologique causé par la forte odeur.

— Je souhaitais vous interroger au sujet de votre frère... votre frère, c'est Moretti, n'est-ce pas ?

— C'est ça.

Les yeux de son interlocutrice s'illuminèrent à la mention de cet homme.

— Pourquoi ne pas vous asseoir aussi ?

Elle tira une autre chaise inconfortable de dessous la table et s'installa face à lui, les mains sur les genoux, telle une fillette docile.

— Quand vous venez le voir, vous allez dans sa maison ?

Elle secoua la tête.

— Il n'a pas de maison.

— Je vois.

Moretti lui avait-il dit cela pour ne pas l'avoir sur le dos ? En tout cas, ce n'était pas le moment de détruire ses illusions, puisqu'il paraissait être la seule lumière de sa vie.

— Vous allez à la fabrique, alors ?

— C'est ça. Mais seulement quand il n'y a personne d'autre, comme ça personne le sait. Vous ne *lui* direz pas ?

— Non, non...

Il réfléchit un instant.

— Il ne vient pas vous voir ici ?

— Il l'a fait pendant quelque temps, mais je ne pense pas qu'il reviendra maintenant.

— Pourquoi donc ?

— Il aimait regarder la signorina, mais maintenant elle ne viendra plus, si ?

— Non, elle ne viendra plus.

— Est-ce qu'ils vont la mettre au cimetière ?

— Oui.

— C'est là où ils ont mis mon bébé. Est-ce qu'ils vont la mettre près de mon bébé ?

— Non, très loin d'ici, près de chez elle.

— C'est loin, elle me l'a dit. Mais pas de l'autre côté de la mer.

— Non, pas de l'autre côté de la mer. Est-ce que votre frère est venu la semaine dernière pour voir la signorina ?

— Oui. Il disait toujours qu'il la trouvait belle. Il disait qu'elle l'aimait bien et, parfois, elle allait le voir. Elle lui souriait et elle me souriait à moi aussi. Elle avait l'habitude de sourire à tout le monde.

— C'est vrai, dit l'adjudant.

— Même à Robiglio, et lui, c'est un espion.

— Robiglio ? Il venait ici aussi ?

— Non.

— Alors comment le savez-vous ?

— Mon frère me l'a dit.

— Eh bien, peut-être qu'elle ne savait pas que c'était un espion. Vous savez ce que c'est qu'un espion ?

— Quelqu'un de méchant. Il a été malade après, ma grand-mère me l'a dit. Elle disait toujours qu'il était malade comme un chien après, et qu'il a essayé de cacher sa figure pour qu'elle le voie pas, et qu'il y avait plein de sang dans la pièce, et qu'ils ont bu tout le vin de la maison.

— Qui ça ?

— *Eux*.

— Vous ne savez pas qui ils étaient ? Vous savez pourquoi il y avait plein de sang partout ?

— Non.

— Vous n'étiez pas là ?

— Si, j'y étais.

— Mais vous ne vous rappelez pas ce qui s'est passé ?

— Je dormais.

L'adjudant était tenté d'interpréter tout cela comme les divagations d'un esprit dérangé, mais il avait deux raisons de ne pas le faire. Tout d'abord, il avait pensé la même chose à propos de l'histoire du bébé, qui s'était révélée authentique ; ensuite, il se souvenait que Robiglio avait été impliqué dans une sombre histoire pendant la guerre. S'il s'agissait de cette affaire, il devait alors bien se trouver quelque part une source d'information plus fiable et il n'y avait pas lieu de poursuivre avec Tina. Peut-être était-ce ce vague événement troublant qui lui redonnait ce sentiment d'angoisse éprouvé la veille et étouffait son optimisme du matin. Il avait l'impression que s'ils ne réagissaient pas à temps, quelque chose allait se passer. Il se leva.

— Vous vous en allez ?

Tina regarda autour d'elle, dans l'espoir de trouver quelque chose pour le distraire et le retenir, comme la photo du bébé, mais Guarnaccia mit sa casquette et se dirigea vers la porte.

Elle le suivit en traînant la savate et le tira par la manche.

— Vous allez me toucher ?
— Quoi ?
— Est-ce que vous allez me faire quelque chose ?
— Non...
Il l'entendit hoqueter et elle s'immobilisa. Il était déjà dans le corridor et se tourna pour la regarder, surpris que sa réponse ait causé chez elle une aussi forte réaction. Mais il se méprenait. L'oreille aguerrie de la femme avait perçu un bruit que l'adjudant n'avait pas remarqué, et le visage de Tina était rouge d'effroi.

La porte d'entrée s'ouvrit et une petite silhouette sombre tenant un objet massif se découpa dans l'encadrement, à contre-jour. Lorsque la porte se referma et qu'ils se retrouvèrent tous les trois dans la pénombre et l'odeur pestilentielle, Guarnaccia comprit qu'il devait s'agir du mari de Tina qui, tel un animal méfiant, les dévisageait en silence : une sorte de rat, coiffé d'un béret noir plein de taches, avec une grosse botte d'herbe sous le bras.

— Bonjour.

Le salut de l'adjudant resta en suspens et personne ne remua. Puis la bouche du petit homme s'ouvrit en une grimace menaçante adressée à Tina, laissant entrevoir deux dents gâtées très espacées. Sans un mot, il se tourna et ouvrit la porte de la pièce réservée aux animaux, puis disparut.

Guarnaccia ouvrit à son tour la porte d'entrée et se tourna pour prendre congé de Tina, mais elle aussi s'était volatilisée. Il sortit, battant des paupières sous la lumière du jour, et chaussa ses lunettes de soleil.

Aucun signe de Berti à l'horizon. Il demeura un moment devant l'atelier à regarder la circulation sur la route, en se demandant s'il allait attendre ou pas.

Derrière lui, un cri suraigu étouffé lui fit faire volte-face et il regarda la masure de Tina en fronçant les sourcils. Il ne vit rien que le petit chat noir, ou plutôt ses yeux, brillant dans la pénombre, derrière les barreaux. Peut-être avait-il imaginé ce bruit. Il tendit l'oreille, mais il n'y avait rien d'autre que le passage monotone des véhicules. Cet endroit lui mettait les nerfs à vif. L'angoisse grandissait en lui, même s'il tentait de la chasser. Mais il entendit de nouveau le bruit et, cette fois, il n'avait pas pu l'inventer. Une plainte épouvantée, misérable et à peine humaine. L'adjudant pensa d'abord qu'on venait d'égorger le lièvre qu'il avait surpris dans le tonneau où il engraissait, mais il sut qu'il se trompait avant même de se rappeler la grosse botte d'herbe. Puis il entendit une voix d'homme rugir sous la colère, même si les paroles demeuraient indistinctes. Guarnaccia ne discerna que deux ou trois phrases isolées :

— Combien de fois je te l'ai dit? Hein? Hein? Imbécile! Ferme donc ta gueule d'abrutie!

Puis, de nouveau, la plainte terrifiée.

Il fit quelques pas vers la porte, puis se ravisa. S'il entrait et intervenait... à supposer qu'on daigne lui ouvrir, ce qui était peu probable... il ne ferait qu'envenimer la situation. Il ne pouvait pas rester là en permanence et dès qu'il s'en irait... À quoi bon?

Il monta dans la voiture. Il ne pouvait supporter d'attendre Berti, Niccolini s'en occuperait.

Mais tandis qu'il négociait le grand virage, ce fut Berti qu'il aperçut en premier, alors qu'il descendait l'escalier de la fabrique de Moretti, de sa lente démarche arachnéenne, avec une pile d'assiettes dans les bras. Devant la terrasse stationnait un camion, et le grand gaillard au bonnet de laine était en train de tendre une lourde jarre rouge à quelqu'un qui se tenait debout dans le véhicule, entouré de monceaux de paille. L'adjudant freina et mit son clignotant. La seule manière de les rejoindre consistait à opérer un demi-tour devant la grille de chez Robiglio, comme Berti l'avait fait. Guarnaccia jeta un coup d'œil sur l'allée et l'imposante demeure aux sept toilettes, mais personne ne regardait par la fenêtre aujourd'hui, du moins à ce qu'il en voyait. Il tourna et traversa pour aller chez Moretti, puis se gara devant le camion. La voiture bleue était rangée derrière celui-ci et Berti chargeait des assiettes dans le coffre, mais l'adjudant ne s'approcha pas tout de suite. Une fois sorti de son véhicule, côté mur, Guarnaccia découvrit quelque chose d'invisible depuis la route, à cause du camion. Quelqu'un s'était servi d'une bombe de peinture rouge, sans doute pendant la nuit, pour inscrire le long du mur sous la terrasse, en énormes lettres irrégulières, le mot « ASSASSIN ».

L'adjudant se tenait debout à la fenêtre du bureau de Niccolini et regardait la place. Polie par la pluie, la statue en bronze du partisan luisait sous la lumière hivernale, sinon le reste de la ville avait l'air de quelqu'un qui affrontait la journée sans s'être lavé ni coiffé, après avoir quitté son lit à contrecœur. Le soleil ne servait qu'à accentuer les façades lépreuses et les persiennes écaillées, dont la peinture brune avait viré au gris sous les fréquentes intempéries. Dans le bureau de Niccolini au moins, tout était propre et net : les murs récemment blanchis, la table de travail vernie, sans parler d'un grand caoutchouc en pot au port militaire, qui montait la garde dans un coin.

— C'est fait ! annonça Niccolini, qui fit irruption dans la pièce en se frottant les mains. Et je pense qu'on a bien agi. J'en suis certain. Mieux vaut toujours assurer ses arrières.

L'angoisse de Guarnaccia s'estompa un peu. Il avait suggéré à son collègue de faire surveiller la fabrique de Moretti et Niccolini, lorsqu'il eut vent de l'accusation graffitée sur le mur, avait reconnu l'utilité d'une telle mesure, en répétant : « Tout ça ne me dit rien qui vaille, tout ça ne me dit rien qui vaille... »

En ce moment, un fourgon de la brigade était en

route vers l'usine et l'adjudant se sentit en mesure de raconter ce qu'il avait découvert, depuis qu'il avait quitté son collègue la veille. Sa dernière conversation avec Berti devant la fabrique n'avait rien apporté de concret. L'artisan n'avait pas nié être passé prendre la jeune fille en voiture chez Moretti, lors de précédentes occasions, pour la déposer au restaurant, puisque c'était sur son chemin quand il rentrait chez lui, mais il jurait ne pas y être allé le jour où elle était morte.

— Pourquoi, puisque vous le faisiez d'habitude ?

— Je n'en avais pas envie. Aucune raison en particulier. Je me suis dit qu'elle pouvait se débrouiller toute seule, pour une fois.

— Vraiment ? Eh bien, vous aviez tort.

— Soyez raisonnable, adjudant, soyez raisonnable. Je ne pouvais pas deviner.

Ce qui était vrai, bien sûr, et Guarnaccia ne pouvait guère le contredire.

— Pensez-vous qu'il mentait ? s'enquit Niccolini, après avoir écouté son collègue sans faire de commentaire.

— Oui et non, hésita Guarnaccia. Pour je ne sais quelle raison, je le crois quand il affirme ne pas y être allé ce jour-là. Il n'a pas hésité une seconde à nier, presque comme si... comme s'il ne risquait absolument rien, mais...

— Mais ?

— Avec Berti, je n'ai jamais l'impression qu'il me ment, c'est plutôt le sentiment qu'il ne me dit pas tout. D'une manière ou d'une autre, il se débrouille pour contourner la vérité... Après tout, il a déclaré dès le début que la fille s'était probablement rendue chez Moretti ce jour-là. Ce qu'il ne nous a pas précisé, c'est qu'il savait qu'elle y était allée, que c'était convenu d'avance. Et je me demande donc si le fait qu'il ne passe pas la chercher n'était pas aussi prévu.

— Eh bien, c'est possible, mais pourquoi ?

— Afin de ne pas entraver la route de quelqu'un, peut-être, quelqu'un ayant des projets pour elle ce jour-là... Il semble que Moretti avait l'habitude de passer chez Berti et faire les yeux doux à la fille, quand elle s'y trouvait.

— Je n'aurais pas cru ça de lui. Mais, en tout cas, Moretti était au restaurant ce jour-là, pas à la fabrique.

— Je sais. Personne n'était à la faïencerie, si l'on en croit tout ce qu'on nous a dit, mais quelqu'un a pourtant assassiné la fille.

— Humm... Vous vous êtes chargé d'informer les parents ?

— J'ai laissé ça entre les mains du capitaine. Je suis passé à l'appartement.

Ce n'était pas facile d'expliquer le comportement bizarre de la jeune fille, parce qu'il s'agissait en somme uniquement du regard porté par ce jeune homme séduisant, Corsari, que l'adjudant n'avait pas apprécié du tout... il ne pouvait expliquer pourquoi, non plus. Il fit de son mieux, mais sans vraiment y réussir, et quelle ne fut pas sa stupéfaction lorsque, à la fin de son compte rendu embrouillé et hésitant, Niccolini s'adossa à son siège et frappa le bureau de sa main.

— Ça alors, c'est trop fort ! Chapeau pour dénicher la vérité ! J'ai dit qu'aucun détail ne vous échappait et j'avais raison ! Je n'aurais pas cru me faire avoir une seconde fois, mais je crois que je suis plus bête que je le pensais, et à mon âge, en outre, quand j'ai eu plus de femmes que de repas chauds !

« Ça doit faire beaucoup », songea Guarnaccia, ébahi par cette nouvelle facette de son énergique collègue. Mais qu'avait-il donc remarqué, aux yeux de Niccolini ?

— Je ne suis pas sûr d'avoir...

Mais Niccolini se tourna joyeusement vers lui.

— La première fois que ça m'est arrivé, c'était à Rome... ça remonte à quelques années, et en ce temps-là cet uniforme — et encore plus la grande tenue — attirait les femmes comme les abeilles sur un pot de miel. Ne vous méprenez pas, j'aime mon épouse et mes garçons représentent tout pour moi, mais je n'ai jamais éconduit une jolie femme, je les aime toutes. Celle-ci était mariée à un officier et l'affaire était risquée, mais c'était une vraie beauté, bien qu'un peu plus âgée que moi, une vraie charmeuse. Ça a commencé par « conduisez-moi... venez me chercher... passez me prendre » et je me suis dit : « Entendu, je t'accompagne, mon heure viendra. » Eh bien, le moment est bel et bien venu, quand elle m'a demandé de la ramener chez elle un jour et m'a invité à boire un verre. On avait déjà franchi le seuil de la chambre à coucher, lorsqu'elle m'a pris de court. J'étais là, l'œil vif et tout émoustillé, prêt à relever l'honneur de l'armée, quand la voilà qui fait volte-face et m'annonce : « J'ai bien peur que vous perdiez votre temps, si c'est ce que vous avez en tête. Je n'ai rien contre les hommes en tant qu'amis, mais ils ne me font aucun effet d'un point de vue érotique. Pour ma part, je préfère les femmes. » J'ai failli tomber à la renverse. J'en rigole maintenant, quel imbécile ! Mais je peux vous dire que j'étais livide, livide ! Par la suite, elle a trouvé quelqu'un d'autre pour ses déplacements !

— Mais le mari... hasarda Guarnaccia, ses yeux graves lui sortant presque de la tête.

— Il préférait les garçons. Un mariage de convenance. Et si le gars dont vous me parlez traîne en compagnie de deux lesbiennes, alors il n'est sans doute pas très net lui-même, qu'il en ait conscience ou pas.

— C'est donc ce que les hommes découvraient quand ils étaient invités à dîner...

— Et je vois d'ici leur figure.

— Bon sang... Si ça ne vous dérange pas, je pense que je ferais mieux de passer un coup de fil à ce jeune gars. Je n'aimerais pas me tromper sur ce genre de question.

— Il n'y a pas d'erreur, faites-moi confiance, mais appelez-le, je vous en prie, si vous le souhaitez.

L'adjudant sortit le bout de papier de son calepin dans sa poche de poitrine et essaya le numéro de l'école, puisque c'était le matin. Corsari ne s'y trouvait pas, il avait prévenu qu'il prenait sa journée. Il tenta celui de la signorina Stauffer et ce fut Corsari en personne qui décrocha.

— J'ai pensé que je devrais rester auprès d'Élisabeth, expliqua-t-il. Elle est vraiment mal en point.

— Vous avez appelé le médecin ?

— Oui, et il lui a donné quelque chose, pour qu'elle puisse dormir cette nuit. Je me demande si je ne lui conseillerai pas de rentrer chez elle, une fois qu'elle sera en état de voyager, si ça ne vous pose pas de problème.

— J'aimerais autant qu'elle ne quitte pas le territoire pour le moment, surtout que j'ai besoin de sa déposition, dès qu'elle se sentira assez bien... Je voulais vous demander... à propos de la relation entre la signorina Stauffer et Monica Heer...

— Oui ? Quoi, au juste ?

— Je...

Guarnaccia lança un regard à Niccolini, en regrettant de ne pas lui avoir demandé de traiter ce problème.

— Est-ce qu'elles étaient... Y avait-il une relation intime entre... Je veux dire, étaient-elles...

— Lesbiennes ? Bien sûr. J'ai cru que vous l'aviez compris dès le début.

— Je ne vois pas pourquoi, se défendit l'adjudant.

— Peut-être pas, mais au cours de notre conversation, je dois avouer que vous m'avez donné l'impression... vous m'avez même demandé si les disputes au sujet des hommes que Monica ramenait à la maison étaient causées par la jalousie, alors je...

— Je vois. Et c'est ce que la signorina Stauffer voulait dire en la mettant en garde. Elle considérait la conduite de son amie comme risquée ?

— Oui.

— Merci.

L'adjudant raccrocha et se passa une main sur le visage, à la fois gêné et en rage contre lui-même.

Niccolini s'affairait à farfouiller dans un dossier.

— Moi aussi, je n'ai pas chômé... voilà. J'ai appelé l'institut médico-légal à la première heure ce matin... trop tôt, bien sûr, pour autre chose que les découvertes sur place d'hier, puisqu'il faudra attendre quelques jours avant qu'ils n'aient effectué la moindre analyse. En tout cas, on sait qu'elle est morte à l'heure du déjeuner. Le médecin estime que ça s'est passé vers une heure de l'après-midi, mais pour se couvrir, il déclare officiellement entre midi et deux. Elle a mangé quelque chose presque aussitôt avant de mourir, certainement du pain, sans doute un sandwich quelconque, faudra qu'on attende une analyse pour avoir des précisions... mais ça colle bien avec le fait que Berti aurait prévu de ne pas la déposer au restaurant. Sinon, elle n'aurait pas mangé un sandwich à cette heure-là. On ne remet pas en question qu'elle ne soit pas morte où on l'a retrouvée et qu'elle n'ait pas porté le jean dans lequel on l'a découverte... en tout cas, il n'était pas boutonné. Elle n'était pas vierge, alors elle a dû essayer à un moment donné, avant de changer son fusil d'épaule... ce qui nous amène à l'histoire du viol : il y a des écorchures sur sa poitrine et ses cuisses, qui suggèrent qu'on a tenté de la prendre de force, mais aucune trace que cela ait abouti. Rien à analyser sous les ongles, qui étaient bien nets ; alors si elle s'est débattue, ça n'a pas dû durer longtemps, on ne lui en a pas laissé l'occasion.

— C'est curieux... murmura Guarnaccia. D'ordinaire...

— Attendez, il y a une bonne raison à cela. Elle a pris un sévère coup sur la nuque avant de décéder, alors c'est possible qu'on l'ait assommée et qu'elle ait perdu connaissance, dès le début de l'agression. Ce qui est *vraiment* curieux, c'est qu'ensuite son agresseur n'a pas réussi à la violer, mais peut-être que rendu furieux par son manque de réaction — ce n'est qu'une supposition — il l'a non seulement étranglée, mais lui a ensuite frappé la tête contre quelque chose de dur, sans doute le plancher, d'après la blessure. Maintenant, j'ignore si ça vous inspire ce que ça m'inspire à moi... Qu'en pensez-vous ?

— Qu'il n'avait pas l'intention de la violer, qu'il espérait la voir coopérer, et qu'il a été dépité et furibond de ne pas parvenir à ses fins. Je suppose que c'est ce que vous voulez dire, et ça correspond au comportement de la fille. Cependant...

— Oui. Cependant, je dirais qu'il n'avait pas toute sa raison pour réagir de manière aussi violente. Pareil à une bête sauvage. Bien sûr, les gens comme ça ont parfois une apparence on ne peut plus normale, jusqu'à ce qu'un événement les excite. J'ai connu des cas semblables auparavant. Quoi qu'il en soit, c'est tout pour l'instant.

Pareil à une bête sauvage...

— Faut que je vous dise, reprit l'adjudant, qu'en venant ici je suis passé voir Tina...

CHAPITRE VI

— Je vais vous dire...

Niccolini faisait les cent pas derrière son bureau, entre le caoutchouc et un classeur à dossiers.

— Il nous faut davantage de faits et moins de commérages, voilà ce qu'il nous faut. Je ne fais pas seulement référence à Tina. Je pensais la même chose hier, mais avec Robiglio en tête... alors s'il s'avère qu'il y a un lien là-bas, ce serait d'autant plus utile...

De ses gros yeux, l'adjudant suivait son collègue qui allait et venait, en souhaitant qu'il s'asseye, mais Niccolini lui avait déjà demandé d'écouter attentivement, alors ce serait exagéré de le prier à son tour de rester tranquille. Guarnaccia préféra donc se taire.

— Je veux connaître dans le détail les termes du marché passé entre Moretti et ce paysan, au sujet de sa sœur. Je veux savoir ce à quoi Sestini faisait allusion en disant : « Tu ne peux pas t'en tirer comme ça une deuxième fois », et je veux savoir ce que notre ami Robiglio a manigancé pendant la guerre, car ça pourrait peut-être bien l'empêcher d'être élu, si on déterre ça maintenant... et qui sait si cette fille n'a pas découvert quelque chose... qu'en pensez-vous ?

— Je pense, répondit lentement l'adjudant, comme je l'ai déjà dit... qu'il y a un événement plus récent... Toutefois, je suis d'accord avec vous, on a besoin de faits, mais j'ai bien peur que personne ne veuille nous en fournir.

Niccolini s'arrêta de marcher et sourit à belles dents.

— Eh bien, détrompez-vous. J'ai beaucoup réfléchi à ce sujet hier, et quand j'ai pris ma décision, j'entre en action. Il existait forcément quelqu'un dans cette ville qui n'avait été mêlé à aucune de ces brouilles et ces scandales, et je l'ai découvert. C'est la mère de mon brigadier qui m'a mis sur sa trace. Elle a vécu toute sa vie ici et, bien qu'elle soit trop jeune pour avoir un tas de souvenirs de la guerre, elle a pu m'indiquer où chercher. Le Dr Arnolfo Frasinelli est notre homme !

Niccolini s'assit enfin et se frotta les mains de satisfaction.

— Quatre-vingt-six ans, mais on dit qu'il est vif comme un gardon ; il connaît l'histoire de tout le monde dans le coin, surtout qu'il était généraliste, et aucun d'entre eux ne peut le berner. On va bientôt le rencontrer, et avec un peu de chance il pourra nous éclairer sur ces gars.

Avec d'amples gestes de magicien, Niccolini ouvrit son tiroir et étala sur le bureau une pile de documents sous le nez de Guarnaccia.

— Vous m'avez prévenu, eh bien, les voilà... à prendre pour ce qu'elles valent.

— Des lettres anonymes...

— Exact. Et aucune d'elles ne peut nous aider, à moins que Frasinelli ne parvienne à nous éclairer. Jetez-y quand même un coup d'œil.

Et Niccolini se remit à marcher de long en large, derrière le siège de Guarnaccia, cette fois.

La première missive que l'adjudant prit en main était rédigée au stylo-bille en lettres capitales, sur une feuille de papier quadrillé, arrachée à un cahier d'écolier. Seules deux lignes étaient écrites en haut de la page : « DEMANDEZ À MORETTI OÙ IL A TROUVÉ L'ARGENT POUR ACHETER DU TERRAIN, ALORS QU'IL AVAIT DES

DETTES. » Il regarda au verso, mais il n'y avait rien d'autre. La seconde lui fit froncer les sourcils. Ce n'était pas une lettre, mais un morceau de calque sur lequel on avait dessiné au pinceau une grande croix gammée brun foncé.

— Un expéditeur peu loquace, commenta Niccolini en voyant son collègue plisser le front.

— Ce n'est pas tant cela... J'imagine que ça fait allusion à Robiglio, mais le papier calque...

— Aucun mystère. La plupart des faïenciers en majolique s'en servent. Ils décalquent les motifs, puis perforent le tracé à l'aide d'une épingle, avant de saupoudrer du fusain dessus pour reproduire le dessin sur la pièce. Je l'ai vu faire plus d'une fois... et ce n'est pas de la peinture, mais de l'oxyde de fer pour peindre sur le vernis.

— Ce pourrait être Berti, alors...

— Ou une douzaine d'autres personnes.

L'adjudant poursuivit sa lecture et Niccolini arpenta de nouveau la pièce.

« DEMANDEZ À MORETTI CE QUI SE PASSE CHEZ ROBIGLIO, LE VENDREDI SOIR. »

Guarnaccia leva les yeux, perplexe.

— Celle-ci n'a rien d'énigmatique, fit Niccolini qui lisait par-dessus son épaule. Ils jouent. Mon prédécesseur m'a tout raconté à mon arrivée ici. Un groupe exclusif d'amis de Robiglio, des industriels de Prato et de Florence, se retrouve chez lui tous les vendredis soir. De grosses sommes d'argent changent de mains ; on dit que c'est Robiglio le banquier.

— Vous n'êtes jamais intervenu contre ça ?

— Il n'y a rien que je puisse faire. Oh, mon prédécesseur a bien essayé. Il est passé chez Robiglio un vendredi soir, sous un prétexte quelconque, et ils se trouvaient tous là, plus vrais que nature. Whisky et cigares, tapis vert, et tout le toutim. Ils jouaient au baccara. Mais aucune trace d'argent, pas un seul bout de papier indiquant des transactions. Robiglio, imperturbable, a proposé un verre à l'adjudant et l'a même invité à se joindre à eux, puisqu'il s'agissait d'une partie amicale, sans enjeu, un simple groupe de copains qui passe un bon moment. Il ne pouvait rien faire.

— Humm...

Guarnaccia posa la lettre de côté, et poursuivit.

« ERNESTO ROBIGLIO ESPION, BOURREAU SS, MEURTRIER. NE LE LAISSEZ PAS S'EN SORTIR UNE DEUXIÈME FOIS. »

Et la suivante :

« SI VOUS BOUCLEZ TOUTE LA FAMILLE DANS LA VILLA, VOUS RENDREZ SERVICE À LA VILLE. »

Cette dernière était signée : « Dix citoyens respectables. »

— Les dix citoyens respectables ont oublié de nous dire de quelle famille ils parlaient, remarqua Niccolini, toujours penché par-dessus l'épaule de son collègue.

— Qu'est-ce qu'ils veulent dire par « villa » ?

— L'asile, bien sûr.

— Bien sûr. Écoutez, Niccolini... vous ne pourriez pas vous asseoir une minute, s'il vous plaît ?

— C'est ce que ma femme dit toujours : « Tu ne peux pas t'asseoir une minute ? » Elle a raison, évidemment. Voilà, je m'assois aussi longtemps que ça durera. Quel est le problème ?

— Le problème, c'est que ces lettres sont écrites par des gens qui semblent penser qu'on en sait autant qu'eux sur ce qui se passe dans cette ville... je parle de celles qui ne sont pas de la pure malveillance...

— Vous avez raison, vous avez raison... on comprend à demi-mot...

— Mais vous le faites aussi, protesta l'adjudant en se penchant un peu, ses grosses mains posées sur les genoux, le regard planté dans celui de Niccolini, avec le vague espoir de le calmer.

Sûr que son épouse essayait de le faire depuis des années.

— Parlez-moi de l'asile. Je veux tout savoir.

— Je vous ai montré l'endroit pas plus tard qu'hier ! rugit Niccolini... euh, non, non... il pleuvait, alors vous n'avez pas pu le voir, très juste.

Mais Guarnaccia se souvenait, à présent.

— Vous voulez dire la villa Médicis sur la colline... La première fois que je suis venu ici, le bus était plein de gens qui se rendaient à l'asile. Il s'agit donc de cet établissement.

— Exact, bien qu'on ne sache pas qui nos citoyens respectables veulent y enfermer.

— À ce que je vois, observa Guarnaccia, la plupart de ces lettres sont dirigées contre Robiglio et Moretti.

— Oui, mais pourquoi ? À mon avis, tous les habitants savent maintenant qui a tué cette fille, alors les lettres devraient en principe viser la même personne.

— Pas forcément.

L'adjudant contempla les documents étalés sur le bureau. Il n'aimait pas les lettres anonymes, mais l'expérience lui avait enseigné qu'elles renfermaient une logique.

— Il y a des tas de gens bien contents de pouvoir exploiter une situation comme celle-ci pour calomnier quelqu'un qu'ils n'aiment pas.

— Ou un adversaire politique susceptible de gagner les élections ?

— Ça aussi. Il se peut que les accusations portées contre Robiglio soient mensongères, mais même si un scandale fait long feu, il cause du tort. Regardez celle-ci : « PLUS JAMAIS DE MAIRES FASCISTES. ROBIGLIO EST UN ASSASSIN. » Il s'agit de quelqu'un qui espère nous voir déterrer le passé de Robiglio au cours de notre enquête, plutôt qu'il ne fait référence au meurtre de la fille. Celles qui attaquent Moretti sont sans doute plus en rapport avec l'affaire.

— Sauf qu'il est la seule personne qui ne pouvait se trouver à la faïencerie, quand ça s'est passé.

— Vous avez vérifié son alibi ?

— Et revérifié, oui... Écoutez, on devrait se mettre en route pour rendre visite au plus vieil habitant de la ville. On va emporter ces lettres et je vous raconte la suite de mes nouvelles en chemin.

Niccolini n'avait certes pas chômé la veille. Guarnaccia était comme toujours stupéfié par l'énergie de son collègue et un peu honteux, car lui-même donnait l'impression de ne pas avoir accompli grand-chose. Assis à ses côtés dans la voiture, il contemplait le paysage assombri à travers ses lunettes de soleil et écoutait en silence Niccolini qui jacassait, appuyant ses remarques d'une main, tenant le volant de l'autre.

— J'ai donc téléphoné à ces clients de Moretti. Ils ne venaient pas de l'étranger, ce qui est une bonne chose ; c'étaient des acheteurs de Milan, dont les propres clients sont pour la plupart de Scandinavie et d'Angleterre. Selon eux, ils sont arrivés en voiture sur le coup de onze heures, pour rencontrer Moretti à sa fabrique et fixer le prix de l'expédition. Après quoi, ils souhaitaient trouver un fournisseur de majolique, mais pas du travail artisanal, car ils voulaient de grosses quantités à bon marché. Moretti, bien sûr, ne fabrique pas de poterie émaillée, mais puisqu'il avait fait une bonne affaire et qu'il avait sa journée de libre, il a proposé de les emmener dans une ou deux petites fabriques qui produisent des marchandises de basse qualité dans le style majolique, mais de l'imitation. Ils se sont rendus à deux endroits, en fait, et les acheteurs ont trouvé ce qu'ils cherchaient et passé commande. Un peu avant une heure de l'après-midi, ils sont allés au restaurant. Ils en sont sortis vers les deux heures et se sont séparés. Moretti, à en croire son épouse, est rentré à la maison avant deux heures et demie. La famille était encore à table, y compris son frère. Ils avaient fini de manger, mais buvaient le café en regardant le jeu-concours à la télé. Le témoignage vaut ce qu'il vaut, mais l'heure de son retour est confirmée par un voisin, qui buvait le café avec eux.

« En tout cas, même si Moretti a fait un crochet par la faïencerie entre le moment où il a quitté les clients et celui où il est rentré à la maison, la fille était déjà morte, quoi qu'il en soit. Regardez sur votre gauche... c'est l'établissement de Robiglio.

Une imposante bâtisse de verre et de béton avec « ROBIGLIO » inscrit sur le côté et un vaste parking devant.

— C'est grand...

— Il ne se contente pas de fournir les usines du coin, expliqua Niccolini, mais aussi les autres régions, dont les usines de vaisselle de l'autre côté de Florence.

— Ils ne fabriquent pas de vaisselle ici ?

— Non, uniquement des objets décoratifs en terre cuite et en majolique, ainsi que les tuiles et le carrelage. Aucune faïence de cuisine.

— Berti m'a dit qu'il était millionnaire... Robiglio, je veux dire.

— Peut-être qu'il exagérait, quoique...

Niccolini éclata de rire et ajouta :

— Je suppose qu'il vous a dit comment on appelait sa maison ?

— En effet. Il est marié ?

— Séparé. Je ne sais pas grand-chose sur sa femme — c'était avant mon arrivée —, sauf que, juste après le mariage de leur fille, elle est partie. Elle est retournée dans sa ville d'origine... Milan, je pense.

— Il vit donc seul dans cette maison de maître ?

— Hormis les domestiques... la blague sur les sept WC vient du fait qu'il y en avait un pour chaque occupant, y compris les domestiques. Maintenant, il les a presque tous pour lui seul. On est quasiment arrivés, alors laissez-moi terminer au sujet de ces alibis, tels qu'ils se présentent. Tous les gars de Moretti se sont retrouvés au bar du club communiste vers les onze heures et demie pour y jouer aux cartes et bavarder jusqu'à midi et demi, heure à laquelle ils sont allés déjeuner au restaurant. Sestini était le seul à ne pas manger là-bas, mais son domicile se situe à mi-parcours entre les deux, et ses collègues ont fait le chemin avec lui à pied et l'ont vu rentrer chez lui.

— S'ils disent la vérité.

— S'ils disent la vérité. Ma foi, c'est à peu près tout, car ils sont ensuite repartis au club, où Sestini les a rejoints, et ils ont passé le plus clair de l'après-midi à jouer au billard.

Comme Guarnaccia ne faisait aucun commentaire, Niccolini enchaîna :

— Bien sûr, rien ne nous dit que quelqu'un d'autre, en dehors de leur groupe, n'aurait pas pu pénétrer là-bas...

— Non...

Une fois encore, l'adjudant avait cette impression familière qu'un détail évident lui échappait, mais il ignorait lequel et préféra donc se taire.

— On tourne ici. C'est la limite de la région des faïences. Plus loin sur cette route, on arrive dans celle des verreries. Le vieux vit dans un superbe isolement, près de ces vergers, là-bas.

Lorsqu'ils parvinrent au bout d'un chemin cahoteux, la maison se révéla certes isolée, mais loin d'être superbe. Il s'agissait d'un petit pavillon austère en stuc jaune fané, avec des tuiles en argile rouge et des persiennes brun foncé. Il était construit à l'emplacement d'une chaumière de paysan et la cour verdoyante possédait encore son puits au centre, ainsi qu'une grange en pierre délabrée, dont les dégâts semblaient remonter à la dernière guerre. Nul doute que c'était un endroit fort agréable au printemps et en été, lorsque les vergers avoisinants étaient en fleurs ou portaient leurs fruits, mais les arbres nus dans les champs hivernaux et le jardin envahi par les broussailles accentuaient l'atmosphère triste et désolée, propre à la maison d'un vieil homme solitaire.

Niccolini appuya sur la sonnette. Pendant qu'ils attendaient, Guarnaccia contempla un bout de corde à linge sectionnée, qui traînait dans une flaque d'eau de pluie de la veille, puis les volets que personne n'avait ouverts pour laisser entrer un peu d'air et de lumière, tout en se rappelant ses années de solitude, avant que sa femme et ses enfants viennent de Sicile. Il se mit soudain à espérer ne pas vivre assez longtemps pour finir ses jours seul. Une pensée égoïste qui le culpabilisa. La porte s'ouvrit alors et sa mélancolie disparut aussitôt.

— Entrez, entrez, les garçons ! Enchanté de vous voir !

Le Dr Frasinelli retira vivement la pipe de sa bouche et leur fit signe d'approcher, ses yeux bleus pétillant dans son visage de lutin. Il virevolta et déambula joyeusement dans un couloir pour les conduire jusqu'à une pièce sur la gauche, aussi proprette et pimpante que le sémillant petit homme. Tout en bavardant, il leur offrit des sièges et s'assit à la place qui devait lui être habituelle, devant un mur tapissé d'ouvrages.

— C'était autrefois ma salle d'attente, quand j'exerçais... le vieux cabinet se trouve à côté, par là...

Ici, la fenêtre et les persiennes étaient ouvertes et le soleil hivernal de la cour pénétrait à flots. On apercevait le haut du puits et l'odeur suave du tabac parfumait agréablement l'air frais et purifié par la pluie.

— Je crois comprendre qu'il y a des ennuis en ville... J'espère que ma pipe ne vous incommode pas ? Vous autres jeunes gens, vous trouvez ça un peu fort.

Il sortit de sa poche une blague à tabac qu'il malaxa en douceur. Puisque ses interlocuteurs ne répondaient pas, ébahis d'être considérés comme des « jeunes gens », il se mit à bourrer sa pipe avec une application radieuse.

— Je ne suis plus au courant des histoires locales depuis que ma fille ne vient plus aussi souvent. À une époque, elle passait tous les jours, insistait pour faire un peu de ménage et la cuisine, alors que je peux fort bien me débrouiller, mais vous savez comme sont les femmes. Maintenant, elle n'y arrive plus, elle dit qu'elle n'est plus aussi jeune qu'avant. J'ai une dame qui vient une fois par semaine, et ça me suffit amplement, mais elle ne me raconte rien de ce qui se passe ; elle se limite aux maux de toute sa famille, et en particulier aux siens... si je dois croire la moitié de ce qu'elle me raconte, je me demande comment elle tient encore sur ses jambes, mais il est manifeste qu'elle considère le conseil médical gratuit comme un avantage lié à son travail et elle a l'intention d'en profiter au maximum en cultivant toutes les maladies qui lui passent par la tête. Par conséquent, vous comprenez que vous devrez me raconter votre histoire depuis le début.

Il regarda les adjudants à tour de rôle, puis se cala dans son fauteuil.

— Eh bien, vous allez sans doute penser qu'on ne vaut guère mieux que votre femme de ménage, parce qu'on est aussi venus chercher des conseils et des renseignements. Mais, pour résumer, sachez qu'une jeune Suissesse a été retrouvée étranglée sur la décharge à tessons, près de chez Moretti.

— J'en ai certes entendu parler, mais j'ignore ce qu'elle faisait là-bas. Elle travaillait pour le jeune Moretti ?

— Pour Berti ; elle apprenait la majolique, mais de temps en temps, quand les ouvriers étaient de repos, elle allait s'exercer au tour chez Moretti, ne serait-ce que pour garder la main. Elle ne travaillait pas pour lui.

— Vous pensez donc que c'est un des gars de Moretti ?

— Pas nécessairement. Ils étaient en congé ce

jour-là et, en théorie, n'importe qui aurait pu entrer et la trouver seule... L'ennui, c'est qu'on navigue à vue et qu'il nous faudrait des informations sur le passé.

— Sur qui ou quoi ?

— Ma foi, au sujet de Moretti, je suppose, pour commencer...

Niccolini parut un peu gêné.

— On raconte que c'est un ami à vous.

Le médecin sourit, plus à lui-même qu'à son interlocuteur.

— On peut dire ça.

— Ce n'est pas qu'on le soupçonne en particulier, vous comprenez, encore moins que quiconque, puisqu'il a un solide alibi, mais il cache quelque chose, malgré tout. Quelque chose d'assez grave pour qu'il se bagarre avec un de ses employés.

— Qui ça ?

— Sestini.

— Vous voulez dire une dispute ou une véritable empoignade ?

— Une vraie bagarre. Ils se battaient comme des chiens. Ensuite, il y a ces rumeurs qui circulent sur Robiglio, et je ne suis pas ravi de son attitude envers nous non plus. Et puis l'adjudant Guarnaccia ici présent a discuté avec la sœur de Moretti...

— Tina ? Comment va cette pauvre enfant ?

Le qualificatif paraissait convenir, en dépit de l'âge de la femme.

— À moitié folle, d'après mon collègue, et son espèce de mari m'a tout l'air de ne pas trop bien la traiter.

— La malheureuse. Comme sa mère. Et c'est elle qui vous a mis sur la piste de Robiglio ?

— Pas exactement. J'avais déjà entendu des ragots. En tout cas, l'histoire de Tina était trop tordue pour signifier quoi que ce soit, mais ça indiquait tout de même que la famille Moretti était liée au sombre passé de Robiglio, et comme vous viviez ici à cette époque...

— J'étais ici, en effet.

Le Dr Frasinelli ôta la pipe de sa bouche et réfléchit quelques instants sans dire un mot. Puis il se leva et gagna la fenêtre ouverte. Le dos tourné, il reprit :

— Ces années-là ont été terribles. Je ne dis pas qu'on devrait les oublier, mais quand même, je ne crois pas qu'il faille entretenir de vieilles rancœurs. On doit regarder vers l'avenir, pas vers le passé. Êtes-vous certain qu'il y ait un lien avec la jeune fille assassinée ?

— Non. On n'est sûrs de rien.

— Quel rapport pourrait-il y avoir entre elle et un événement survenu avant sa naissance ?

— Je ne sais pas. Je suis honnête avec vous, je ne sais pas. Mais je sais, en revanche, que Robiglio essaye de se faire élire. On dit qu'il va se présenter comme maire.

— Je l'ai entendu.

— Et vous êtes d'accord ?

— Non. Mais ça fait longtemps que je ne me suis pas mêlé de politique. En tant que maire, il ne risque pas d'être pire qu'un autre.

— Peut-être. Mais il y a une chose dont je suis certain : il ne voudrait pas qu'on révèle maintenant ses activités pendant la guerre.

— Non, et je serais le dernier à les révéler pour un certain nombre de raisons, parmi lesquelles, et non des moindres, le fait qu'il n'était qu'un gamin à l'époque.

— Je comprends. Mais on ne mène pas une chasse aux sorcières, on enquête au sujet d'un meurtre. Ce que vous nous raconterez peut rester entre nous, à moins qu'on découvre que Robiglio est notre assassin, auquel cas les élections ne constitueront plus sa préoccupation immédiate, et je doute fort qu'on en arrive là.

Le médecin demeura à la fenêtre, les yeux fixés sur le puits. Il se retourna enfin et déclara :

— Je ne dis pas que vous avez tort de penser que les Moretti sont compromis avec Robiglio, mais de là à provoquer la mort d'une jeune fille... Est-ce que vous pensez qu'elle aurait découvert quelque chose ?

— Ça se pourrait.

— Mais qu'est-ce qu'une étrangère aurait fait de pareilles informations ?

— Je ne peux pas le dire, puisqu'on ne connaît pas l'histoire.

— Alors croyez-moi, si cette jeune fille est devenue un tel danger, ce n'est sans doute pas à cause de ce qui s'est passé pendant la guerre. Cela doit avoir un lien avec un événement plus récent, une menace plus imminente.

— C'est ce que dit mon collègue ici présent, mais que je sache, Moretti n'a rien à voir avec Robiglio, ces temps-ci. Il ne fait même pas affaire avec lui.

— Il en a fait dans le passé. Il lui a acheté autrefois un bout de terrain.

Guarnaccia, qui jusqu'ici avait écouté en silence, prit la parole :

— Peut-être que vous pourriez lui montrer les lettres.

— Quelles lettres ?

Le médecin s'approcha et Niccolini sortit le paquet de sa poche pour le lui tendre. Le Dr Frasinelli sortit une paire de lunettes qu'il posa sur le bout du nez comme un lorgnon et regagna la fenêtre.

— Ma vue n'est plus ce qu'elle était...

Il parcourut toutes les missives sans dire un mot, hormis un soupir ou un grognement de dégoût ici ou là. Puis il les rassembla en faisant claquer la pile dans sa paume et les rendit à Niccolini.

— Vous avez raison. Si les choses en sont arrivées à ce stade, autant que vous sachiez tout.

Il s'installa dans son fauteuil et rangea les lunettes dans sa poche. L'adjudant, qui l'observait, remarqua que sa main tremblait légèrement. La peau fine et transparente était tavelée de brun, et les doigts remuaient avec une lenteur hésitante, comme s'ils tâtonnaient dans le noir. Ce fut à ce détail que le médecin trahit son âge ; pour le reste, il aurait pu avoir moins de soixante-dix ans. Les mains se joignirent doucement, puis s'ouvrirent pour désigner la fenêtre.

— Vous avez vu le puits, là-bas ? Il est sec depuis des années et des années, mais il était utile pour cacher les gens pendant la guerre. Des juifs, des partisans, et une fois le prêtre de la paroisse d'un village voisin, parce que les SS le recherchaient... À mon avis, vous n'êtes pas d'ici, tous les deux.

— Non, répondit Niccolini, je suis romain et Guarnaccia vient de Syracuse.

— Et bien sûr, vous êtes très jeunes et vous ne vous souvenez pas. J'ignore si vous vous rendez compte que la moitié des partisans morts dans la lutte contre les nazis et les fascistes étaient toscans. Je ne dis pas que nos gars étaient plus engagés ou plus héroïques que les autres. Je suppose qu'ils ont pu l'être, mais j'hésiterais à l'affirmer. C'est juste la manière dont cela s'est passé. Le problème, voyez-vous, c'est que l'armistice de 1943 a été signé avec trop d'empressement. Alors des tas de malentendus n'ont jamais été réglés comme il faut, avec un peu de bon sens et de patience. Bien sûr, c'était inévitable que les Alliés ne nous fassent pas confiance. Ils craignaient d'être trahis, et par conséquent ils ont signé un armistice qui éliminait l'Italie de la liste des protagonistes du conflit, en nous laissant nous débrouiller au mieux avec les Allemands, tandis qu'ils se débrouillaient entre eux. C'était compréhensible, mais tragique, autant pour eux que pour nous. J'ai dit à l'époque, et je le répète aujourd'hui, que si seulement il y avait eu une coordination quelconque, si seulement les Alliés avaient débarqué entre Rome et La Spezia, comme ils le pouvaient et auraient dû le faire, la guerre se serait achevée en quelques semaines plutôt que de traîner pendant encore un an et demi avec tant de soldats alliés morts et tant de villes italiennes détruites. Il n'aurait pas dû y avoir de ligne gothique, de bombardement au centre de Florence, aucune des prétendues représailles allemandes qui ont balayé les populations de villages entiers sans raison militaire valable. C'était une erreur, et je sais par expérience que les erreurs entraînent des désastres pires que ceux résultant d'intentions malveillantes. Même Kesselring était effrayé lorsque l'armistice a été signé. Dans une de ses lettres — je l'ai ici dans un ouvrage, mais je vous la cite en substance —, le colonel Dollman a dit que, selon le maréchal Kesselring, si Badoglio avait sur-le-champ pris les commandes et lancé un débarquement à grande échelle aux environs de Rome, la défaite allemande aurait été inéluctable. Eh bien, les choses ne se sont pas déroulées ainsi. Il n'y avait aucune coordination, aucun commandement unifié et l'état d'esprit des combattants était terrible. Après tout, aux yeux d'un soldat, l'armistice signifiait que la guerre était finie, et la volonté comme la capacité à se battre allaient décliner, à moins qu'un commandement correctement établi et de rapides ordres de bataille donnent aux troupes du cœur à l'ouvrage. En l'occurrence, beaucoup d'unités se sont retrouvées de leur propre initiative en train de combattre dans le néant. Il y a eu trois mille morts au cours des deux premiers jours. Il ne fait aucun doute dans mon esprit que les partisans ont sauvé la mise... moins en s'attaquant à l'ennemi qu'en galvanisant le moral des gens, à qui ils ont redonné l'espoir et la force de riposter. En d'autres termes, ils ont fait de manière non officielle ce qui aurait dû être fait officiellement, et trente-cinq mille d'entre eux y ont laissé leur vie.

« À présent, soyez patient avec moi, Niccolini... l'adjudant Guarnaccia est trop poli pour le montrer, il reste assis sans remuer un muscle... mais je vois bien que vous vous agitez, en songeant que vous êtes tombé sur un parfait radoteur qui vous barbe avec sa guerre. Vous allez bientôt vous rendre compte que ce n'est pas le cas. Si vous voulez comprendre ces lettres, vous devez comprendre ce que les gens ressentaient et pensaient à l'époque. La plupart de ces missives sont dirigées contre Robiglio et les autres concernent Moretti, et vous en déduisez que les expéditeurs se divisent en deux camps opposés, mais vous avez tort. Les cibles sont différentes, mais la raison de ces attaques est la même. Tout cela remonte à ce qui s'est passé une certaine nuit dans cette ville. Une nuit qui a tout changé à la fois dans la famille de Robiglio et dans celle de Moretti. Vous avez vu la statue sur la place, bien entendu ?

Niccolini s'arrêta de trier et trier encore les lettres dans sa main, et leva la tête.

— Le partisan ?

— C'est Moretti, le père.

— Ah bon ? Mais le nom...

— Pietro Moro, son *nom de guerre*[1]... bien que son patronyme réel soit inscrit aussi, si vous regardez de plus près. Il se faisait appeler Pietro, mais puisqu'il en existait deux dans la brigade à avoir choisi le même pseudonyme, l'autre garçon qui venait du Nord et était très blond est devenu Pietro Biondo et Moretti, qui était brun, Pietro Moro.

— Le père de Moretti était donc un héros de la guerre. Eh bien, je ne le savais pas.

— Pour une raison ou une autre, on n'en parle pas, mais personne n'a oublié. Quant à l'appellation « héros de la guerre », elle couvre plusieurs réalités. Il y a eu de nombreux héros du genre que je qualifierais d'« authentiques », ceux qui se sont volontiers sacrifiés pour les autres, et Pietro comptait parmi eux, ou est devenu l'un d'entre eux à la fin. Mais certains n'étaient

1. En français dans le texte. *(N.d.T.)*

que victimes des circonstances et d'autres de véritables imposteurs : c'est incroyable le nombre d'hommes qui se sont déclarés partisans une fois le conflit terminé, en s'inventant un nouveau passé après avoir combattu dans la GNR[1] de Mussolini. Ils se sont juste débarrassés de leur uniforme après la défaite et se sont trouvé un foulard rouge pour rentrer à la maison. Enfin, beaucoup d'entre eux. Parmi les authentiques partisans, il en existait de toutes sortes : les idéalistes, les rebelles, ceux qui fuyaient la justice et trouvaient ainsi un moyen commode de disparaître de la circulation, et bien sûr les gars qui risquaient d'être appelés à servir dans la nouvelle république de Salo fondée par Mussolini, ou d'être embarqués en Allemagne pour mourir dans des camps de travail. Moretti, Pietro, tel que vous le connaissez, appartenait au dernier groupe, mais il avait aussi de bonnes raisons d'être ravi de quitter sa famille à ce moment-là. Lui et le jeune Ernesto Robiglio avaient tous deux vingt ans cette année-là, mais leurs milieux étaient aussi distincts que leurs personnalités. Le père de Robiglio était un ardent fasciste et maire — *podestà*, disait-on alors — de la ville. Le jeune Ernesto vivait à la maison et étudiait le droit à l'université de Florence. Leur usine était installée au même endroit que de nos jours, bien que les bâtiments actuels soient récents, puisque les anciens ont subi de graves dégâts sous les bombardements alliés.

« Moretti — Pietro Moro — travaillait pour son père et son oncle dans l'affaire familiale, le même établissement que vous connaissez, mais en ce temps-là ils ne fabriquaient que des tuyaux de drainage et des tuiles. En tout cas, le jeune Pietro a commencé là-bas à l'âge de douze ans et ça s'est assez bien passé pendant quelques années, jusqu'à ce qu'il s'amourache de la fille de son oncle, Maria, une jolie petite rondelette avec une

1. *Guardia Nazionale Repubblicana,* forces de police. *(N.d.T.)*

crinière de boucles brunes et des yeux aussi grands et innocents que ceux d'un bébé. Mais elle n'était pas bien nette, c'est un fait. On pouvait le deviner dans son regard, adorable et doux, mais plus animal qu'humain... Vous avez vu Tina, alors vous comprendrez ce que je veux dire. Tina enfant était la réplique de sa mère, mais vous avez vu ce qu'elle est devenue, et sa mère, la malheureuse, a connu une fin encore plus atroce, en raison de ce qui s'est passé cette fameuse nuit.

« À quinze ans, Maria courait déjà après les hommes ayant le double de son âge, voire plus. Puis elle a jeté son dévolu sur Pietro. Elle avait seize ans et lui à peine dix-sept. Ce qui compliquait la situation, c'est qu'ils étaient cousins. J'ai tenté de le dissuader à cause de cela. Il y a trop de mariages consanguins dans cette ville et ce n'est pas sain. Je l'ai reçu ici à la demande de ses parents et j'ai essayé de le raisonner en fondant mes arguments sur cette parenté entre Maria et lui. J'ignorais ce qu'il savait du comportement de Maria et j'avais peur qu'il m'envoie paître si je tentais de lui en parler. Nul doute qu'il était amoureux de la jeune fille. En tout cas, avant que je puisse aller bien loin, il m'a interrompu en disant que je perdais mon temps. S'il avait accepté de venir me voir, c'était pour pouvoir me confier ce que Maria avait eu peur de venir m'annoncer elle-même. Elle était enceinte. Vous imaginez sans peine ce qui se serait produit entre les deux pères si les jeunes gens ne s'étaient pas mariés. Les affaires connaissaient déjà de graves difficultés en raison de la guerre — nous étions en 1941 — et une grosse querelle de famille aurait signifié la fin. Pietro a donc obtenu ce qu'il voulait et a épousé sa petite Maria. Il semblait n'avoir aucun doute sur le fait que l'enfant était de lui et je pense qu'il l'était probablement. Je n'avais pas vu Maria traîner en ville depuis qu'elle était avec Pietro.

Ils se sont donc mariés et installés chez les parents du garçon, qui habitaient dans un coin de la fabrique. Ils vivaient à l'étroit et la mère, qui s'était opposée au mariage et avait dû l'accepter sous la contrainte des hommes, pour sauver l'affaire, ne parvenait pas du tout à s'entendre avec la belle-fille. Les choses ont mal commencé et ont bientôt empiré. En tant que médecin de la famille, j'en savais beaucoup au sujet de ce qui se passait, mais je ne pouvais pas faire grand-chose pour les aider, bien que la mère m'ait souvent demandé conseil... Ils étaient communistes et ne voulaient donc rien avoir à faire avec le prêtre... Celui ci est passé un jour en déclarant que l'avenir du jeune couple serait maudit parce qu'ils ne s'étaient pas unis à l'église. Ils l'ont chassé dans les minutes qui ont suivi. J'ai tenté de parler à Maria, mais c'était sans espoir. Comment aborder les responsabilités de la maternité avec une enfant ? Je doute que son âge mental ait dépassé les douze ans. Elle était rebelle et nonchalante, et ne faisait rien pour aider sa belle-mère à la maison, mais le pire, c'est qu'un mois après son installation chez sa belle-famille elle s'est mise à tourner autour des ouvriers. Il ne s'est rien passé, bien sûr. En plus de la présence des hommes de la famille, y compris son mari, sa grossesse se voyait déjà. Mais cela donnait lieu à de fréquentes disputes entre Pietro et sa mère, et, malgré tous leurs efforts, ils ne pouvaient pas garder Maria sous contrôle. Pietro était profondément malheureux et il va sans dire que sa mère ne manquait jamais une occasion de répéter : “Je te l'avais dit”, ainsi que le font toutes les mères. Le moment venu, j'ai aidé Maria à accoucher.

Le médecin marqua une pause. Peut-être avait-il conscience des légers signes d'impatience de Niccolini. Quoi qu'il en fût, il sourit et se leva de son fauteuil pour leur offrir un verre de *vinsanto,* qu'il sortit d'un placard mural, lequel avait dû contenir jadis des médicaments.

— Prenez-en une goutte, il est particulièrement bon. Moi, je n'en bois plus. On a de moins en moins de besoins avec le temps. Nul doute que je finirai par ne plus manger aussi, et alors mon heure sera arrivée.

Il gloussa en remplissant les minuscules verres avec soin.

— En attendant, je suis bien content d'être en vie.

Il les regarda boire, tandis qu'il se rasseyait et bourrait à nouveau sa pipe d'un air pensif.

— Tina... ils l'ont baptisée Maria Cristina, et pas plus intelligente que sa mère, en l'occurrence... quoi que vous puissiez penser de la vie qu'elle mène, cela vaut mieux que d'être enfermé dans une institution.

« Une fois soulagée du fardeau de la petite Tina, Maria a repris son ancienne façon de vivre et bientôt Pietro ne pouvait plus garder la tête haute en ville. Jusque-là, le problème était plutôt resté dans la famille, puisqu'elle se bornait à faire les yeux doux aux ouvriers de la fabrique. Mais dès que l'enfant est née, elle a quasiment ignoré son existence et s'est mise à sortir. La petite Tina était confiée aux bons soins de sa grand-mère, à la fureur de cette dernière. Ils ont même essayé d'enfermer Maria quand venait le soir, mais de jour comme de nuit, cela faisait peu de différence pour elle. Une fois, comme je rentrais à pied de mes visites, j'ai pris un raccourci par ce verger, là-bas, et je l'ai surprise allongée dans l'herbe avec le vieux Gino Masi, un paysan qui accusait une bonne soixantaine. Il n'y avait aucun vice chez cette enfant, elle était totalement dénuée de moralité. En 43, ce fut le tour des soldats allemands. Vous pouvez comprendre pourquoi Pietro avait hâte de rejoindre les partisans et échapper à une situation impossible. Il courait aussi le danger d'être appelé pour combattre au sein de la nouvelle république de Mussolini. Maria était de nouveau enceinte lorsqu'il est parti en 44, et on n'a pas entendu parler de lui pendant longtemps. Quant à Maria... eh bien, à cette époque nous avions un détachement d'une vingtaine d'hommes de la Wehrmacht cantonnés à la villa, qu'ils avaient investie en grande partie pour leurs besoins, et inutile de vous dire que Maria trouvait son chemin jusque là-haut, chaque fois qu'elle pouvait échapper à la vigilance de sa belle-mère. Elle ne comprenait rien à la guerre, sinon qu'elle avait souvent faim et que son mari l'avait abandonnée. Je l'ai moi-même croisée maintes fois à la villa.

« L'établissement est un asile pénitentiaire aujourd'hui, mais à cette époque il tenait à la fois de la caserne et de la clinique. Nous n'avions pas d'hôpital ici et il n'existait aucun transport pour les malades en 44. Outre le couvre-feu et les déplacements restreints, les Allemands avaient réquisitionné tous les véhicules. Je me rendais là-bas tous les jours en fin de matinée et tous les soirs, après mes visites. Certains des patients étaient des cas d'urgence locaux, mais quand les Allemands ont battu en retraite depuis Pise et le sud, leurs blessés ont envahi l'endroit. La villa en a vu beaucoup depuis que les Médicis l'ont construite. À maints égards, c'est l'attraction de la ville... on pourrait même dire que la localité ne serait pas devenue ce qu'elle est aujourd'hui si l'on n'avait pas bâti la villa. Les Médicis ont été les premiers à amener ici un groupe de moines espagnols, afin qu'ils réalisent pour eux des pièces en majolique : le terme est une déformation, puisqu'il s'agissait de poterie espagnole, mais toujours importée de Majorque, et le nom est resté. Sans les Médicis et cette poignée de religieux qui ont démarré la production à la villa là-haut, la fabrication de la céramique qui a permis à la ville de survivre jusqu'à maintenant n'existerait pas. En tout cas, c'est depuis la villa que les Allemands tenaient le bourg sous contrôle... mais je dois avouer qu'en dehors des réquisitions nous avions moins de problèmes avec eux qu'avec nos fascistes locaux, une sale bande de voyous comme on n'en a jamais vu. Ils dorlotaient les Allemands là-haut à la villa mais n'étaient guère payés en retour. Les Allemands n'ont jamais vraiment compris la nature très particulière et provinciale du fascisme italien. Nos voyous locaux adoraient parader en uniforme et contribuaient peu ou pas du tout à l'effort de guerre. Pour la plupart, les Allemands se tenaient à l'écart des querelles intestines et se contentaient de contrôler la ville, saisir la nourriture et essayer de défendre la ligne de chemin de fer et la route vers Pise, le long de l'Arno.

« Ils nourrissaient au moins mes patients à l'hôpital et je parvenais parfois à leur soutirer un peu de vivres ou de médicaments pour les cas les plus désespérés, lors de mes tournées. C'était en grande partie grâce au cuisinier, même si le sergent savait bien que je quittais rarement la villa les mains vides, mais il faisait celui qui n'a rien vu. Le cuisinier provenait d'une famille paysanne de Bavière, bâti comme un taureau, et s'appelait Karl. Je me demande souvent ce qu'il est devenu. Il disait toujours qu'il voulait revenir ici quand la guerre serait finie, mais peut-être qu'il n'est même pas rentré chez lui vivant. Chaque jour, après mes visites à l'hôpital, j'avais l'habitude de me rendre aux cuisines, où il flanquait un bol de soupe devant moi en disant : "Mange !" Puis il me pinçait le bras et partait d'un grand rire, tellement j'étais maigrichon. Tandis que je mangeais, il désignait chaque objet et exigeait que je lui apprenne leur nom en italien. Il les répétait après moi, en fronçant si fort les sourcils qu'ils se rejoignaient au milieu de son front. Son accent était si marqué qu'il prononçait chaque fois de travers, mais il semblait toujours ravi du résultat. "*Ja, ja!*" disait-il de sa voix de stentor avec un large sourire, lorsqu'il arrivait à prononcer le mot, puis il indiquait un autre objet et le froncement de sourcils revenait. D'un jour à l'autre, il se rappelait rarement les mots appris et, avec un nouveau bol de soupe, nous reprenions tout à zéro. Il ne s'intéressait pas ou peu à l'évolution de la guerre, se contentait de faire son travail le mieux possible, en attendant que ce soit terminé. À l'occasion, lorsqu'il avait bu un coup de trop, il devenait sentimental et me montrait des photographies de sa femme et de ses enfants, avec de grosses larmes dans les yeux. "En Allemagne", expliquait-il, comme si je ne pouvais pas deviner d'où il venait. Il ne voyait certainement pas pourquoi on l'avait envoyé ici.

« Quant au sergent, le sergent Janz, comme il s'appelait, il était toujours en colère pour une raison ou une autre et presque chaque fois où je suis allé là-bas, la première chose que j'entendais, c'était sa voix qui hurlait de rage. Pour n'importe quoi : un bombardement des Alliés ou un bouton manquant, c'était la même chose à ses yeux, un nouveau coup du sort qui s'abattait sur lui. Il était gros, avait des cheveux blonds très clairs et une peau blanche qui virait au rouge écrevisse au soleil. Il pouvait se mettre dans une telle furie qu'il enflait comme énorme crapaud aux yeux exorbités. Ses hommes avaient tellement l'habitude de ses colères qu'ils ne bronchaient jamais, et au bout d'un moment, je m'y suis habitué, moi aussi. D'après ce que j'ai réussi à comprendre, c'était un militaire de carrière et il était furieux qu'une guerre soit venue désorganiser sa vie parfaitement réglée. J'ai assisté une seule fois à un incident effrayant où il était mêlé. Cela se passait pendant l'été 44, lorsque la tension était à son comble. Notre problème, c'est que nous nous trouvions à la lisière extérieure de deux fronts, avec des combats à Pise et Leghorn à l'ouest, et des mouvements vers Florence à l'est, et lorsque l'avant-garde alliée est arrivée au Val d'Elsa, malheureusement pour nous et pour Empoli aussi, elle a dévié d'un côté vers le sud et de l'autre au nord de San Miniato. Entre cette période et notre libération finale, il y a eu de terribles représailles et l'incident avec le sergent Janz aurait fort bien pu s'achever en bain de sang. Dieu seul sait pourquoi il n'en a rien été.

« Ce qui s'est passé, c'est qu'en raison de graves difficultés à communiquer à cause des bombardements alliés, les Allemands avaient installé une ligne téléphonique qui les raccordait à leur état-major à Signa. C'est le vieux Gino Masi — celui que j'avais surpris dans le verger en compagnie de Maria — qui a provoqué la catastrophe. Je l'avais vu ce matin-là, comme souvent en rentrant chez moi, et il ramassait du petit bois sec pas très loin d'ici, pour allumer le feu en hiver. Je le revois s'arrêter et se redresser un instant pour s'essuyer la sueur sous son chapeau et me saluer d'un geste de la main. Je vis dans un coin isolé ici et ce n'est qu'en début de soirée, en partant pour la villa, que j'ai été au courant. À l'époque, je m'étais déniché une vieille bicyclette cabossée et, en traversant la place centrale, j'ai vite compris qu'il se passait quelque chose. Il n'y avait pas âme qui vive dans les parages et le silence était si pesant que j'ai pensé qu'une bombe allait exploser. Toutes les persiennes étaient closes mais, en passant devant le bar, j'ai vu que le rideau métallique de la porte d'entrée était à peine ouvert en bas. J'ai ralenti et je suis descendu de vélo. J'entendais murmurer à l'intérieur, alors j'ai frappé en déclinant mon identité et j'ai demandé de quoi il retournait. Ils n'ont pas voulu m'ouvrir, mais une voix de femme m'a répondu doucement que quelqu'un avait coupé les câbles téléphoniques allemands et qu'on soupçonnait les partisans. Les soldats de la villa avaient ordonné à chacun de rester chez soi, ils étaient allés voir à quel endroit la ligne était sectionnée et cherchaient les coupables. Je me suis remis à pédaler sur quelques mètres dans la rue déserte et j'ai réfléchi en écoutant le bruit de ferraille de ma chaîne. Pour ce que j'en savais, les brigades de partisans se battaient plus au sud et à l'ouest de notre ville, et un incident comme celui-ci paraissait improbable. Tout à coup, j'ai freiné et j'ai failli dégringoler, puis j'ai fait demi-tour et j'ai pédalé le plus vite possible. L'image du vieux Masi, que j'avais vu le matin, venait de me traverser l'esprit. Il liait ses fagots avec du câble ! Peut-être même que la pensée était née dans ma tête au moment où je l'avais aperçu, car il avait du câble alors qu'on n'en trouvait pas, quel que soit le prix, à cette époque. J'ai continué à pédaler de plus belle et les gens, qui surveillaient sans doute les rues à travers les lames de leurs volets, ont dû penser que quelqu'un agonisait ou que les Allemands étaient à mes trousses.

« Lorsque je suis arrivé à la maisonnette de Masi, c'était trop tard. Le sergent se trouvait là, avec quatre de ses hommes. Et quelqu'un d'autre aussi : le jeune Ernesto Robiglio.

« Ils n'avaient pas dû chercher longtemps, bien sûr, pour découvrir qui avait sectionné le câble. La chaumière de Masi était la seule dans le coin où ils avaient repéré la coupure, et les fagots s'entassaient devant sa porte sous le soleil du soir, au vu et au su de tout le monde. Le vieil homme lui-même se tenait debout sur le seuil avec quatre mitrailleuses braquées sur lui. Je pense qu'à ce moment-là il n'avait toujours pas conscience de son acte. Le sergent, dont le visage avait viré au pourpre, lui hurlait dessus en allemand, et l'autre ne comprenait pas un traître mot. Je suis resté à bonne distance, sous un pêcher, à observer la scène. Il paraissait inévitable qu'ils l'abattent. Je n'arrivais pas plus à suivre la tirade du sergent que le vieux Masi, mais ensuite le jeune Ernesto a pris la parole, en s'avançant pour désigner les fagots. Je ne comprenais pas bien ce qui se disait, mais j'ai vu Masi repousser en arrière son chapeau tout déformé et se gratter le front. Il a tenté de s'expliquer, en écartant ses grosses mains pour exprimer son ignorance et en contemplant le tas de bois sec d'un air consterné. C'est alors que le sergent s'est mis à aboyer des ordres et les quatre soldats ont légèrement changé de position. Je me suis dit : "Ça y est..." et j'ai baissé les paupières à moitié, dans l'attente de la fusillade. Silence. Puis de nouveau le sergent s'est mis à brailler. J'ai ouvert les yeux en grand et j'ai vu le sergent s'en aller d'un pas rageur, toujours en beuglant, suivi de ses hommes. Masi se trouvait toujours sur son perron et les regardait partir, plus perplexe que jamais. Aucun signe d'Ernesto. Le câble téléphonique fut réparé et on n'a plus entendu parler de l'incident. Toutefois, les gens ont appris quel rôle Ernesto avait joué dans l'affaire et ont eu peur de lui. On le voyait en général traîner autour de la maison du Fascio dans la journée, mais par la suite j'ai commencé à le voir aussi sortir en cachette après la tombée de la nuit. En raison de ma profession, j'avais un laissez-passer pour circuler après le couvre-feu et, une fois ou deux, je l'avais surpris en train de rouler à pleins gaz sur une moto. À l'évidence, les Allemands de la villa l'avaient déçu. Ernesto avait trouvé la compagnie qu'il recherchait parmi les SS, et nous n'avons pas tardé à le découvrir.

« L'été a passé, les récoltes furent engrangées et aussitôt réquisitionnées, les Alliés n'arrivaient toujours pas. Maria était plus souvent à la villa que chez elle, mais comme son mari combattait aux côtés des partisans, la plupart des gens tenaient leur langue, du moins devant la vieille signora Moretti qui, la pauvre, se retrouvait flanquée de deux petits-enfants et craignait de perdre son fils unique. Si elle-même tenait sa langue, c'est parce qu'ils avaient de quoi manger, grâce à Maria qui ne quittait jamais la villa sans un gros sac de victuailles.

« C'est alors que, par une chaude nuit de juillet, son mari, Pietro Moro, est revenu à la maison.

— Je me suis souvent demandé ce qui lui serait

arrivé si les événements avaient pris une tournure différente, mais je n'ai pas trouvé de réponse. En se penchant sur le passé, il semble que les choses n'auraient pu se dérouler autrement, comme si tout au long de sa courte vie il avait avancé pas à pas vers cette fin inéluctable que rien n'aurait pu empêcher, pourtant Dieu sait que j'ai tenté cette nuit-là de le protéger de lui-même et de ce qui l'attendait. Dans cette même pièce.

« J'avais vu Maria ce jour-là, en fait, tandis que je gravissais péniblement à vélo la colline qui menait à la villa. Elle descendait dans une robe légère à fleurs, avec des sandales élimées aux pieds et un vieux sac à provisions rempli de nourriture à la main. Elle m'a souri en disant bonjour, sans se douter qu'elle remonterait bientôt cette côte pour ne la redescendre que bien des années plus tard. De longues années de silence.

« Cette nuit-là, après minuit, je crois, même si l'heure exacte m'échappe, je me suis réveillé en entendant gratter aux persiennes de la fenêtre de ma chambre. Au début, je suis resté allongé, en songeant que je devais me tromper. Le seul bruit était le chant des cigales dans la chaleur de la nuit. Puis le grattement a repris et quelqu'un a murmuré mon nom. Sans allumer la lampe à pétrole sur ma table de chevet, je me suis levé et j'ai ouvert les volets. La fenêtre l'était déjà, en raison de la canicule. Pietro a grimpé dans la chambre et il est resté là debout en vacillant, son visage flou et pâle dans l'obscurité. Je l'ai pris par le bras et conduit dans cette pièce, où les rideaux du black-out étaient plus efficaces et où je pouvais allumer une lampe. Malgré tout, j'ai dû le guider jusqu'à un fauteuil et l'asseoir. J'ai vu des choses horribles pendant la guerre, mais je ne saurais vous décrire combien j'étais horrifié en découvrant ce garçon. Il était grièvement blessé et ses vêtements déchirés étaient trempés de sang, mais le pire, c'étaient ses yeux. Ils semblaient me dévisager d'outre-tombe... Et c'était le cas. Après avoir observé ses plaies, je l'ai emmené dans le cabinet, où je l'ai déshabillé. Il avait un pistolet sur lui mais refusait de s'en séparer. Tandis que je le soignais, il l'agrippait si fort malgré la douleur qu'on voyait ses phalanges blanchir sous la terre qui maculait ses doigts. J'ai nettoyé ses blessures du mieux que je pouvais. Les balles d'une mitrailleuse l'avaient frappé à quatre endroits. L'une d'elles était logée dans l'aine et je ne pouvais courir le risque d'essayer de l'atteindre dans ces conditions. Une fois qu'il a été pansé, je l'ai habillé avec des vêtements à moi qui autrefois l'auraient engoncé, mais dans lesquels il flottait désormais. J'ai compris que cela faisait quelque temps qu'il ne mangeait pas à sa faim. J'ai réchauffé un bol d'ersatz de café et je lui ai donné un morceau de pain noir, que Karl avait fait avec notre récolte de céréales.

« J'ai commencé à lui expliquer que je l'installerais volontiers dans mon lit, mais que le danger d'être découvert était trop grand. Les Allemands venaient parfois me chercher en pleine nuit. Il allait devoir la passer dans le puits, avec de la paille et une couverture, comme d'autres avant lui. Je lui donnerais quelque chose pour calmer sa douleur et l'aider à dormir, puis je le réveillerais à l'aube. Je lui ai promis qu'il serait à l'abri là-bas, que le puits avait déjà sauvé de nombreuses vies, et que d'ici le lever du jour j'aurais trouvé un moyen de le faire aller là où il souhaitait. Jusque-là, il n'avait rien dit. Il s'est alors mis à parler :

« — Je rentre chez moi.

« — Chez toi ? Tu es fou ! Outre le fait que tu risques d'être découvert, pense à ce qui arriverait à ta famille.

« — Je rentre chez moi.

« Ses yeux avaient cet étrange regard fixe et je crois avoir alors compris que je ne pourrais pas le raisonner, qu'aucun argument ne pourrait l'atteindre, bien que je n'aie pas cessé d'essayer.

« — Encore quelques semaines et la guerre sera finie. Si tu te fais prendre maintenant...

« — Je rentre à la maison, dormir dans mon lit, avec un corps chaud et vivant à mes côtés. Je me moque de ce qui peut arriver ensuite. Je veux juste dormir dans mon lit, auprès d'un corps chaud et vivant.

« Il s'est ensuite plié en deux dans son fauteuil et a vomi le pain et le café. J'espérais qu'il s'évanouirait pour pouvoir le garder ici de force, mais les yeux immobiles ne se sont jamais fermés ; il battait à peine des paupières. Je lui ai donné un peu d'eau et j'ai tenté de lui faire avaler un somnifère, mais il avait tous ses esprits et a refusé. Je doute à présent que le cachet ait pu le faire dormir, compte tenu de son singulier état de tension. Je n'ai pas osé lui demander ce qui s'était passé, mais l'idée m'est venue tout à coup que d'autres de sa brigade pouvaient errer dans les parages, alors j'ai hasardé :

« — Tu es venu ici tout seul ?

« — Seul... oui.

« — Et le reste de ton groupe ?

« — Ils sont morts. Tous... tout le village. Tous morts. Je devrais être mort, moi aussi. On a fait sauter le pont flottant. On a agi à l'aube, quand ils le camouflent sous la berge du fleuve, car la nuit ils le mettent sur le fleuve. On l'a fait au petit matin. Un seul Allemand est mort, juste un. J'ai soif...

« Je lui ai tendu le gobelet d'eau mais il l'a contemplé sans le boire, comme s'il avait déjà oublié pourquoi je le lui avais donné.

« — On ne pouvait pas rentrer au camp en plein jour, alors on s'est cachés dans une maison sûre du village. Je ne sais pas qui nous a trahis... peut-être qu'ils ont seulement deviné, mais on avait coupé leur retraite et ils étaient fous de peur et de rage. Ils sont venus au village et se sont mis à tirer à vue sur tout le monde, en commençant par les enfants qui sortaient de chez eux en courant pour voir leurs tanks arriver. Ils ont mis le feu aux maisons et l'on entendait les femmes et les vieillards se précipiter au-dehors en hurlant, avec leurs vêtements en flammes, et puis les mitrailleuses. Les Allemands criaient : "Partisans ! Partisans !"

« "On s'est rendus, en pensant que ça les arrêterait, mais ça n'a rien changé. À l'entrée du bourg, il y avait un mur de pierre, derrière lequel on tombait à pic dans un fossé. Ils nous ont alignés contre le mur, les mains sur la tête, et j'ai vu que le fossé était déjà rempli de cadavres. Derrière nous, tout le village brûlait et les gens hurlaient et hurlaient encore... Je n'avais pas peur, je ne ressentais rien, comme si ce n'était pas réel. Pietro Biondo se trouvait contre le mur, à côté de moi, et je l'entendais gémir, comme si on lui avait déjà tiré dessus. Ensuite, j'ai senti quelque chose éclater en moi par-derrière et on s'est mis à tomber. Lorsque je suis revenu à moi, plus personne ne hurlait, mais j'entendais toujours les voix des Allemands qui braillaient et le rugissement des flammes. J'entendais, mais je ne voyais rien. J'étais enseveli sous des dizaines d'autres corps. J'ai perçu alors Pietro Biondo qui gémissait de la même façon qu'avant la fusillade. Il ne se trouvait plus à mes côtés... peut-être qu'il avait tenté de s'éloigner en rampant, mais sans aller bien loin, je l'entendais encore... Je voulais lui dire de se taire, car s'ils l'entendaient... mais je n'ai ni remué ni parlé. J'ignore combien de temps s'est écoulé, combien de temps je suis resté étendu là-bas, mais les corps autour de moi étaient froids et le mien encore chaud. Puis le silence a duré des heures, mais je savais que les Allemands devaient être restés dans les parages, car je n'avais pas entendu les chars s'en aller. J'ai senti les corps remuer au-dessus de moi... c'était comme si quelqu'un marchait sur nous, mais on n'entendait aucune voix. Aucune... Puis j'ai perçu comme des lapements. C'étaient les chiens. Des chiens affamés qui léchaient le sang. Beaucoup plus tard, il y a eu d'autres mouvements et des ordres que l'on beuglait. Puis les jeeps sont passées sur la route le long du mur, au-dessus. Des portières ont claqué et une voix italienne a crié : 'Les ambulances sont là ! Y a-t-il des survivants ?'

« "Pietro Biondo s'est remis à gémir et j'ai senti que ça bougeait parmi les corps, comme s'il s'était redressé. Puis on a entendu une fusillade et Pietro Biondo n'a plus gémi du tout. Un long moment s'est écoulé avant que j'entende les tanks s'en aller. Je me suis extirpé de dessous les corps raidis. Il me fallait trouver Pietro Biondo... ils nous avaient désarmés, mais à la hâte, et je savais qu'il avait un pistolet de secours attaché à la jambe. Il faisait noir et cela m'a pris du temps...

« "J'ai suivi le fossé jusqu'à la sortie du village et j'ai continué à marcher. Je sens davantage les blessures maintenant... qu'à ce moment-là...

« — Elles se referment, maintenant que tu as cessé de bouger.

« Je lui ai dit qu'il avait toujours une balle en lui, qu'il me fallait l'opérer, et que la plaie allait sans doute s'infecter.

« — Peu importe. Je suis fatigué.

« Ses yeux... Ils semblaient me transpercer. Il était assez lucide, à l'entendre parler, mais en y repensant aujourd'hui je crois qu'il était pour ainsi dire mort dans ce fossé avec ses camarades. Je n'ai pas pu l'empêcher de s'en aller.

« Je n'avais aucun espoir de me rendormir, alors je suis resté assis ici avec un livre le restant de la nuit. Ce n'était pas les Allemands là-haut à la villa dont j'avais peur, mais Ernesto. Moins d'une demi-heure après son départ, j'ai entendu des coups de feu au loin et j'ai su qu'ils signifiaient la fin de Pietro.

« Ce sont ses parents qui m'ont raconté ce qui s'est passé. J'ignore quand et comment Ernesto a retrouvé sa trace, mais ça devait être avant que Pietro n'arrive ici, car à la minute où il est arrivé chez lui, ils lui sont tombés dessus, comme s'ils étaient embusqués quelque part près de la fabrique, Ernesto et six hommes de la SS. Quand c'est arrivé, ils étaient tous dans la cuisine, les parents et Maria en vêtements de nuit. Pietro venait de s'asseoir à la table et les autres l'entouraient debout, lorsque la porte a été enfoncée. Pietro avait toujours son arme en main, mais ils lui ont tiré dessus avant qu'il ne puisse l'utiliser. Il est tombé en avant, sa tête heurtant la table, puis s'est écroulé à terre. La partie inférieure de son visage avait été touchée, mais il n'était pas mort et ses yeux toujours ouverts les observaient. L'un d'entre eux — d'après la mère de Pietro, il devait être officier, parce qu'il était plus âgé que les autres — est venu se placer au-dessus du jeune gars et a dit quelque chose. Peut-être était-il en colère qu'ils l'aient abattu comme ça, car ça signifiait qu'ils ne pouvaient plus rien en tirer. Il a repéré l'une des blessures pansées et s'est penché pour déchirer les vêtements de Pietro. Puis il s'est reculé et a fait feu en visant chacune des plaies. Ce qui a paru le soulager. En ignorant le cadavre du jeune homme, il a demandé du vin aux vieux et ses complices et lui se sont mis à fêter leur trophée. Dès qu'ils ont été éméchés, ils s'en sont pris à Maria. Les parents sont restés là, le dos collé au mur de la cuisine. Quand tous les six en ont eu fini avec Maria, ils l'ont offerte au jeune Ernesto. Il a refusé. Il avait bu avec eux et vomissait à présent par terre. Il était à l'évidence terrifié par les conséquences de son acte et aurait aimé s'enfuir mais n'a pas osé. Ils se sont moqués de lui et ont commencé à le forcer à boire, en lui enfonçant une bouteille dans la bouche.

« Pietro gisait toujours au sol dans une mare de sang qui avait éclaboussé le mur blanc derrière lui. Lorsqu'ils ont été prêts à s'en aller, ils ont ramassé le cadavre pour le charger à l'arrière de leur jeep. Maria était toujours étendue, anéantie, sur la table, parmi les bris de verre et le vin renversé, trop effrayée pour se couvrir. Ils sont revenus la chercher, l'ont traînée par les pieds pour l'emmener avec eux. Les deux enfants,

Dieu merci, dormaient pendant ce temps dans la pièce voisine.

« Tout cela, ce sont les vieux qui me l'ont raconté plus tard. La première nouvelle directe m'est parvenue le lendemain matin, quand l'un des gars du sergent de la villa est venu tambouriner à ma porte. J'étais toujours ici, tout habillé, bien que j'aie dû m'endormir vers le petit matin, et c'est lui qui m'a réveillé. "Venez !" Il avait laissé tourner le moteur de sa moto.

« Il était encore tôt, mais il faisait déjà chaud. Nous avons dû traverser la place et j'ai vu de petits groupes de gens rassemblés autour, dans l'ombre, qui contemplaient en silence ce qui ressemblait au beau milieu à un tas de guenilles, avec une pancarte placée dessus. On pouvait y lire "PARTISAN" en grosses lettres rouges. Le tas de guenilles, c'était la dépouille de Pietro Moro.

« Voyant qu'il était mort mais ne sachant rien, je n'ai pas établi de rapprochement entre le fait que l'on m'appelle à la villa et ce qui s'était passé dans la nuit. Toutefois, quand j'ai vu le sergent, j'ai tenté de lui expliquer qu'il fallait enlever le corps de Pietro et le remettre à ses parents pour l'enterrer. Le sergent a secoué la tête et m'a montré trois doigts. Il ne parlait pas bien italien mais me comprenait si je parlais lentement. Pour ma part, je ne saisissais que trop ce que signifiaient ces trois doigts. La même chose s'était assez souvent produite ailleurs. Le cadavre de Pietro allait être exposé avec cette inscription pendant trois jours, en guise d'avertissement.

« — SS, a dit le sergent. Partis. Peut-être eux revenir... *Kaputt !* Tout le monde !

« — Vous voulez dire que si nous l'enterrons... ?

« — *Kaputt ! Kaputt !*

« Pour une fois, il n'était pas en colère. Il avait l'air d'être resté debout toute la nuit. Il ne s'était pas rasé et son uniforme était froissé et maculé de sueur. Je ne l'avais jamais vu dans cet état auparavant.

« Il s'est frappé la poitrine de son poing épais :

« — Rien pouvoir faire. SS !

« — Je comprends, ai-je répondu.

« Je commençais à croire qu'il m'avait convoqué pour me prévenir de ne pas enterrer Pietro. Je lui servais souvent d'interprète pour la ville, puisque j'étais la personne qu'il voyait le plus. Mais il a dit : "Venez."

« Ils m'ont montré Maria. Elle était dans un petit lit gigogne, installé dans une lingerie. En voyant les draps tachés de sang, j'ai d'abord cru qu'elle était morte, bien que son visage fût découvert, mais quand je me suis approché, elle a ouvert ses yeux de biche. Elle ne m'a pas reconnu. Elle n'a plus jamais reconnu qui que ce fût. J'ai fait ce que j'ai pu pour elle, mais je ne pensais pas qu'elle survivrait. Je ne vais pas entrer dans les détails. Qu'il me suffise de vous dire qu'ils avaient dû la torturer pendant la majeure partie de la nuit. À la fin, ils lui avaient coupé un morceau de langue. La malheureuse n'avait rien pu leur dire. Elle ignorait tout des activités de son mari.

« Pendant quelque temps, je me suis occupé d'elle chaque jour. Si elle ne me parlait pas et ne me reconnaissait pas, son état physique s'améliorait un peu. Je m'inquiétais pour ses pieds. Il y avait quelques os cassés qui nécessitaient les soins d'un spécialiste, qu'on avait peu d'espoir d'obtenir, dans cette période trouble. La pauvre enfant n'a jamais pleuré ou protesté quand je soignais ses blessures ; elle se contentait de m'observer de ses grands yeux doux. C'était comme si elle avait épuisé ses capacités de réaction à la souffrance. Parfois, quand j'avais fini, je trouvais Karl debout à l'entrée de la minuscule chambre, avec un bol de soupe à la main, fronçant les sourcils de désolation.

« Puis les Alliés sont arrivés. Tout d'abord, leurs avions ont cessé de lâcher des bombes pour se mettre à lancer des tracts nous disant de retirer les barrages des rues, d'indiquer les emplacements des mines aux patrouilles de reconnaissance, et de cacher nos réserves de vivres à l'ennemi qui battait en retraite... comme si nous en avions encore ! La Wehrmacht a abandonné la villa et ce sont les Américains blessés qui ont rempli les lits d'hôpital. Je ne suis plus monté là-haut, car j'étais pleinement occupé par une épidémie de typhoïde qui s'était déclarée près d'ici. Je n'ai pas tardé à contracter moi aussi la maladie et l'on m'a soigné dans un établissement assez éloigné. À l'époque, je trouvais que c'était une sacrée déveine d'avoir survécu à la guerre pour succomber à une affection attrapée auprès de mes patients. Mais à quelque chose malheur est bon... Je me suis rétabli et j'ai épousé une des infirmières de cet hôpital, la meilleure chose que j'aie accomplie dans mon existence, paix à son âme...

« Cette maison avait subi des dégâts quand les Alliés étaient passés, et nous vivions en attendant chez ses parents, jusqu'à ce que je puisse me permettre de la reconstruire. On manquait partout de médecins et je n'ai eu aucune difficulté à trouver du travail. En définitive, il s'est écoulé cinq ans avant que je ne la retape et que je reprenne mon cabinet ici. Ce devait être au printemps 1950.

« À cette époque, la villa se trouvait dans une curieuse phase transitoire. Il y avait quelques malades mentaux là-haut et un certain nombre de personnes âgées qui ne souffraient d'aucune maladie mais n'avaient nulle part où aller ou personne pour s'occuper d'eux. Un médecin était en poste sur place, alors je n'avais aucune raison de m'y rendre, jusqu'à ce qu'il me téléphone cet été-là et se présente, en me demandant de venir à la villa, car il souhaitait connaître mon opinion au sujet d'un des pensionnaires. Par le plus grand des hasards, c'est en chemin que j'ai croisé la vieille signora Moretti. Elle faisait ses emplettes sur la piazza en début de soirée et une petite fille l'accompagnait, d'une huitaine d'années et le portrait craché de Maria. J'ai arrêté ma voiture pour leur parler et, après avoir caressé la tête de la petite Tina, j'ai naturellement demandé des nouvelles de sa mère. La signora Moretti a poussé l'enfant en disant :

« — Va donc faire la queue chez l'épicier.

« Une fois la fillette disparue, elle m'a regardé, les lèvres pincées.

« — Tina ne sait rien de sa mère et n'a pas besoin de savoir.

« — Maria est morte, alors ? Je l'ignorais.

« — Il aurait mieux valu pour tous les gens concernés qu'elle meure cette nuit-là.

« — Elle est donc toujours là-haut...

« Était-ce la raison pour laquelle on m'avait appelé ? La signora Moretti a désigné derrière moi la statue de bronze nouvellement érigée sur la place.

« — Sans cette fille, j'aurais eu un fils pour me réconforter dans ma vieillesse, pas une statue et deux petits-enfants orphelins. Mon fils ne serait jamais parti si elle ne s'était pas conduite comme elle l'a fait. Celle-là a eu ce qu'elle méritait et qu'elle vive ou meure, c'est du pareil au même pour moi. Je le leur ai dit là-haut et je vous le répète. Aucun Allemand ne remettra les pieds chez moi. Que Dieu leur pardonne, parce que moi, jamais !

« J'ai repris ma route, en songeant évidemment à cette terrible nuit et à la signora Moretti qui avait vu son fils massacré dans sa propre cuisine, tout en me demandant si ce genre de blessure pouvait jamais guérir. Je comprenais assez bien son amertume, mais ce n'est qu'en arrivant au sommet de la colline et dans le parc de la villa que j'ai saisi ce que ses paroles impliquaient au juste.

CHAPITRE VII

— Je me suis garé devant la grille principale et, tandis que je remontais l'allée à pied, j'ai levé les yeux sur la balustrade qui bordait le haut de la villa, avec ses urnes en terre cuite se découpant sur le ciel bleu. La façade ocre était un peu abîmée mais la guerre l'avait épargnée, et les cyprès sombres qui se dressaient de part et d'autre demeuraient immobiles, leur cime auréolée d'une lumière rose dorée dans le soleil de fin d'après-midi. Les belles bâtisses anciennes qui ont subsisté à l'épreuve du temps m'ont toujours procuré du réconfort. Alors qu'elle a représenté un événement énorme dans ma vie, la guerre n'aura été qu'une banalité parmi d'autres auxquelles la villa a survécu. J'étais flanqué de part et d'autre par un jardin austère, avec des statues décrépites qui se dressaient parmi les haies basses et régulières et les pelouses bien tondues, tandis que de minuscules oiseaux gazouillaient en sautillant pour picorer leur repas du soir.

« Devant les portes principales de l'établissement s'étend un vaste espace de gravier, où trônent d'énormes jarres rouges. À cette époque de l'année, elles débordaient de fleurs, des géraniums pour la plupart, mais il y avait deux citronniers et je me suis arrêté pour profiter de leur parfum. J'aime les plantes et, du vivant de mon épouse, la cour de ma maison était toute fleurie...

« C'est alors que j'ai découvert une toute petite silhouette en train de s'affairer derrière l'une des grosses jarres rouges. Un garçonnet, qui ne devait pas avoir plus de trois ans, ramassait les têtes mortes d'un géranium pour les jeter dans un seau. Il avait des cheveux clairs d'une nuance roux doré, qui remuaient sous le soleil tandis qu'il s'activait, et j'étais fasciné de voir une telle dextérité chez un enfant si jeune. Il a levé la tête en entendant mes pas et je lui ai souri. Il ne m'a pas souri mais m'a regardé fixement de son visage pâle et sérieux. Il était plutôt vilain, hormis ses cheveux, et je dois dire que son expression m'a déconcerté, parce qu'elle n'avait rien de celle d'un enfant. Néanmoins, je lui ai parlé, comme on le fait spontanément à un gamin.

« — C'est un seau bien gros pour un petit garçon.

« Il m'a dévisagé et a observé l'objet, en fronçant les sourcils. Puis il a jeté une nouvelle tête morte dans le seau et a attendu, sans me regarder, ce que j'allais dire ensuite.

« — Est-ce que tu aides ton papa ? ai-je demandé, pensant qu'il devait être le fils du jardinier.

« — Non.

« En tout cas, cette remarque avait dû mieux passer et m'avait valu une réponse. Cette fois, j'ai décidé que c'était à mon tour d'attendre. Il est resté là à ouvrir et à refermer le poing, avec une fleur morte à l'intérieur, tandis que je regardais autour de moi et lui réfléchissait. Puis il a dit :

« — J'aide Giuseppe.

« — Giuseppe, c'est le jardinier ?

« — Oui. Et après, je vais aider le docteur et puis Tanza.

« J'étais plus perplexe que jamais. En dépit de sa taille, il ne pouvait pas avoir trois ans.

« — Tu aides beaucoup de gens. Quel âge as-tu ?

« — Cinq ans, et j'ai eu un gâteau et Tanza l'a fait, et le docteur a mis des bougies.

« Il m'a annoncé ça d'un trait, en me fixant d'un air grave. Sans l'ombre d'un sourire. Le gâteau était à l'évidence une affaire aussi sérieuse que son assistance.

« — Moi aussi, j'aime bien les gâteaux, et les fleurs aussi. Celles-ci sont de jolis géraniums.

« Il ne m'a pas répondu. J'ai allumé une pipe et je suis resté là à l'observer, jusqu'à ce qu'il en ait terminé avec la plante qu'il nettoyait, et il n'y avait pas un bruit aux alentours, hormis le gazouillis des oiseaux et le crissement de ses petites chaussures sur le gravier. Au bout d'un moment, il s'est éloigné en traînant le seau en métal... il n'était pas assez grand pour le soulever et je dois avouer que je n'aurais pas osé lui proposer mon aide. Lorsqu'il a disparu, j'ai gagné l'entrée principale et j'ai vu que les portes étaient ouvertes. Un jeune homme que je ne connaissais pas, mais dont j'ai deviné qu'il devait être l'interne, se tenait debout sur le seuil.

« — Bonsoir, docteur Frasinelli ? Je vois que vous avez déjà rencontré le patient qui me pose problème.

« — Le petit garçon ?

« Je lui ai serré la main et je dois dire que je n'en revenais pas.

« — Il est soigné ici ?

« — C'est une façon de parler... mais je croyais que vous saviez... Il est né ici et comme on m'a dit que vous avez soigné sa mère, j'ai imaginé que vous aviez entendu parler de lui.

« — Sa mère... ? Mais qui... vous ne voulez pas dire Maria... ?

« — C'est exact. Un cas malheureux s'il en est. Alors vous n'étiez pas au courant ? J'ai peur de vous avoir causé un choc. Voulez-vous que nous passions dans mon bureau pour en parler ?

« Je l'ai suivi sans dire un mot. *C'était* un choc, mais je n'aurais pas su expliquer pourquoi. Lorsque j'avais soigné la malheureuse Maria, c'était la seule possibilité que je n'avais pas prise en considération, alors que j'aurais dû, en toute logique. Je ne m'attendais guère à la voir survivre, bien sûr, et dans le bouleversement de cette période, on n'avait pas le temps de penser aux éventualités superflues, on luttait au jour le jour. Mais, tandis que nous nous asseyions dans le bureau du médecin, les paroles de la signora Moretti ont commencé à prendre une signification nouvelle et plus claire. "Je le leur ai dit là-haut... Plus aucun Allemand ne remettra les pieds..." Ce n'étaient pas des mots prononcés au hasard, elle parlait du tout petit garçon aux cheveux blond-roux, le souvenir vivant de cette effroyable nuit.

« Je me suis ressaisi.

« — Désolé... Oui, c'est un choc. Tout ce qui me rappelle cette nuit... Je suppose que cet enfant est...

« — C'est ce qu'il semblerait, d'après sa date de naissance.

« — Mon Dieu !

« — Ce n'est pas un cas isolé, vous savez.

« — Je suppose que non. Ça doit être vrai, alors, qu'il a cinq ans.

« — Cinq ans et trois mois.

« — Il est très petit.

« — C'est déjà un miracle qu'il soit vivant. Sa mère ne pouvait pas l'allaiter. Elle n'a jamais été vraiment consciente de son existence. Le pauvre petit bonhomme a eu du mal au début, mais c'est un survivant, et assez intelligent aussi, bien qu'il ne se développe pas normalement, comme on peut s'y attendre, dans un endroit tel que celui-ci.

« — Qui s'occupe de lui ?

« — Tout le monde et personne. Il passe le plus clair de son temps avec Costanza, la cuisinière.

« — Celle qu'il appelle Tanza ?

« — C'est exact.

« — Alors, c'est pour ça que... c'est la première chose que j'ai remarquée chez lui : il me regardait avec des yeux d'adulte.

« — Il n'a jamais vu d'autre enfant.

« — Mon Dieu ! Mais est-ce que vous n'auriez pas pu...

« — Est-ce que je n'aurais pas pu quoi ? Il ne devrait pas se trouver ici, c'est évident. Sa situation ici est anormale et, pour ma part, j'ai été incapable de comprendre le sac de nœuds administratif qu'il faudrait démêler pour le faire sortir d'ici. Si jamais j'y parvenais, qu'est-ce qui lui arriverait, selon vous ? Une autre institution, où il serait perdu parmi des centaines d'autres et ne survivrait sans doute pas. Il n'en sortirait probablement jamais et aurait peu d'espoir de grandir normalement.

« — Alors l'adoption, peut-être...

« — L'adoption ? Même s'il n'était pas trop tard... les gens veulent des bébés qui viennent de naître quand ils adoptent, ils ne veulent pas des gosses de cinq ans rachitiques et en mauvaise santé... il a le cœur fragile, entre autres... sans parler de la paperasse que ça implique, avec sa mère vivante mais incapable de donner son accord. En outre, dites-moi qui voudrait l'enfant d'un violeur SS et d'une femme internée à l'asile.

« — Vous avez raison, bien sûr. Excusez-moi. Vous avez dû déjà essayer.

« — J'ai essayé.

« — Les péchés des pères se transmettent... J'ai toujours détesté cette idée, mais quand on y songe en termes concrets, ce n'est pas une condamnation morale, juste une observation des faits. Pauvre petit gars. Que peut-on faire ?

« — J'espérais que vous pourriez m'aider.

« — De quelle manière ?

« — Comme je le disais, il n'a jamais vu d'autre enfant, mais il a un demi-frère et une demi-sœur.

« — Vous voulez dire... ? Mais ce sont les dernières personnes qui voudraient de lui !

« — Ce sont les seules, son seul espoir. Ils constituent légalement sa famille.

« — Il porte leur nom ?

« — Il est déclaré sous le nom de Filippo Moretti. Nous savons tous qu'il n'est pas le fils du jeune partisan abattu, mais déclaré comme tel, puisque celui-ci était l'époux de Maria.

« — Et vous escomptez sérieusement que la belle-famille de Maria va l'accepter ? Après ce qui s'est passé ?

« — Il pourrait aller chez eux, sans qu'on remplisse la moindre paperasse. Ils n'ont même pas besoin de l'adopter, ils peuvent le prendre chez eux. D'un point de vue légal, il est leur petit-fils.

« — Ils ne le feront jamais ! J'ai vu la signora Moretti en chemin et il se peut même qu'elle soupçonne déjà ce genre de chose. Elle ne le fera jamais.

« — Il n'y a personne d'autre.

« — Et les parents de Maria ?

« — Ils sont morts. Ils comptent parmi les dernières victimes de l'épidémie de typhoïde à la fin de la guerre.

« — Alors Moretti dirige la fabrique tout seul ?

« — Je suppose. Les Moretti représentent son unique espoir. Vous les connaissez, vous pourriez m'aider.

« — J'espère que vous avez raison. Peut-être qu'avec le temps, ils reviendront sur leur décision.

« — Le temps presse.

« — Mais cela fait déjà cinq ans qu'il est ici, alors...

« — Le temps presse. Dans six mois, cet établissement deviendra un asile pénitentiaire. Les patients gériatriques et les malades mentaux seront transférés dans trois mois, à temps pour que les ouvriers achèvent les aménagements nécessaires. Je suis en train de m'attaquer à ce sac de nœuds administratif dont j'ai parlé. J'ai déjà trouvé une place éventuelle pour le petit Moretti dans un orphelinat. Je ne veux pas l'y envoyer.

« — Je comprends. C'est devenu une affaire personnelle. Vous aimez cet enfant.

« — Oui, mais cela va au-delà. J'admire sa volonté à survivre. Je n'arrive pas tout à fait à me l'expliquer... ce n'est pas la façon dont on s'attache normalement à un enfant. Pour être honnête, j'ai même du mal à le considérer comme un enfant, mais vous comprendrez quand vous le connaîtrez mieux.

— Eh bien, il avait raison. Dans les quelques semaines qui ont suivi, j'ai commencé à faire la connaissance du petit Moretti et à éprouver une étrange affection pour lui. C'était un drôle de bout de chou et il fallait un certain temps pour s'y habituer, mais il y avait quelque chose en lui, une férocité à vivre en dépit de son existence inhabituelle et confinée. Quelle que soit l'heure à laquelle je passais à l'hôpital, il était toujours occupé à « aider » quelqu'un, et il n'a pas tardé à m'aider moi aussi. L'idée m'était venue de l'emmener en voiture, lors de mes visites du soir, afin qu'il voie un peu le monde à l'extérieur de la villa, et j'ai pensé que le meilleur moyen de le lui proposer était de lui demander de « m'aider ».

« Je n'oublierai jamais notre première sortie. Tout le long de la descente de la colline, il est resté silencieux dans la voiture, et quand je l'ai observé du coin de l'œil, j'ai vu ses petites mains cramponnées au tableau de bord, les phalanges toutes blanches sous la tension. Quand il est sorti du véhicule, il ne m'a pas lâché d'une semelle, mais sans me laisser lui prendre la main. Je n'ai fait aucun commentaire, pas plus que je ne lui ai montré ceci ou cela ; je me suis contenté de le surveiller de près. Son visage mince était déterminé, il fronçait les sourcils et son corps tremblait, mais il s'agrippait vaillamment à un vieux petit sac en cuir que je lui avais apporté. Je ne pouvais pas lui donner ma vraie sacoche, que je savais trop lourde pour lui, mais j'avais compris alors que, tant qu'il "aidait", il se sentait en sécurité.

« Nous ne sommes sortis qu'environ une heure et demie, et pendant la plupart de mes visites, il m'a attendu dans la voiture. À la fin, j'ai toutefois constaté que toute cette tension l'avait épuisé. Une seule fois, il s'est détendu et a témoigné de l'intérêt pour quelque chose de sa propre initiative. Nous passions devant l'église Santo Stefano et les portes étaient ouvertes en grand. On y préparait peut-être une bénédiction, mais aucun office ne se déroulait à ce moment-là. Au bout de la nef de gauche, une grappe de cierges scintillaient dans la pénombre, et ils avaient attiré son attention. Je me suis arrêté à ses côtés et j'ai attendu, sans rien dire. Très tranquillement, à peine capable d'aligner deux ou trois mots, il s'est mis à chanter *Joyeux anniversaire*, en fixant la lumière de ses yeux fascinés, mais l'expression toujours aussi grave.

« Après quelques voyages, il s'est habitué à la voiture et aux rues animées, mais ce n'était rien de plus qu'un spectacle pour lui, je pense. Son véritable univers, c'était la villa et ses résidents, et même lorsqu'il voyait d'autres enfants, il ne faisait pas de lien entre eux et lui. Je me souviens d'une fois où je l'ai laissé dans la voiture, pour rendre visite à une vieille dame de la Via Gramsci et, en sortant de chez elle, j'ai vu qu'il observait attentivement quelque chose, le nez presque collé à la vitre. J'ai suivi son regard et j'ai vu qu'il contemplait un groupe de femmes et d'enfants, dans un petit square de l'autre côté de la rue. Ce n'est rien d'autre qu'un bout de pelouse avec deux ou trois bancs et un manège, mais le fait qu'il s'y intéresse m'a semblé un bon signe, alors je lui ai proposé d'y aller voir de plus près. Il m'a accompagné sans piper mot et est resté à regarder de l'autre côté de la petite haie entourant la pelouse.

« — Tu veux entrer ?

« Il a secoué la tête, mais paraissait tout à fait ravi de continuer à observer. Ce n'est qu'ensuite que j'ai remarqué la présence de son demi-frère et de sa demi-sœur, en train de jouer sur le tourniquet. J'ai balayé le jardin du regard et j'ai repéré la signora Moretti. Elle m'a vu elle aussi, mais a détourné la tête. Nous sommes restés là un certain temps et j'espérais un peu qu'elle vienne vers nous ou du moins qu'elle nous salûe, mais en vain. J'ai observé ses deux petits-enfants. Je les connaissais peu, puisque la famille n'était pas revenue me consulter depuis mon retour en ville. Le garçon — on l'appelait Beppe, mais je ne connaissais pas son nom, à l'époque — était lent et lourd, et ses mouvements manquaient de coordination. Tina était très développée pour son âge et ressemblait trop à Maria pour qu'on ne s'en inquiète pas. J'ai regardé le petit Moretti avec son visage farouche et ses yeux intelligents d'adulte, et je me suis dit qu'ils avaient peut-être autant, si ce n'est plus, besoin de lui que lui d'eux. Et sur ce point, il s'est révélé que j'avais raison. Il s'est écarté de la haie, en fronçant les sourcils.

« — Il faut que je m'en aille.

« — Ça ne te plaît pas, ici ?

« — Je dois aider Tanza.

« Il savait toujours quelle heure il était, comme par instinct. Il était près de six heures du soir et, à cette heure-là, il allait toujours aux cuisines aider Costanza à préparer le dîner pour les patients.

« Tandis que nous roulions, je me suis mis à réfléchir. J'ai senti que j'avais trouvé un argument, du moins en ce qui concernait le vieux Moretti, mais tant que sa femme me barrait le passage, je savais que je n'irais nulle part. J'étais déjà allé les voir, bien sûr, mais sans rien obtenir. Le vieux, bien qu'éprouvé par la perte de son fils unique, était moins amer sur la question, plus philosophe, on pourrait dire. "Ce qui est fait est fait", telle était plus ou moins son attitude et il n'avait rien contre l'enfant. Mais il savait ce que ressentait son épouse et n'avait aucune intention de plaider ma cause, au risque de créer des problèmes avec elle. Je ne pouvais pas l'en blâmer. Je ne pouvais pas lui en vouloir à elle non plus. Dans un bref accès de colère, alors que je tentais de lui faire changer d'avis, elle avait lâché qu'un des SS qui se trouvaient là cette fameuse nuit avait les cheveux roux comme ceux de l'enfant. Peut-être avait-elle l'impression de se venger, qui sait ?

« En tout cas, en roulant vers la villa ce soir-là, j'avais l'impression que je n'obtiendrais gain de cause que si un événement se produisait qui débloquerait la situation. Il me fallait un peu de chance. Vous pourriez dire, je suppose, que ce fut le cas, même si ce ne fut pas ce que j'attendais et certainement pas ce que j'espérais. À peine plus de deux semaines plus tard, la signora Moretti a succombé à une crise cardiaque.

« Je devais agir vite, car le temps pressait. J'ai attendu un peu, après les obsèques, comme le voulait la décence, et je suis allé voir Moretti. Il savait pourquoi, bien sûr. Ce qu'il ignorait, c'est que j'avais mené ma petite enquête dans l'intervalle et que j'avais un atout en réserve.

« — C'est à propos de cet enfant ?

« — C'est à propos des trois enfants, et de vous-même. Combien de temps pensez-vous continuer à gérer votre affaire sans aucune aide ?

« — Je n'ai pas encore l'âge de la retraite.

« — Mais ça ne saurait tarder. Qui va prendre le relais ? Votre frère n'avait pas d'autre enfant en dehors de Maria, alors je suppose qu'il n'y a personne de ce côté-là ?

« — J'ai mon petit-fils.

« Je n'ai rien dit, je me suis contenté de le regarder. Je ne m'étais pas beaucoup trompé dans mon estimation des capacités de ce gamin, et dans le silence embarrassé qui a suivi, il s'est gratté la tête et a regardé autour de lui la fabrique délabrée en plissant le front.

« — Il apprendra. Il faudra qu'il apprenne. C'est un gars plein de volonté et j'ai quelques ouvriers fiables sur lesquels il pourra compter.

« — S'ils veulent travailler pour lui.

« — Il faudra bien. C'est mon héritier, après tout.

« — C'est l'un de vos héritiers.

« — Oh, Tina...

« — Je ne pensais pas à elle.

« — Vous voulez parler de ce gosse à la villa ? Ce n'est pas l'enfant de mon fils, vous le savez.

« — Je sais. Mais vous risquez d'avoir des difficultés pour le prouver au tribunal. Il est déclaré sous le nom de Moretti.

« — Mon fils était déjà mort quand ces salauds... Comment ça, au tribunal ?

« — Je veux parler du jour où il réclamera un tiers de votre patrimoine, à votre mort.

« — Il ne peut pas faire ça !

« — Mais si. Mais il n'en a guère besoin. Il possède déjà la moitié de cette fabrique, celle dont vous avez tranquillement pris possession quand votre frère, le père de Maria, est décédé.

« Moretti est devenu vert. J'ignore encore à ce jour s'il feignait l'ignorance, alors qu'il connaissait la situation et pensait s'en tirer à bon compte, ou s'il avait agi en toute bonne foi. Je penche plutôt pour la deuxième solution, si j'en crois sa stupéfaction.

« — Mais Maria était folle, je n'ai jamais pensé...

« — Eh bien, il faut commencer à y penser. Cet

enfant possède la moitié de votre affaire et, à votre mort, il en possédera davantage. C'est aussi la seule personne susceptible de la diriger et de pourvoir aux besoins de vos deux autres petits-enfants, qui en sont incapables. Réfléchissez, Moretti, et donnez-moi votre réponse d'ici la fin de la semaine.

« — Ma réponse... ?

« — Tout à fait. Pour le moment, l'enfant a besoin d'un foyer. Je vous conseille de le lui donner et de le laisser grandir avec son demi-frère et sa demi-sœur. De cette façon, le moment venu... vous me comprenez ?

« Je l'ai laissé abasourdi. Toutefois, il avait mis les choses en branle à la fin de la semaine et en très peu de temps le petit Moretti fut accueilli dans sa famille sans cérémonie. Je l'ai conduit en voiture là-bas. Ça me rappelait la première fois où je l'avais emmené en tournée ; il était blême et raide, et je savais qu'il tremblait. Son petit cœur fragile devait battre la chamade, mais il n'a pas dit un mot ni versé une larme. Je l'ai laissé dans la cuisine, celle-là même où, dans une débauche de sang et d'alcool, l'effroi se mêlant à la confusion, sa frêle vie avait été conçue. Il n'y avait personne pour l'accueillir. Il était midi et les deux enfants se trouvaient encore à l'école. La femme de l'un des ouvriers de Moretti, qui vivait à côté, venait chaque jour leur préparer à déjeuner et faisait un peu de ménage, mais elle n'était pas encore arrivée. Moretti lui-même était occupé à la fabrique. J'avais mes visites à finir, alors je n'ai pas eu d'autre choix que de le laisser là. Quand je l'ai quitté, il attendait, assis sur une chaise, ses petites jambes minces ballantes, le visage blanc comme de la craie et sans expression, et il se cramponnait à un modeste paquet de papier brun contenant quelques vêtements de rechange.

« Je n'ai pas beaucoup dormi cette nuit-là, vous pouvez me croire. Je ne pouvais pas m'empêcher d'imaginer ma propre fillette à sa place...

« Maintenant que j'avais réussi, voilà que je me demandais si j'avais eu le droit d'intervenir. C'est ma femme qui m'a calmé, en observant que la seule alternative aurait été l'orphelinat. Elle avait raison, bien sûr, mais je n'ai pas dormi pour autant. Je ne cessais de le voir assis là-bas, tout seul, en m'interrogeant sur ce qui pouvait bien se passer dans cet étrange esprit déjà un peu adulte qui était le sien.

« Je ne l'ai pas revu tout de suite. J'ai eu d'abord des nouvelles de lui par la femme qui venait aider à la maison. J'étais soulagé de constater qu'elle commençait à s'attacher à lui.

« — Un drôle de bout de chou, c'est certain, dit-elle, mais il est vaillant, faut bien le reconnaître. Je l'appelle mon petit assistant. Il s'est mis à veiller sur les deux autres — qui, entre nous soit dit, ne sont pas tout à fait normaux —, comme s'il était à la fois chien de garde et nounou. C'est comique de les voir, croyez-moi, lui si petit et les deux autres grands lourdauds, aussi empotés qu'à leur naissance. Tout comme leur mère, Maria la folle... elle est morte, vous avez su ? Ça faisait à peine quelques jours qu'ils venaient de la déplacer de la villa. À mon avis, elle a eu un choc, après toutes ces années.

« Ma foi, je m'étais peut-être attendu à ce que les événements prennent ce genre de tournure, connaissant le petit Moretti comme je le connaissais. Malheureusement, ça se déroulait de manière différente à l'école. Je l'ai vu un jour en passant devant la cour de récréation. Il se tenait debout, adossé au mur de l'établissement, seul, et observait les autres qui couraient dans tous les sens, comme il les avait contemplés ce fameux jour dans le square. Il semblait isolé, mais il n'était peut-être pas malheureux. Il ne savait pas comment jouer, et peut-être que c'était trop tard pour apprendre. J'ai décidé que la prochaine fois que je passerais dans le coin, je trouverais le temps de me renseigner auprès de l'institutrice.

« Lorsque je l'ai fait, les nouvelles n'étaient pas bonnes. Son influence était jugée perturbatrice pour ses camarades. Imaginez ma surprise ! Je m'attendais à ce qu'elle me dise qu'il se tenait en retrait, ne se mêlait pas aux autres, etc., mais pas à cela. Cependant, l'enfant était si détaché du groupe que, souvent, lorsqu'elle faisait la leçon, il se levait et s'en allait regarder par la fenêtre ou tentait même de quitter la classe. À l'évidence, il n'était pas mal intentionné mais tout à fait incontrôlable, si bien que, naturellement, les autres enfants l'utilisaient comme une distraction bienvenue. Il n'apprenait rien et l'enseignante estimait qu'il était retardé et aurait été ravie de s'en débarrasser. Je lui ai demandé si ses camarades le malmenaient, compte tenu de sa petite taille pour son âge. La question a paru la gêner. Plusieurs incidents s'étaient produits dans la cour de récréation.

« — Ils ont découvert qui il était, vous savez...

« — Que voulez-vous dire au juste ?

« — Qu'il était allemand. Au début, ils se sont contentés de l'entourer en se moquant de lui, puis ils se sont mis à le frapper. Il n'a pas réagi, ne s'est pas défendu et ne l'a confié à personne.

« — Il n'en a parlé à personne ? Mais il devait bien y avoir une assistante de garde.

« C'était, semble-t-il, la raison de son embarras. Voilà tout ce qu'elle a répondu :

« — Il y a beaucoup de gens par ici qui n'ont que faire des Allemands.

« — On n'est donc pas intervenu ? Quand vous en êtes-vous rendu compte ?

« — Lorsqu'une assistante s'est plainte du grand frère de Moretti... son demi-frère, devrais-je dire. Il avait corrigé deux gamins. On a découvert qu'ils avaient agressé le petit. L'assistante n'avait pas pu l'arrêter et avait dû demander de l'aide. Le gros Beppe, comme tout le monde l'appelle, est énorme pour son âge et fort comme un taureau, mais lent et d'ordinaire docile, et ne crée jamais d'ennuis. Toutefois, il était fou de rage et l'assistante terrifiée.

« — Eh bien, au moins ça les a définitivement empêchés de brutaliser le petit Moretti.

« — J'imagine. Mais d'une manière ou d'une autre, cet enfant est source de problèmes et n'apprend rien ici.

« Je dois avouer qu'en un sens j'étais content d'apprendre que Moretti soit défendu par cette grosse brute de demi-frère. Ça signifiait déjà qu'il faisait partie de la famille. Mais il ne fait aucun doute qu'au fil du temps c'est toujours Moretti qui l'a défendu. C'est un faible d'esprit et les gens ont pris l'habitude de le taquiner. Ils peuvent lui faire croire n'importe quoi et sont toujours prêts à se moquer facilement à ses dépens.

« C'était néanmoins décevant de découvrir que le petit Moretti n'apprenait rien en classe, car j'étais convaincu qu'il était doué, plus que la moyenne.

« Il n'a pas tardé à apprendre une chose, en revanche : il pouvait faire l'école buissonnière tant qu'il voulait et s'en tirer à bon compte. Le vieux s'en moquait et lui signait son carnet d'absences sans trop sourciller.

« L'année suivante, la situation s'est un peu améliorée. Sa nouvelle institutrice s'est davantage intéressée au cas du petit Moretti et a découvert que le gosse était un vrai génie en mathématiques. En deux ou trois mois, il avait expédié le manuel scolaire et, ensuite, c'est devenu un vrai casse-tête de lui trouver de quoi s'occuper. Il n'a guère progressé dans les autres matières, cependant, et lorsque est arrivée la fin de l'école obligatoire pour le petit Moretti, il l'a quittée en sachant tout juste lire et écrire, et sans diplôme, pour travailler à la fabrique.

« C'est évident qu'il a gâché ses chances là-bas, du

moins en théorie, mais il l'ignore et ne s'est jamais plaint de son sort, ce qui est fondamental dans une vie. Ce bref moment de gloire, lorsque son intelligence s'est soudain manifestée à travers son génie pour les mathématiques, n'est probablement qu'un vague souvenir pour lui, si toutefois il s'en souvient. Sa personnalité n'a pas changé depuis le premier jour où je l'ai vu s'affairer sur un géranium, le front plissé par la concentration. Une fois dans la faïencerie, il a consacré toute sa formidable énergie à devenir un céramiste chevronné et, lorsque le vieux est parti en retraite, Moretti était non seulement prêt à reprendre l'affaire mais à la développer. Il s'est mis à produire des jarres, en plus des tuiles et des tuyaux de drainage, et cette production s'est tellement développée qu'elle a pris le pas sur le reste. Il exporte dans toute l'Europe depuis sa fabrique délabrée. Je me demande souvent ce qu'il serait devenu dans d'autres circonstances...

« Il a placé toute l'énergie qui lui restait dans l'attention portée à ses encombrants frère et sœur... non pas que le frère lui ait jamais causé d'ennuis ; il n'est pas capable d'aider à diriger l'affaire, comme je l'avais deviné, mais il travaille nuit et jour, exécute les tâches les plus lourdes. La pauvre Tina posait davantage de problèmes. Elle lui a donné beaucoup de soucis au fil des années, mais il les défendrait tous les deux jusqu'à la mort, tel un chien de garde féroce, comme cette femme l'avait dit autrefois. Il s'est marié — je suppose que vous le savez — de façon typique, à savoir qu'il a épousé une jeune fille sortie de l'orphelinat, qui n'avait pas un seul parent au monde, ni un sou vaillant. Quelqu'un d'autre sur qui veiller, quelqu'un d'autre à aider. C'est le petit Moretti tout craché. Il semble que ça se soit bien passé, ma foi, et ils ont une petite fille. Dès qu'il a pu se le permettre, il a pris un appartement en ville et a cessé de vivre à la faïencerie. Son logement n'est pas grand, je crois, mais il m'a confié qu'il y aurait toujours de la place pour son frère — Tina se trouvait chez les religieuses à ce moment-là —, et je me suis demandé comment sa jeune femme prendrait la décision, car le gros Beppe ne correspond pas à l'image classique de celui que tout le monde souhaiterait avoir à la maison, mais je suppose qu'il passe quatre-vingt-dix pour cent de son temps terré à la fabrique, sans déranger qui que ce soit. Depuis qu'il a réussi à caser Tina, c'est devenu une plaisanterie courante de se demander s'il trouverait une fiancée consentante pour son frère un peu retardé, mais ça n'est pas encore arrivé.

« Je suis là à jacasser et j'en oublie complètement de vous parler de Robiglio, qui vous intéresse davantage, je présume, que tous ces ragots de famille. Inutile de vous dire qu'il a disparu après la nuit où l'on a assassiné Pietro Moro. Je pense qu'il est parti vers le nord et j'ai découvert par la suite qu'il avait été enrôlé dans la GNR peu de temps après. Lorsque l'approche des Alliés est devenue menaçante, son père a gagné le nord aussi et, à la fin de la guerre, il a réussi à passer en Suisse... il a eu plus de chance que Mussolini... mais le vieux Robiglio était un personnage insaisissable, bien plus que son fils a jamais réussi à l'être. Comme je le disais, le jeune Ernesto a disparu après cette nuit-là et la fabrique et la maison des Robiglio, toutes deux endommagées par les bombardements, sont restées désertées pendant des années. Puis, au début des années soixante, j'ai reçu une lettre de lui. Ce n'était pas une grande surprise, je dirais, bien que j'aie été étonné de sa rapidité, qui signifiait à l'évidence qu'il était bien informé sur ce qui se passait par ici. La missive, voyez-vous, est arrivée dans le mois qui a suivi le décès du vieux Moretti. Les deux seuls témoins oculaires de sa trahison se trouvaient hors d'état de nuire et il souhaitait revenir et relancer son affaire. Le seul obstacle, selon lui, c'était moi. Il savait fort bien que j'avais suivi ses activités pendant la guerre. Je l'avais souvent aperçu se faufiler dans les rues, après le couvre-feu, pour manigancer je ne sais quoi, et il avait peur de moi. Il m'a fallu longtemps réfléchir et, quand j'ai enfin arrêté ma décision, je lui ai fait ce qui pourrait vous sembler une étrange requête. Je lui ai demandé à toutes fins utiles une confession, c'est-à-dire que j'ai exigé qu'il m'écrive le compte rendu détaillé des événements de cette fameuse nuit, en incluant le rôle qu'il avait joué, tandis que je lui donnais ma parole que je n'avais pas l'intention de le dénoncer ouvertement. Ne vous méprenez pas, mon intention n'était pas de le faire chanter et je le lui ai dit. J'avais le sentiment qu'il y avait eu assez de sang versé et de colère, assez d'âpres représailles à l'issue de la guerre. Toutefois, si Ernesto revenait, je savais qu'en peu de temps, avec les moyens dont il disposait, il serait en position de force en ville et, à ce stade, il n'aurait qu'à attendre ma mort pour se proclamer saint homme sans quiconque pour s'opposer à lui. Cette idée me restait en travers de la gorge. Peut-être n'avais-je aucun droit d'agir comme je l'ai fait, mais j'en suis satisfait, et s'il est élu maire, je le serai d'autant plus. Je risque fort de ne pas vivre aussi longtemps que lui, mais cette lettre oui, et il n'a aucun moyen de savoir entre quelles mains elle tombera lorsque j'aurai disparu. Je ne dis pas qu'elle le contraint à rester dans le droit chemin, mais elle l'empêchera de faire davantage de tort à cette ville.

« Eh bien, voilà. Il est revenu, a reconstruit son usine et sa maison, puis s'est marié. Son vieux père est mort depuis longtemps, bien sûr.

« Pendant des années, je les ai observés, Ernesto Robiglio et le petit Moretti, tandis qu'ils travaillaient, se développaient et gagnaient la confiance de la ville. Moretti l'a obtenue naturellement, parce qu'il ne se mêlait pas aux autres, faisait du bon travail et payait correctement, s'occupait de sa famille et ne nuisait à personne. Robiglio y est parvenu avec son argent. Je me suis demandé plus d'une fois si leurs chemins finiraient par se croiser. À propos, nul autre que moi n'a jamais posé les yeux sur cette lettre. Moretti est au courant. Lorsque le vieux est décédé et qu'il a repris l'affaire, je l'ai fait venir ici et je lui ai dit la vérité au sujet de sa naissance. Je lui ai aussi parlé de la confession écrite, lorsqu'elle est arrivée. J'ai pensé qu'il était en droit de savoir.

« Et à présent, je suppose que je dois vous confier la vérité sur cette affaire de terrain qu'il a acheté à Robiglio en guise de dot pour Tina. J'essaye d'être juste. Le jeune Moretti a beaucoup d'importance à mes yeux, vous l'aurez compris, j'en suis sûr, mais je ne fais pas de lui un saint et je préfère que vous sachiez vraiment de quoi il retourne, plutôt que vous imaginiez le pire.

« Tout d'abord, quoi qu'en disent les gens, l'idée de ce marché avec le terrain et Tina ne vient pas de Moretti mais de l'habile signor Untel qui l'a épousée. Moretti était certes acculé ; il ne voulait pas que sa sœur soit placée dans un asile, mais ne pouvait guère la prendre chez lui. Outre son comportement, ils attendaient leur enfant à cette époque-là et manquaient de place dans l'appartement. L'ironie du sort voulait qu'il se retrouve dans la situation qui fut la mienne, quand je lui cherchais un foyer. Quoi qu'il en soit, il est venu me voir et m'a raconté toute l'histoire, la proposition de ce paysan avide, selon laquelle Moretti achèterait un lopin de terre à bas prix à Robiglio en guise de dot, sous prétexte que, selon le paysan, Robiglio "lui devait une faveur"... à Moretti, je veux dire. Au centre de toute l'affaire, il y avait la lettre. Le paysan n'était pas au courant de son existence, il connaissait seulement l'histoire par ouï-dire, mais Moretti était au courant et il est venu me la demander.

« J'ai refusé. J'avais de l'affection pour lui et je le

lui ai dit, mais j'ai refusé. J'ai déclaré que s'il pensait que c'était la meilleure solution, il pouvait essayer de convaincre Robiglio de vendre, de toute manière, sans user de subterfuge.

« — Je ne peux me permettre d'acheter, m'a-t-il dit. Je me suis endetté avec l'appartement et je viens d'embaucher un nouveau tourneur. Puis il y a cet enfant en route.

« — Je ne peux pas t'aider, ai-je répondu. Pas de cette façon. Ce serait du chantage.

« — Pour une bonne cause.

« — Mais du chantage quand même.

« — D'après ce que vous m'avez dit, ce n'est rien de plus que ce qu'il mérite !

« — Je ne le ferai pas, Moretti.

« — Alors pourquoi avez-vous souhaité avoir cette lettre, si vous devez ne jamais vous en servir ?

« — Pour empêcher Robiglio de faire davantage de mal, pas pour lui faire du mal à lui.

« — Vous savez ce qui va arriver à Tina ?

« — Je ne le ferai pas. Va voir Robiglio. Dis-lui que tu veux ce terrain et pourquoi. Demande-lui de t'accorder de petites traites. Au pire, il dira non. Mieux vaut toujours choisir d'abord la manière simple. Je ne dis pas que ça marchera. S'il ressemble à son père, il n'a aucune conscience, c'est pourquoi je lui en ai inventé une et je la garde enfermée à clé dans un tiroir. Malgré tout, tente le coup. Et pour ce qui est de te devoir une faveur, c'est vrai que tu lui dois sans doute ta propre existence dans ce monde. Que tu considères cela comme une dette envers toi ou envers lui, c'est à toi d'en décider. Si ça ne marche pas, envoie-moi cette vieille canaille qui veut Tina, et nous verrons si je parviens à le calmer avec la promesse d'un terrain futur, quand tu en auras les moyens. Mais je te préviens d'une chose : ne tente pas d'intimider Robiglio en prétendant que tu peux mettre la main sur cette lettre, car il viendra aussitôt s'en assurer auprès de moi et je nierai.

« Eh bien, peu importe ce qu'il a dit à Robiglio, mais il semble que ça ait marché. Il a pu acheter ce terrain par versements échelonnés. Bien que je l'aie moi-même suggéré, j'en ai été le premier surpris, et, pour ne rien vous cacher, j'ai eu quelques doutes sur la façon dont Moretti s'était débrouillé. À tel point que j'ai passé un coup de fil à Robiglio. Je voulais être sûr qu'il n'ait pas subi des menaces concernant cette lettre. Robiglio m'a assuré que Moretti n'en avait pas fait mention.

« — Nous avons trouvé un accord à l'amiable, m'a-t-il dit.

« Je n'avais pas le droit d'insister pour connaître les termes de leur contrat, s'ils ne concernaient ni moi-même ni la lettre, et j'ai donc dû en rester là. J'ignore ce que les autres ont pu penser de ces conditions. Ils ne les connaissent sans doute pas non plus. Ces lettres anonymes, comme je l'ai déjà dit, visent toutes la même chose : le nazisme et le fascisme. Aux yeux de ces gens-là, Robiglio est le fils de son père et Moretti celui du sien aussi. La haine raciale ressemble à un volcan. Les flammes de la grande éruption de la dernière guerre sont peut-être éteintes, mais elles couvent sous les cendres. Rien n'a changé. Elles ont seulement besoin d'un prétexte : la dépression économique, les droits acquis menacés, quoi que ce soit, et le volcan est prêt à les recracher. Vous l'avez vu de vos yeux dans le microcosme de cette petite ville. Tant que tout est paisible, nous sommes hospitaliers et polis envers les acheteurs allemands qui viennent acquérir nos céramiques et envers les touristes allemands qui louent nos maisons de campagne. Mais voilà qu'une jeune fille est assassinée et l'on attise les vieilles flammes.

« J'avoue que je ne vous envie pas la tâche qui vous incombe. J'espère vous l'avoir facilitée en vous confiant la vérité sur ce que recouvrent ces lettres anonymes, ne serait-ce que pour éliminer celles qui sont hors de propos. Je ne peux en faire davantage. J'ignore qui était cette jeune Suissesse et ce qui se passe entre Moretti et Robiglio, à présent. Je peux seulement vous promettre que tout comme j'ai refusé à Moretti cette confession écrite voilà des années, pour l'aider à installer Tina, j'ai refusé tout aussi fermement de la lui remettre hier dans cette même pièce. Je ne sais pas pourquoi il la veut maintenant, il a refusé de me le dire, bien que j'aie tout fait pour le découvrir. Peut-être en avez-vous une idée vous-mêmes. N'est-ce pas la raison de votre visite ?

CHAPITRE VIII

La voiture cahotait sur des nids-de-poule qui semblaient ne pas exister à l'aller. Niccolini roulait trop vite.

— Bon sang, je conduis comme un fou ! Excusez-moi.

Un tracteur tenta de déboucher d'un verger sur leur droite.

— Holà, non !

Il écrasa son klaxon.

— Recule, mon gars, on est pressés !

Peut-être n'aurait-il pas pu expliquer la raison de leur hâte si quiconque la lui avait demandée. Personne ne l'interrogea, certes pas Guarnaccia, silencieux et mal à l'aise derrière ses lunettes noires, mais il ne se plaignit même pas quand il décolla de son siège ; et pour une fois il était ravi de la fougue de son collègue qui tendait à soulager ses sentiments. Ils n'avaient pas encore échangé une parole au sujet du récit qu'ils venaient d'entendre, mais il savait, comme par un accord tacite, qu'ils se dirigeaient chez Moretti et que le temps pressait. Plutôt que d'enquêter sur un meurtre, ils allaient peut-être devoir tenter d'en empêcher un autre.

— Fichus feux... ils vont passer au rouge... Je le savais !

Le véhicule ne s'arrêta pas tout à fait mais freina et continua à avancer tout doucement. L'adjudant, qui se sentait lourd et indolent, incapable de toute action logique, lorgna la grosse botte qui jouait sur l'accélérateur et la main gantée qui pianotait sur le volant avec impatience, et il songea : « Dieu merci, l'enquête est sous sa responsabilité, car il est dégourdi et efficace, il peut prendre des décisions et rassembler les faits. » Quant à Guarnaccia, il avait la tête pleine d'images animées, où se mêlaient celles qu'il avait vues de ses yeux et celles que le récit du médecin évoquait, mais toutes ralentissaient peu à peu, jusqu'à former des tableaux silencieux. Un vilain petit garçon en train de cueillir une tête de géranium fanée dans un jardin embaumant le citron ; Maria étendue, bras et jambes écartés, sur la table de la cuisine ; un visage pâle qui observait à la fenêtre de la maison aux sept WC ; Berti, gris et fluet, qui rampait hors du trou noir du four céramique et passait par-dessus les briques effritées de la gueule de l'engin ; les doigts de Berti faisant tourner sa fine brosse sous le tracé de laquelle des motifs apparaissaient comme par magie. Pourquoi Berti ? Pourquoi penser à lui, si on pouvait appeler cela penser ? C'est Moretti qui importait, Moretti vers lequel ils filaient, tandis que le feu passait au vert et que la voiture bondissait, plaquant Guarnaccia au fond de son siège. Moretti qui... Allaient-ils l'arrêter ou le protéger ? Peut-être que le moment était venu d'appeler le capitaine. C'était bien joli de collecter des informations éparses, mais il fallait quelqu'un de doué pour donner du sens à tout cela. En attendant, il y avait au moins Niccolini qui agirait, plutôt que de rester assis là bêtement, avec la tête pleine d'images en désordre...

— Grâce à Dieu, vous êtes là, c'est tout ce que je peux dire.

Mais c'était Niccolini qui avait parlé.

— Moi... ?

— Si vous n'aviez pas songé à placer la fabrique de Moretti sous surveillance...

L'adjudant ne répondit pas. En vérité, il avait complètement oublié.

— Je suis inquiet, je peux bien vous l'avouer... Allons, allons, accélère ou dégage ! Il a fallu qu'on choisisse le moment où tous les gens rentrent déjeuner ! Je n'aime pas ça. Je n'aime pas ça. Vous vous rendez compte que tout le monde en ville sait ce qu'on vient de découvrir ? Il pourrait y avoir du grabuge. Vous ne dites rien. Vous pensez que j'exagère ?

— Non, non...

— Ma foi, vous êtes drôlement calme. Qu'est-ce qui vous arrive ? dit Niccolini en l'observant à la dérobée. Vous avez l'air d'une poule en train de couver.

— Quoi ?

— Vous me faites penser à ma femme quand elle était enceinte de neuf mois. Eh bien, tout ce que j'espère, c'est que vous couvez des idées lumineuses qui résoudront toute l'affaire.

— Je n'ai jamais d'idées.

— Voyons, il suffit de vous regarder pour savoir que quelque chose vous tracasse. Je suppose que ces histoires de guerre vous ont retourné. Frasinelli ne s'arrêtait plus de parler, pardi. Mais je dois admettre qu'il a fait son effet. C'est curieux comme on peut souvent entendre de tels récits de façon générale et rien en penser. Vous voyez ce que je veux dire... quelqu'un lâche une remarque : « Untel a été tué par les Allemands pendant la guerre... Untel est revenu de la guerre pour découvrir sa femme engrossée par un soldat ennemi... » et ça ne signifie rien, ça vous passe au-dessus de la tête. On était trop jeunes, je suppose. Mais cette histoire-là... ma foi, c'est différent quand on connaît les gens. Tout ce que je peux dire, c'est que je suis content que Moretti ait un alibi... Regardez ce pont, par exemple...

Ils traversaient celui qui menait à la grand-place, avec son garde-fou en métal jaune vif.

— ... Quelqu'un a dû me dire un jour qu'on l'avait bombardé et que le nouveau avait été construit après la guerre, puisque je le sais, et je n'y ai pas réfléchi à ce moment-là, mais c'est peut-être le sergent en colère et ses hommes qui l'ont fait sauter en partant... Non mais, regardez-moi cet imbécile ! C'est ça, lève les bras au ciel parce que tu ne peux plus faire marche arrière, maintenant que tous ces abrutis t'ont suivi. Bravo ! Tu bloques toute la place et on ne peut pas tourner à gauche ! Le hic, dans ce pays, c'est qu'il est peuplé d'anarchistes et de velléitaires, eux-mêmes gouvernés par des bandits. Ils avancent, Dieu merci ! Mais quand on pense aux Allemands, peut-être qu'on est mieux lotis qu'eux. Je me plais à croire que je n'ai pas de préjugés, mais dès qu'on se met à réfléchir... Frasinelli a raison. Je suis ravi que Moretti ait un alibi. Je n'aimerais pas me mettre à l'épreuve sur cette affaire de préjugés...

Au bout d'un moment, Guarnaccia prit la parole :

— *Nous* savons qu'il a un alibi.

Et Niccolini d'accélérer de plus belle.

— Vous pensez comme moi, alors, qu'il pourrait bien y avoir du grabuge. Ce truc peint sur son mur, c'était moche. Malgré tout, on peut comprendre, sachant qui était son père, peu importe lequel. Vous savez ce qu'on dit, *le sang parlera*... Ma foi, il a un alibi, point final.

Ils avaient quitté le centre-ville et passaient à toute vitesse devant les rangées de jarres et les piles de tuiles et de tuyaux de drainage, lorsque Guarnaccia fit sa seconde remarque, presque d'un air absent, son esprit fourmillant de ces images désordonnées.

— Ils ont pris quelle voiture ?

— Hein ?

— Quelle voiture ils ont prise ? Moretti et ses

clients. Vous avez dit qu'ils ont fait le tour des fabriques ensemble. J'aurais pensé qu'ils avaient pris les deux véhicules, le sien et le leur...

— Je n'ai pas demandé. Pourquoi ?

— Parce que s'ils n'en ont pris qu'un seul... quand ils ont eu fini de déjeuner, ils ont dû retourner à la faïencerie, avant de se séparer. C'est de là qu'ils sont partis... Soit les clients soit Moretti devaient aller récupérer une voiture.

— Bon sang ! Et je n'ai jamais pensé à demander. On y est. De toutes les choses idiotes, ne pas penser à celle-là ! S'il est revenu ici après le déjeuner... ma foi, c'est le premier truc à faire, le lui demander. Il ne peut pas me mentir, parce que je peux vérifier auprès des clients. Venez !

Niccolini avait déjà ouvert la portière, mais son collègue posa la main sur son bras.

— Attendez.

— Quoi ? Qu'est-ce qui se passe ?

— Attendez. Il y a quelque chose qui cloche.

— Tout ce qu'on a à faire, c'est lui poser la question. S'ils ont pris les deux voitures, il est hors de cause.

Mais Guarnaccia fixait des yeux la terrasse de l'usine et n'écoutait pas.

— Attendez là.

Il sortit et regarda à la ronde. Le camion était toujours garé sous le mur de la terrasse, rempli de pots protégés par de la paille. Une grande jarre rouge était posée sur le mur, comme s'il n'y avait pas de place pour elle. Hormis l'absence des hommes qui avaient chargé le véhicule et la présence du fourgon des carabiniers garé devant, rien n'avait changé depuis le moment où l'adjudant était passé tôt ce matin-là. Il s'avança et dit un mot aux deux gars dans le fourgon, qui haussèrent les épaules et secouèrent la tête. Il revint vers la voiture où Niccolini fronçait les sourcils, l'œil aux aguets.

— Allez-vous enfin me dire ce qui se passe ?

— J'en sais rien. Faites demi-tour et placez-vous devant la maison de Robiglio.

Niccolini était trop stupéfait pour protester. Ils s'arrêtèrent devant les grilles de chez Robiglio.

— Alors ?

Il n'y avait personne en vue, aucun visage à la fenêtre cette fois, mais une Mercedes blanche stationnait devant la demeure.

— Cette voiture, c'est la seule qu'il possède ?

— Non, il en a une petite toute cabossée, que la bonne utilise pour faire les courses.

Guarnaccia sortit et alla appuyer sur la sonnette, près du portail, en se courbant un peu pour écouter l'interphone.

— Oui ?

— Le signor Robiglio est-il chez lui ?

— Oui. Qui dois-je annoncer ?

— Peu importe.

Il se redressa et remonta dans le véhicule. Au bout de l'allée, ils virent la domestique ouvrir la porte d'entrée et regarder en direction des grilles.

— Il est toujours là, déclara l'adjudant. Il a pourtant tenu à ce qu'on sache qu'il partait en Suisse aujourd'hui, et il n'est pas parti.

— Il a changé d'avis, suggéra Niccolini, ou il a été retardé.

— Ce camion devant chez Moretti était déjà bien chargé quand je suis passé ce matin, il y a trois heures et demie. Il n'est toujours pas parti non plus.

— Et qu'est-ce que tout ça signifie ?

— J'en sais rien. Retournons chez Moretti.

L'adjudant ne proposa aucune explication et son visage demeurait inexpressif derrière ses lunettes de soleil. Quelques secondes plus tard, ils se retrouvaient derrière le camion.

— Est-ce qu'on entre ?

À la lumière de cette nouvelle version de son collègue, Niccolini avait perdu de son ardeur. Il ne protesta même pas quand il n'obtint aucune réponse. Ils restèrent assis là, tandis que les voitures filaient sur la route.

Au bout d'un moment, l'adjudant soupira et murmura dans sa barbe :

— J'en sais rien...

— Qu'est-ce qu'on va faire ? dit Niccolini en pianotant de nouveau sur le volant.

— Attendre, je suppose...

— Attendre quoi ? On ne peut pas demeurer là le reste de la journée !

Mais ils n'attendaient pas depuis longtemps lorsque Moretti apparut sur la terrasse au-dessus. Il y resta à peine quelques secondes à regarder en bas, mais Guarnaccia était ravi de profiter de l'occasion pour l'observer d'un œil neuf, en cherchant à réconcilier son idée du petit orphelin chétif mais très précoce d'autrefois avec l'homme sous pression et agressif d'aujourd'hui. Ce ne fut pas difficile, même dans cet instant fugace, avant qu'il ne disparaisse à nouveau de la terrasse, où seule demeurait la grosse jarre ventrue qui semblait monter la garde.

L'adjudant regarda autour de lui. Sur sa gauche, le haut mur noir de la voie ferrée. À droite, la fabrique et, derrière, un champ avec la décharge de tessons. Il plissa le front.

— Y a-t-il un endroit pas très loin où on peut garder un œil sur l'usine ?

Niccolini balaya aussi les alentours du regard, mais parvint à la même conclusion que son collègue.

— Si vous voulez dire un lieu où l'on peut observer sans être vus, non.

— Humm... Et chez Robiglio ?

— Chez Robiglio... mais qu'est-ce que... ?

— Est-ce qu'on peut surveiller sa maison sans qu'on nous voie ?

— Peut-être qu'on le pourrait depuis la Via del Fosso...

— Faites signe à vos gars de nous suivre.

Niccolini tourna et chercha à se faufiler dans la circulation, puis klaxonna dès qu'il put voir le fourgon garé devant le camion. Il déboîta et les deux véhicules avancèrent, tournèrent, et dépassèrent les grandes grilles.

La Via del Fosso était une ruelle étroite qui s'amorçait sur la droite, à une certaine distance de la maison de Robiglio, mais elle ne tarda pas à décrire une courbe en montant. Ils durent s'arrêter à deux ou trois reprises, avant de trouver un poste d'observation qui leur permettait de voir à la fois l'arrière de la demeure et le portail en façade.

— Ça vous convient? s'enquit Niccolini.

— Oui, mais garez-vous plus loin et revenez à pied. Il n'est pas idiot et risquerait de repérer quelque chose, même à cette distance.

L'adjudant resta sur place, tandis qu'ils dissimulaient les véhicules, et se pencha un peu en avant, les bras écartés et ses grosses mains posées sur un petit mur de pierre. Vue d'en haut, la maison de Robiglio paraissait plus grande qu'il ne l'avait jugé, vue d'en face. Il contempla la route très fréquentée qui passait devant et la voie de chemin de fer qui formait un coude derrière elle et s'éloignait vers la ville. Entre les deux, il y avait la place pour un jardin assez vaste et un champ étroit.

— Malgré tout, murmura Guarnaccia à part lui, ce n'est pas un emplacement idéal pour une maison de ce genre.

On avait à l'évidence construit la route et la voie ferrée longtemps après la bâtisse.

— Et puis il risque d'avoir du mal à la vendre à cause de ça. En tout cas, c'est pas là que je choisirais de vivre, si j'avais de l'argent, avec sept toilettes ou sans. C'est fou d'être connu pour ça... et le fascisme.

— Prenez un morceau de chocolat.

Niccolini était de retour et l'avait rejoint près du muret.

— Du chocolat ?

— Il faut du carburant pour faire tourner le moteur. On n'a rien avalé de la journée et, bien que je ne prétende pas savoir ce que vous avez en tête, j'ai comme l'impression qu'on ne va pas manger. Tenez. J'ai toujours une réserve dans la voiture. Une fringale peut survenir n'importe quand. J'ai donné à mes gars une tablette chacun, ils attendent dans le fourgon. Bon, si vous me mettiez au courant, maintenant... Qu'est-ce qui se passe ?

— J'en sais rien. J'ai juste le sentiment qu'il *devrait* se passer quelque chose et qu'on l'a empêché en postant vos gars devant chez Moretti toute la journée. Je suppose que rien ne peut empêcher quelqu'un de charger un camion et de le laisser stationner... mais Robiglio reste là aussi. Ils attendent quelque chose et je me suis dit qu'ils attendaient peut-être qu'on s'en aille.

— Et on est partis, à présent.

— Oui, en effet. Il se passe quelque chose entre ces deux-là, comme le Dr Frasinelli l'a pensé à juste titre. Quelque chose qui ne convient pas à Moretti, sinon il n'aurait pas souhaité utiliser cette lettre... Tiens, le voilà.

L'adjudant ôta ses lunettes noires et scruta vers le bas en plissant les yeux.

— Peut-être que votre vue est meilleure que la mienne...

— C'est lui, exact. Même à cette distance, je reconnais sa façon de marcher. Vous le voyez en train de s'arrêter devant les grilles ? Il regarde autour de lui, pour s'assurer qu'on est vraiment partis. Bon, et maintenant ?

— On va descendre là-bas, en prenant notre temps.

Tandis qu'ils rejoignaient la route principale, l'adjudant dut plus d'une fois répéter la dernière partie de sa remarque, car Niccolini ne cessait d'accélérer, inquiet de ce qu'ils pourraient manquer, et, à la fin, Guarnaccia, contaminé par l'angoisse de son collègue et craignant tout compte fait ne pas être dans les temps, ne l'exhorta plus à ralentir.

Il n'était pas certain de ce qu'il espérait, sauf peut-être qu'ils pourraient surprendre une conversation utile, si les deux hommes se retrouvaient confinés dans le bureau de Moretti. Sur ce point, il fut déçu. Les deux individus se tenaient sur la terrasse, au-dessus du camion chargé, mais ils étaient plongés dans une telle dispute qu'ils ne distinguèrent pas tout de suite le bruit des véhicules en train de s'arrêter parmi la circulation ininterrompue sur la route. L'adjudant était déjà sorti avant Niccolini et assez vite pour entendre Moretti hurler d'une voix hystérique :

— Je ne peux plus continuer ! J'ai déjà assez d'ennuis comme ça et vous ne pouvez pas me forcer. Vous ne pouvez rien contre moi, sinon vous vous incriminez vous-même !

— Je vais faire mieux, je vais te liquider, toi et ta sale petite usine !

Les quatre hommes en uniforme gravirent l'escalier de la terrasse en courant, et Niccolini se mit à brailler quelque chose, mais les deux adversaires, qu'ils aient entendu ou non, étaient trop engagés dans leur querelle pour s'arrêter, en dépit du danger évident d'une altercation aussi publique.

— Essayez un peu ! criait le petit Moretti, la figure aussi rouge que les taches sur ses vêtements dépenaillés, tandis que sa frêle poitrine se soulevait. Essayez et vous allez le regretter !

— Ne te fais pas d'illusion ! Un homme dans ma situation n'a rien à craindre d'un minable comme toi !

Ils se tenaient face à face, prêts à en venir aux

mains. Entre eux deux, sur la droite, la grosse jarre ventrue se dressait sur le petit mur. Elle avait une bavure de vernis blanc sur le bord et Guarnaccia la remarqua en songeant à Berti et à ses assiettes.

« S'il voit ne serait-ce qu'une tache de vernis sur sa marchandise... »

Il se dit que c'était peut-être la raison pour laquelle l'objet n'avait pas été chargé avec les autres, mais il n'eut guère le temps d'y réfléchir, car Niccolini, qui s'était glissé entre les deux individus, lui masquait la jarre.

— Ça suffit !

Les deux jeunes carabiniers encadraient Moretti, mais sans le toucher, alors que son corps vibrait comme une ligne à haute tension. Tous les yeux étaient rivés sur la silhouette frêle, tachée de rouge, et les policiers furent stupéfaits lorsque Robiglio s'interposa en lançant les bras en l'air avec rage.

— Hors de mon chemin, nom d'un chien ! C'est quoi, ce cirque ?

Malgré son poids, Niccolini fut poussé de côté, tandis que le bras droit de Robiglio accrochait le bord de l'énorme jarre, qui alla s'écraser sur la pile, dans le camion au-dessous. Des tessons rouges jaillirent dans toutes les directions et un fragment pointu vint érafler la joue de Moretti. Niccolini recouvra vite l'équilibre et abattit la main sur l'épaule de Robiglio, lequel se débattit aussitôt :

— Comment osez-vous poser la main sur moi ! Mes avocats vous donneront de mes nouvelles !

— Ah oui ? Excellente idée, car vous aurez besoin de vos avocats avant la fin de la journée. Dans la voiture, tous les deux. On va discuter de ça dans mon bureau.

— Il n'en est pas question !

— Non ? Eh bien, comme il vous plaira. Soit vous m'accompagnez calmement, soit je vous place en état d'arrestation pour agression, destruction préméditée de la propriété de Moretti ici présent, et outrage à un agent de la force publique. À vous de choisir, mais décidez-vous. Alors ?

Tout en observant la scène en silence à quelques pas de là, l'adjudant se dit qu'il n'aimerait pas contrarier Niccolini. Les yeux de son collègue étincelaient de menace et les veines de ses tempes palpitaient sous la colère. Robiglio en vint peut-être à la même conclusion car, après qu'il eut émis quelques protestations moins destinées à être prises au sérieux qu'à préserver sa dignité, le groupe commença à s'en aller. Moretti tenait un mouchoir sur la joue qui saignait en abondance. L'adjudant s'écarta pour les laisser passer, mais en haut des marches Moretti hésita et se tourna vers la fabrique.

— Je ne peux pas... Je ne peux pas m'en aller comme ça... Il va falloir que je le dise à mon frère. Quelqu'un doit surveiller ce qui se passe ici...

— Accompagne-le, ordonna Niccolini à l'un de ses gars, et ne le perds pas de vue.

Les autres continuèrent à descendre.

Robiglio et le carabinier qui l'escortait approchèrent du véhicule de Niccolini. Mais ce dernier désigna le fourgon en agitant le pouce.

— Mets-le à l'arrière et reste avec lui.

— Il ne va pas apprécier, marmonna l'adjudant en montant dans la voiture.

— Ça lui fera les pieds.

Niccolini s'était calmé aussi vite qu'il était parti en vrille. À présent, il fit un clin d'œil à Guarnaccia :

— Notre ami a eu la vie trop facile. Pour une fois, il en bavera un peu. On prendra Moretti avec nous.

Ce dernier descendit l'escalier avec le jeune carabinier sur ses talons. Une fois dans le véhicule et tandis qu'ils roulaient avec le fourgon dans leur sillage, Guarnaccia sentit si fort la tension muette de Moretti dans son dos qu'il ne put s'empêcher de se souvenir du récit du Dr Frasinelli au sujet de sa première sortie avec l'enfant hors de la villa, évoquant combien celui-ci tremblait sans dire un mot, en regardant droit devant lui.

Ce qui poussa l'adjudant à se retourner. Il jeta certes un coup d'œil sur Moretti, mais regarda aussi la fabrique, l'emplacement où la jarre solitaire ne se trouvait plus, la bâtisse délabrée derrière, puis la grande cheminée dont le sommet était visible, maintenant qu'ils s'éloignaient.

— Ils cuisent encore... murmura-t-il en voyant une torsade de fumée s'élever.

Et il lorgna de nouveau Moretti, dont les yeux paraissaient alors devenir vitreux et aveugles. Puis tout le monde fut projeté en avant quand Niccolini donna un coup de frein. Le fourgon manqua les percuter à l'arrière. En réponse à la circulation bloquée, des coups de klaxon frénétiques se mirent à retentir en série, mais Niccolini bondit hors de la voiture et leva la main.

— Guarnaccia ! Venez avec moi !

Il s'interrompit le temps d'ouvrir la portière arrière et de projeter sa tête sous le nez du jeune carabinier qui le dévisagea, éberlué.

— Je t'ai dit de ne pas le lâcher d'une semelle !

— Mais c'est ce que j'ai fait. Il a juste parlé à son frère comme il l'a dit...

— Et il lui a demandé d'allumer le four ?

— Oui...

— Guarnaccia !

Ils durent aussi stopper la circulation dans l'autre sens, afin de pouvoir traverser la route à la hâte. Faire demi-tour aurait été plus long. Ils rebroussèrent chemin en courant lourdement en silence, l'adjudant haletant dans le sillage de Niccolini, avant de le rattraper sur les marches de la terrasse.

Il n'y avait personne dans la salle de cuisson et ils

n'avaient pas le temps de trouver qui que ce soit. Niccolini coupa toutes les arrivées de gaz et se mit à démonter la porte en briques de ses mains gantées. On n'avait pas cimenté les briques avec de l'argile et elles étaient à peine tièdes.

— Ils cuisent encore ! Il n'a pas une seule fichue pièce à cuire, sauf ce qu'il veut cacher. Trouvez de l'eau !

Il n'y avait pas de robinet sur place et Guarnaccia se précipita à côté, dans l'espoir de dénicher un évier. Il trouva l'homme silencieux qui travaillait en solitaire sur son tour de potier, les pieds enfouis sous les déchets rouge sombre. Il n'avait peut-être pas bougé depuis la dernière visite de l'adjudant. Il ne broncha pas à présent, mais suivit Guarnaccia des yeux sans cesser de travailler.

— Dépêchez-vous !

La grosse voix de Niccolini résonnait dans les salles hautes.

Le seul seau que put trouver l'adjudant contenait une pâte rougeâtre au fond, mais il le remplit et le rapporta dans la salle de cuisson. Niccolini s'en empara et lança l'eau par la brèche qu'il avait créée, en toussant sous la fumée et la vapeur qui s'en échappèrent.

Dès qu'ils purent s'approcher, ils ôtèrent davantage de briques, afin de pénétrer dans le four.

— J'ignore ce que c'est, dit Niccolini, tandis qu'ils scrutaient dans la pénombre la masse fumante sur le sol du four, mais ce n'est pas le bout de vêtement manquant auquel je m'attendais.

— Non.

Ce n'étaient pas des vêtements. Le tas était quasiment calciné, mais on reconnaissait, malgré l'eau rouge boueuse qui les décolorait, une liasse de billets de banque.

Guarnaccia parcourait le couloir de long en large,

une tasse de café à la main. Il était cinq heures de l'après-midi passées et on avait allumé la lumière quelques instants auparavant sans qu'il s'en aperçoive. Chaque fois qu'il passait devant la porte du bureau de Niccolini, il entendait la voix du capitaine, grave et insistante, interrompue de temps à autre par les inflexions plus nerveuses de Niccolini, mais rarement par une réponse de Moretti. Derrière la porte voisine une discussion plus animée battait son plein entre la brigade financière, qui venait d'arriver, Robiglio et son avocat. Guarnaccia entendait ces voix en marchant derrière les portes, mais ne les écoutait pas. Quiconque le voyant faire lentement les cent pas, les yeux dans le vague, aurait dit qu'il était plongé dans la réflexion. En vérité, aucune idée ne lui traversait l'esprit. Quoi qu'il en soit, personne n'avait le temps de prendre la peine de l'observer, car le modeste poste n'avait jamais connu pareille agitation. Si la situation paraissait plus paisible maintenant, c'était en grande partie parce que Robiglio s'était beaucoup calmé, sans doute sur les conseils de son avocat, le temps que le capitaine arrive de Florence en compagnie des deux fonctionnaires de la brigade financière et soit mis au courant. Auparavant, Niccolini avait commis l'erreur de parler conjointement à Robiglio et à Moretti de la liasse de billets. Lorsque Robiglio avait compris que l'argent avait été brûlé, il s'était jeté sur le petit Moretti et l'avait brutalement frappé à l'œil, avant qu'on ait pu l'arrêter. Ensuite, on les avait placés dans des pièces séparées et Moretti, avec sa joue pansée et sa nouvelle entaille à l'arcade sourcilière qui saignait un peu, s'était mis à table, mais uniquement dans le but d'incriminer Robiglio, tout en se protégeant lui-même. Il admit que Robiglio lui avait demandé d'exporter l'argent qui était le fruit du jeu clandestin et que Robiglio avait l'intention de le récupérer, une fois de l'autre côté de la frontière. Il expliqua même que les billets devaient être emballés sous la paille, dans la jarre marquée qui n'avait jamais été chargée dans le camion, en définitive.

— Pourquoi donc ?

— Parce que vos hommes sont arrivés et se sont garés juste devant chez moi.

— Sinon vous auriez agi comme il vous le demandait ?

— Non !

— Allons, Moretti, vous aviez accepté l'argent et le pot était déjà marqué.

— Il essayait de me forcer la main, mais je ne l'aurais pas fait. Je ne l'ai pas fait, d'ailleurs, et vous ne pouvez pas prouver le contraire.

— Vous ne l'avez pas fait parce que mes gars se trouvaient là, vous l'avez dit vous-même. Toutefois, vous aviez l'argent en votre possession et cela nécessitera quelques explications quand les agents des finances seront arrivés.

— Ce n'était pas le mien. Il l'a déposé là-bas.

— À votre insu ?

— Oui.

— Mais vous avez su où le dénicher, quand vous avez paniqué et décidé de le brûler.

— Ce n'est pas vrai.

— Vous l'avez mis dans le four.

— Ce n'est pas moi. C'est lui qui a dû le mettre !

— Vous avez donc demandé à votre frère d'allumer le four sans rien dedans ? Un peu extravagant, je trouve. Arrêtez de me faire perdre mon temps, Moretti. C'est comme ça que vous lui remboursiez le verger, non ? Pour la dot de votre sœur ?

— Non.

— Vous le payiez comment, alors ? Vous étiez endetté, à l'époque.

— Je l'ai payé par traites.

— Vous avez les reçus ?

— Il ne m'en a donné aucun.

— Quelle confiance ! Vous avez au moins les talons de chèques ?

— Je... non. Je le réglais en liquide.

— Tous les combien ? Tous les mois ?

— Non... oui, tous les mois.

— Dans ce cas, on peut vérifier avec votre banque, et ils pourront nous montrer les retraits qui correspondent à ces règlements.

— Non ! Non... Je... Je le payais directement sur l'argent de la société que j'encaissais.

— Vous avez des clients qui règlent en liquide ? Bien, bien. Ce ne sera pas plus difficile de vérifier vos factures et de voir quel montant n'était pas versé à la banque. Combien ?

— Combien... ?

— Oui, combien lui régliez-vous chaque mois ?

— Je... je ne me souviens pas. Ça dépendait.

— Ça dépendait ?

— De ce que je pouvais me permettre de verser...

— Quel homme généreux et compréhensif, notre ami Robiglio ! Qui l'aurait cru ? Vous êtes un imbécile, Moretti, vous le savez ? Vous ne lui avez jamais rien versé, parce que vous n'aviez pas les moyens. Vous faisiez passer régulièrement à l'étranger les recettes de jeu de Robiglio et, à chaque voyage, il déduisait une certaine somme de votre dette pour le verger.

— Ce n'est pas vrai.

À ce moment-là, Guarnaccia les abandonna et gagna la salle de garde pour voir si l'un des gars de service pouvait lui trouver une tasse de café. Il se sentait épuisé et savait qu'il ne pourrait pas s'échapper de sitôt. En outre, il était à la fois déprimé et perturbé. Déprimé, car quel que soit le degré d'implication de Moretti dans l'affaire, ses chances dépendaient non pas de lui et de sa plus ou moins grande culpabilité, mais de l'habileté de l'avocat de Robiglio et de la tactique qu'il adopterait. S'il pouvait disculper ce dernier et faire porter le chapeau à Moretti, il le ferait. Mais cette histoire de verger, la dispute devant témoins, et l'œil au beurre noir infligé ici même, dans le bureau de Niccolini, lui rendraient la tâche ardue. Son seul espoir était probablement de maintenir qu'il n'y avait aucune charge à réfuter, ce qui signifiait qu'ils devaient tirer Moretti du pétrin en même temps que Robiglio. Quelle que soit la solution, elle ne correspondait pas à l'idée que Guarnaccia se faisait de la justice. Mais ce n'était pas son problème, il ne pouvait qu'accomplir sa tâche au mieux de ses capacités.

Ce qui le perturbait, c'est l'idée qu'il n'avait même pas fait son travail. Même s'il était vrai, comme le pensait le capitaine, que la jeune Suissesse avait découvert ce qui se manigançait à la fabrique, beaucoup de détails restaient à élucider dans ce domaine. Le corps abandonné sur la décharge, par exemple. Cela pouvait peut-être désigner Moretti ou était peut-être voulu pour désigner Moretti. Mais après avoir vu l'argent brûler dans un four à céramique vide, il devenait impossible de ne pas penser que la décharge avait pu servir de mesure provisoire, car le meurtre avait coïncidé avec un jour de cuisson qu'on ne pouvait guère reporter sans soulever les soupçons. Une fois les pots déchargés... peut-être pendant la nuit... Mais non, ça semblait trop bizarre, trop prémédité ! On pouvait se débarrasser d'un cadavre dans un puits, dans un fleuve, n'importe où, lorsqu'on était en proie à la fièvre et à la panique qui suivaient un assassinat, mais une chose pareille, seul un fou pouvait l'accomplir.

L'adjudant cessa de marcher un instant, pour poser le front contre la vitre froide de l'unique fenêtre du couloir qui donnait sur la place. Il faisait nuit à présent et un vent glacial soufflait par rafales de fines gouttelettes de givre sur la vitre. Elles s'y accrochaient une seconde, avant de fondre. Les prémices de la première neige. Sous les réverbères de la place, la tête de bronze du partisan prenait une lueur orange foncé. Le corps de Guarnaccia se contracta, tandis qu'il posait sa tasse sur le rebord de la fenêtre et observait attentivement en plissant le front. Il y avait quelque chose de curieux sur cette statue. On avait suspendu une sorte de panneau autour de son cou. L'adjudant ne pouvait lire ce qu'on y avait inscrit, mais à mesure que ses yeux s'habituaient à l'obscurité, il se rendit compte que la place grouillait de gens. Il ne les avait pas remarqués plus tôt, pour la simple raison qu'ils se tenaient immobiles et regroupés. La plupart d'entre eux regardaient les fenêtres de la caserne. Il n'entendait rien, ce qui rendait leur présence d'autant plus sinistre. Impossible de savoir depuis combien de temps ils étaient là, dans la froidure nocturne de novembre, mais nul doute que les auteurs des lettres anonymes se trouvaient parmi eux. Dans le lot, on pouvait peut-être compter certains de ceux qui, autrefois, s'étaient trouvés sur cette même place, par un matin d'été ensoleillé, lorsque les mouches bourdonnaient autour du cadavre mutilé de Pietro Moro. Guarnaccia frissonna. Seul un fou pouvait avoir tenté de violer une jeune fille innocente, avant de l'étrangler et d'envisager de brûler le corps dans un four, et nul ne pouvait nier qu'un dément se cachait bel et bien parmi cette foule silencieuse et menaçante. Là-dehors, pas ici même. Moretti n'avait rien d'un aliéné, de toute évidence... et malgré son corps nerveux, il était si petit. Comment aurait-il pu tuer une grande jeune fille en pleine santé, sans qu'elle parvienne au moins à lui griffer le visage ? Robiglio était un homme bien plus costaud, un homme qui avait bousculé le robuste Niccolini, comme il aurait chassé un insecte importun. Mais cela signifiait qu'il fallait suivre l'hypothèse du capitaine... Et le viol, ou la tentative de viol ? Il l'avait dit lui-même au jeune Corsari : « ... quelqu'un n'a pas apprécié d'être un peu aguiché... » Mais un homme normal ne violait pas ou ne tuait pas pour autant. Malgré tout, on ne pouvait pas oublier Robiglio le fasciste... avec ce qu'il avait fait pendant la guerre... S'agissait-il d'actes normaux ? Où était la limite ?

Guarnaccia s'était remis à faire les cent pas et il s'arrêta pour ouvrir la porte du bureau de Niccolini. Il sentait qu'il avait besoin de regarder à nouveau Moretti, comme pour se rassurer. Il se faufila dans la pièce et s'assit dans un coin, près du caoutchouc en pot. Le capitaine posait patiemment et méthodiquement une série de questions, basées sur les notes qu'il avait prises durant le briefing. Il donnait l'impression de n'aboutir nulle part. L'atmosphère était telle que lorsque l'adjudant s'était absenté : froide et tendue. Niccolini était assis auprès du capitaine et un des jeunes carabiniers tapait rapidement à la machine avec deux doigts, sur une petite table dans un coin.

— Comment la fille a-t-elle découvert le pot aux roses ? Est-ce qu'elle a vu quelque chose ? Surpris une conversation ?

— La fille n'a rien à voir là-dedans. Comment aurait-elle pu ? Ce n'est qu'hier que Robiglio m'a demandé de prendre cet argent...

— Et les autres fois ?

— Il n'y en a pas eu d'autres.

Le capitaine montrait des signes d'impatience.

— Quel type de relations entreteniez-vous avec Monica Heer ?

— Il n'y avait pas de relations. Je la laissais venir s'exercer sur un tour de potier de temps en temps, rien de plus.

— Est-ce vrai que vous passiez souvent à l'atelier de Berti, lorsqu'elle s'y trouvait, que vous avez dit à votre sœur que vous trouviez cette fille séduisante ?

— Non.

— Votre sœur a confié à l'adjudant Guarnaccia ici présent que c'était le cas.

— Ma sœur n'est pas normale. En outre, je ne la vois jamais. J'avais l'habitude de le faire, mais je n'apprécie pas la façon dont son mari la traite, et mes visites ont toujours créé des ennuis.

— Selon elle, elle vient souvent vous voir, le jeudi, quand son époux sort jouer au billard.

— Ce n'est pas vrai. Je la vois deux fois par an, à Noël et à Pâques. Ce ne serait pas juste envers ma femme de devoir la supporter plus souvent, ni pour ma petite fille.

— Elle a déclaré, je cite : « Je vais voir mon frère, il veut bien que je lui parle. »

— Je vous l'ai dit, ma sœur n'est pas normale.

— Un grand nombre des autres choses qu'elle nous a confiées se sont révélées justes.

— Je n'y peux rien. Elle ne met jamais les pieds chez moi, sauf deux fois par an. Vous pouvez demander à mon épouse.

— Elle ne met donc jamais les pieds à votre domicile. Passe-t-elle vous voir à la fabrique ?

— Les jeudis soir, quand son mari est parti jouer au billard ? Je finis mon travail et je rentre chez moi à six heures, six heures et demie au plus tard. N'importe lequel de mes ouvriers peut le confirmer.

— Alors venons-en à quelque chose que vos employés ne peuvent pas confirmer. Le jour où la fille a été assassinée, vous êtes rentré à la faïencerie après avoir déjeuné avec vos clients.

— Je suis rentré chez moi !

— Vous êtes rentré chez vous, mais vous êtes d'abord passé à la fabrique soit pour récupérer votre voiture, soit pour déposer vos clients à la leur. Nous ignorons encore ce qui s'est passé au juste, mais nous le saurons demain en téléphonant directement à ces personnes.

— Ça ne signifie pas que je suis entré dans l'usine.

— Quel véhicule êtes-vous allés récupérer ?

— Le mien.

— La fille se trouvait seule là-bas, en train de travailler. Elle aussi venait de manger, selon l'autopsie, son dernier repas, un sandwich. Saviez-vous qu'elle se trouvait là-bas ?

— Non !

— Je crois que si. Je crois que vous étiez passé chez Berti le vendredi précédent et c'est la raison pour laquelle elle savait que vous cuisiez. Elle le savait, car elle est descendue du car et s'est rendue directement à pied à votre fabrique, sans attendre l'arrivée de Berti. Elle devait être au courant.

— Dans ce cas, Berti avait dû le lui dire !

— Quelqu'un avait dû le lui dire à lui, alors. J'ai cru comprendre que vous cuisez sa poterie ?

— Oui.

— Alors qui a prévenu Berti que vous alliez cuire ?

— N'importe qui a pu le prévenir ! Et n'importe qui a pu s'introduire dans ma fabrique et régler son compte à cette fille ! N'importe qui ! Ce n'est jamais fermé à clé !

On entendit un léger bruissement dans les parages du caoutchouc en pot et Guarnaccia se leva, mais personne ne le remarqua. Ce ne fut qu'une demi-heure plus tard environ, lorsqu'on eut appelé le substitut du procureur pour lui demander de délivrer un mandat d'arrêt et que Moretti tendait les poignets pour qu'on lui passe les menottes, que le capitaine regarda autour de lui, puis ouvrit la porte à la volée en beuglant dans le couloir :

— Mais où diable est passé Guarnaccia ?

CHAPITRE IX

— Le rapport est prêt, mon capitaine.

Le jeune gars à l'entrée de la pièce haletait comme s'il avait couru plutôt que dactylographié à la hâte.

— Merci... non, non, portez ça à l'adjudant Niccolini pour qu'il appose sa signature.

— Il est en bas, mon capitaine, il essaye de trouver une solution pour la foule rassemblée dehors.

— Eh bien, attendez qu'il remonte.

Le capitaine Maestrangelo se tourna vers le substitut du procureur :

— Qu'en pensez-vous ?

— Son avocat n'est pas fou. Je dirais qu'on peut toujours l'assigner à domicile pour le moment. Je n'essayerais pas d'aller plus loin jusqu'à ce que vous ayez davantage de preuves. Maintenant, au sujet de cet autre individu... comment s'appelle-t-il ?

— Moretti.

— Humm... Vous êtes sûr de votre fait ?

— Les preuves sont indirectes pour la plupart, mais il a quasiment reconnu les deux chefs d'accusation, ce sont des aveux partiels. Avec un peu de temps...

— Alors placez-le en garde à vue pour quarante-huit heures et tâchez de décider sous quel chef d'accusation vous souhaitez l'arrêter. J'ai fait poser les scellés sur le four de potier et les techniciens viendront collecter les restes de l'argent demain, même si j'imagine qu'on ne pourra pas retrouver la source...

— Excusez-moi, mon capitaine !

Cette fois, le jeune carabinier avait vraiment couru.

— Que se passe-t-il ?

— L'adjudant Niccolini a besoin de nous en bas. Il essaye de faire évacuer la place, mais il a des difficultés.

— Alors descendez-y tous, sauf l'opérateur radio, et il peut appeler la patrouille à moto.

Maestrangelo suivit le jeune homme dans le couloir, en ajoutant :

— Et dites à l'adjudant Niccolini que le substitut du procureur souhaite lui parler avant de s'en aller.

Il vit alors Guarnaccia. L'adjudant venait de rentrer, apportant avec lui une bouffée d'air glacé, et se tenait là debout, sa casquette à la main, laquelle était couverte de fines particules de givre, comme les épaules de son manteau noir.

— Où diable étiez-vous passé ? s'enquit le capitaine d'une voix irritée, mais sans hausser le ton, afin que le magistrat n'entende pas.

— Je devais parler à la femme de Moretti...

L'adjudant ne fit aucun geste pour déboutonner son manteau, mais demeura là, le visage de marbre.

— Ça aurait pu attendre. On en a suffisamment sur les bras ici. Niccolini aurait apprécié un coup de main de votre part.

— Ils s'en vont maintenant. Vous avez arrêté Moretti ?

— Nous le plaçons en garde à vue pour quarante-huit heures. Vous feriez mieux de nous rejoindre dans le bureau de Niccolini, si vous pensez qu'on n'a pas besoin de vous dehors.

— Où est-il à présent ?

— Moretti ? En cellule.

— Je crois que je ferais mieux de lui parler...

Le capitaine allait perdre son sang-froid, mais il se ravisa à temps. Il avait déjà vu cette expression, ou plutôt cette absence d'expression, sur le visage de Guarnaccia.

— Quelque chose ne va pas ?

— Non... non... Tout va bien maintenant. Malgré tout, je n'ai pas fait du bon travail dans cette affaire. Je ne suis pas compétent... j'aurais dû me douter que... Si ça ne vous fait rien, je ferais mieux de ressortir, une fois que j'aurai vu Moretti.

Il se coiffait de sa casquette et Maestrangelo se rendit compte que l'adjudant ne demandait pas la permission de partir... il s'en allait, ignorant la présence de son officier supérieur, comme s'il ne l'avait pas vu. En vérité, il paraissait vraiment parler tout seul, tandis qu'il tournait les talons et poussait la porte donnant sur l'escalier.

— Ça m'a tout de suite frappé la première fois qu'il a déclaré que la fabrique n'était jamais fermée à clé, et puis j'ai oublié... je me suis un peu ridiculisé.

Et il avait disparu.

Niccolini montait bruyamment les marches deux par deux et criait au jeune carabinier qui avait peine à le suivre :

— Bon sang, j'en aurais volontiers mis quelques-uns à l'ombre, si j'avais eu la place... et je donnerais cher pour savoir qui a informé les journaux... Ah ! Guarnaccia ! Vous voilà enfin ! Qu'est-ce qui se passe ? Où allez-vous cette fois-ci ?

Et il se retourna pour regarder l'adjudant qui descendait lourdement l'escalier et marmonnait quelque chose d'incompréhensible dans sa barbe.

Il n'y avait que deux cellules dans le sous-sol peu éclairé. Moretti se trouvait dans celle de gauche, assis au bout du lit étroit, face aux barreaux, la tête dans les mains. Il la releva en entendant les pas de l'adjudant, découvrant un visage exsangue et un cœur qui battait la chamade dans la poitrine chétive.

— Je suis passé voir votre femme.

— Comment va-t-elle ?

— Elle est assez calme, en définitive.

— A-t-elle... a-t-elle dit quoi que ce soit ?

— Pas grand-chose. Elle n'en a pas eu besoin. Chaque chose en son temps. Je n'ai pas insisté. Quand je le lui ai demandé, elle a en effet admis qu'elle avait invité votre voisin sur votre conseil, afin que vous soyez vus en train de prendre le café ensemble. Je ne lui en ai pas demandé beaucoup plus, à part ça.

Moretti fixa le visage impassible de Guarnaccia.

— Vous savez, n'est-ce pas ?

— Je sais. Qui d'autre est au courant ?

— Pour de bon, uniquement Sestini...

— Vous auriez mieux fait d'écouter son conseil, plutôt que de vous battre avec lui.

— Il ne comprend pas, personne ne comprend.

— Je crois que vous vous trompez ; quoi qu'il en soit, une fille innocente est morte. Sestini avait raison de vous attaquer, mais après tout, il ne vous a pas dénoncé, alors vous vous montrez injuste envers lui en disant qu'il ne comprend pas.

— On essaye d'aider les gens, on fait ce qu'on peut...

— Mais il y a des gens qu'on ne peut pas aider. À présent, le mieux que vous puissiez faire, c'est de nous aider.

— Je ne peux pas...

Moretti laissa retomber sa tête dans ses mains et se mit à se balancer d'avant en arrière, tel un enfant bouleversé.

L'adjudant le considéra un moment, en notant pour la première fois que les cheveux roux grisonnaient aux tempes. Puis il reprit doucement :

— Non, non... vous avez raison. Pour une fois, quelqu'un doit vous aider.

Il vit que Moretti paraissait respirer avec difficulté et il s'inquiéta au sujet de son cœur.

— À votre place, je m'allongerais un peu.

Mais la silhouette recroquevillée ne broncha pas.

Dehors, sur la place, le calme était revenu. Seul vestige de l'agitation, l'affiche qui pendait toujours au cou de la statue du partisan, où on lisait : « DESCENDS, PIETRO MORO, ON A TOUJOURS BESOIN DE TOI ICI. » Nul doute qu'elle serait en photo dans le journal du lendemain. L'adjudant monta dans sa voiture et démarra. Niccolini avait raison : les préjugés, c'était quelque chose de terrifiant. Pendant toutes ces années, personne n'avait rien eu à reprocher à Moretti, mais dès qu'il avait des ennuis, tout le monde se rappelait son sang allemand.

Dans l'obscurité, l'adjudant faillit manquer la fabrique et s'arrêta au dernier moment. Il sortit du véhicule. L'endroit était désert même dans la journée, hormis le passage continu des camions, et à présent l'on n'entendait aucun bruit à l'exception du vent vif de novembre qui gémissait autour de la haute cheminée se profilant sur le ciel étoilé. Il dut gravir l'escalier à l'aveuglette. La porte était close par une barre en bois qu'il put facilement lever. Une fois à l'intérieur, il trébucha sur des sacs d'argile et tâtonna le mur quelques instants avant de trouver un interrupteur. Il songea alors qu'il devait forcément exister une autre entrée, mais il n'avait aucune envie de ressortir dans le froid glacial pour la chercher. Il faisait déjà assez froid ici. Il passa d'une pièce à l'autre aussi vite que possible, en allumant et en regardant autour de lui. Il trouva le chemin du four et constata qu'on y avait replacé les briques à l'entrée et apposé des scellés. Dans la salle voisine, Guarnaccia s'étonna presque de ne pas trouver le petit homme silencieux à son tour de potier. Sa blouse était là, posée sur son tabouret, et l'empreinte de ses chaussures apparaissait distinctement dans les rubans rouges qui s'entassaient autour du poste de travail. Les pas de l'adjudant résonnaient sur le sol de briques nues. Tandis qu'il poursuivait sa visite, il n'éteignit pas derrière lui, mal à l'aise à l'idée de laisser tout cet espace ténébreux dans son sillage. Il songea même que ce n'était peut-être pas très sage d'être venu seul. Néanmoins, il continua à marcher d'une allure régulière.

Dans la salle où œuvraient les céramistes, d'autres tabliers tachés jonchaient les sièges des tours, nettoyés après la journée de travail. Une dizaine de nouvelles jarres s'alignaient sur une table, toutes identiques, encore lisses et humides. Cette fois, lorsqu'il parvint à l'escalier en bois, il ne pivota pas pour le gravir. Il était quasi certain de trouver ce qu'il cherchait au rez-de-chaussée. Malheureusement, au-delà de l'escalier, il se retrouva dans une partie de la fabrique qui lui était inconnue et il ne tarda pas à se perdre. Quand il ouvrit une porte et tomba sur une pièce déjà allumée, il s'arrêta net, les nerfs à vif, pour se rendre compte qu'il l'avait déjà traversée, ce qui signifiait que le couloir qu'il avait suivi l'avait presque ramené à l'escalier d'où il était parti. Impossible de se tromper ; il avait déjà vu ces grands bacs remplis d'eau, avec l'argile sombre au fond, de même que la longue table au centre, avec une sorte de boudineuse, dont on avait bouché l'extrémité en l'entourant d'un sac en plastique. Il revint sur ses pas. Il faisait de son mieux pour marcher discrètement, mais c'était impossible dans un pareil silence de mort. Il erra encore quelque temps, avant de trouver une porte qu'il était sûr de ne pas avoir encore essayée. C'était un panneau de fortune, fabriqué à l'aide de planches qui avaient pourri vers le bas, sans doute à cause de l'humidité que dégageait l'argile dans ce secteur. Il n'y avait ni serrure ni poignée, et seule une ficelle enroulée à un clou planté dans le chambranle la tenait plus ou moins close. Il ouvrit en douceur, pour éviter qu'elle ne grince trop, puis plongea son regard dans le noir. Il avait beau palper les murs de part et d'autre de ce passage, il ne découvrit aucun commutateur. Celui-ci devait se trouver à l'autre bout. Guarnaccia n'avait pas d'autre choix que de se débrouiller avec la lumière de la pièce derrière lui. Lorsque ses yeux s'accoutumèrent à l'obscurité, il se retrouva à mi-parcours d'un couloir carrelé poussiéreux, où ses pas résonnaient plus que jamais, en dépit de ses efforts.

— Qui est là ?

Il stoppa net. La voix provenait de l'autre côté d'une porte, à l'extrémité du corridor. Sans répondre, il s'y rendit aussitôt et frappa.

— Qui c'est ? Tina ?

La diction était lente et maladroite, comme si l'homme venait d'être arraché à un profond sommeil.

— Ouvrez, Moretti.

Peut-être l'allusion à Tina lui fit-elle ajouter :

— Je suis venu vous parler.

Pas de réponse, mais un grincement de ressorts laissa supposer qu'on se redressait sur un lit.

— N'ayez pas peur, je suis venu pour vous parler.

Et comme il s'y attendait, la porte n'était pas fermée à clé. Il l'ouvrit doucement.

Il lui sembla naturel de pénétrer dans la cuisine. Il devait y avoir d'autres pièces dans ce coin de la fabrique, où la famille avait vécu autrefois, mais c'était celle à laquelle le récit du Dr Frasinelli l'avait préparé et, pour l'essentiel, elle ressemblait à l'idée qu'il s'en faisait. Un poêle noir rouillé se dressait contre le mur du fond, un lourd buffet abîmé croulait sous toutes sortes de cochonneries, tandis qu'on apercevait une bouteille de vin et un verre sale sur la table en bois placée au centre, et à un bout de celle-ci un gros morceau de terre glaise, voisin d'une tête grossièrement modelée. Elle était grotesque, avec une bouche béante, comme celles que Guarnaccia avait vues ce premier jour sur l'appui de fenêtre, à proximité du four. Les gros yeux de l'adjudant parcoururent rapidement la pièce. Dans son fatras actuel, elle n'exprimait que trop bien la violence dont elle avait été le théâtre, avec Maria allongée sur la table en désordre, les bras et les jambes en croix. Il n'y avait plus d'éclaboussures de sang sur les murs désormais, seules les taches jaunes de l'humidité et du manque d'entretien. Dans un angle, un vieux lit métallique, sur lequel était pelotonnée une imposante silhouette, à demi cachée sous une couverture élimée et fanée.

— Moretti... murmura l'adjudant, tandis que son regard croisait les petits yeux effrayés, enfoncés dans la chair épaisse.

Il ignorait à quel visage rattacher le nom jusqu'à ce qu'il le voie, mais il reconnaissait à présent le bonnet de laine posé par terre, près du lit, à côté d'une paire de bottes maculées d'argile, auxquelles il manquait un lacet. L'individu était totalement chauve. Il avait vieilli aussi précocement que sa sœur.

Les petits yeux l'observèrent avec méfiance, tels ceux d'un animal incapable de décider s'il allait attaquer ou prendre la fuite.

— Mon frère m'a dit que vous ne viendriez pas me chercher. Il a dit qu'il ne répéterait pas.

— Il n'a rien répété. Est-ce ici que vous vivez tout le temps, non pas avec votre frère ?

— Ici, ça me plaît. Je vais chez mon frère pour manger et regarder la télévision, mais ça me plaît mieux ici. Il faut que je surveille la fabrique.

Pas étonnant que Moretti n'éprouve pas le besoin de fermer l'établissement à clé avec cette créature qui montait la garde. L'homme paraissait enfoui dans une sorte de torpeur et ne témoignait aucune hostilité face à cette intrusion. Guarnaccia campait toutefois près de la porte et ne s'aventura pas plus près du lit défait.

— Qu'est-ce que vous allez me faire ?

— Rien. Personne ne va vous faire du mal. Peut-être que vous devriez vous habiller.

Le colosse remua lentement et la couverture tomba par terre. Il portait de longs sous-vêtements en laine, jaunis par le temps et tachés d'argile rouge aux poignets et au cou. Il s'assit sur le bord du lit étroit, qui grinça sous son poids, et se pencha en avant, mais ne ramassa pas ses vêtements qui gisaient en tas contre le mur ; il se contenta d'extraire des cigarettes et des allumettes de dessous la pile. L'adjudant l'observait avec une certaine angoisse. L'homme était bâti comme un taureau et, à l'évidence, une telle masse de muscles n'avait aucun mal à déplacer de gros sacs de terre glaise humide — comme Guarnaccia l'avait vu faire — ou à supprimer une jeune fille... À l'école, on l'appelait le gros Beppe...

Et le gros Beppe alluma une cigarette. Ses mains ne tremblaient pas, mais il regardait autour de lui, comme ahuri.

— Vous feriez mieux de vous vêtir, répéta gentiment Guarnaccia.

— Pour quoi faire ? Vous avez dit que vous ne me feriez rien. Ce n'était pas de ma faute. Demandez à mon frère.

— On va le lui demander. Je veux que vous m'accompagniez maintenant pour lui parler. Il a besoin de votre aide.

L'individu se borna à le fixer d'un air abruti, sans comprendre.

— Vous l'avez déjà aidé dans le passé, vous vous rappelez ? Il y a longtemps, quand vous étiez à l'école et que les autres le taquinaient. Vous l'avez aidé et à présent vous devez l'aider à nouveau.

Peut-être ne se souvenait-il pas de l'incident. En tout cas, il demeura assis là, à fumer en grattant son large poitrail. Au bout d'un moment, il réitéra avec une funeste intensité :

— Ce n'était pas de ma faute.

L'adjudant prit le risque de s'approcher et posa la main sur l'épaule solide du gros Beppe.

— Tout va s'expliquer. Mais d'abord, on va aller voir votre frère.

Une écœurante odeur de sueur et d'argile s'échappait du corps vigoureux. Guarnaccia aperçut un bout de revue qui dépassait de dessous la couverture. Inutile d'en voir davantage pour deviner de quoi il s'agissait.

— Votre sœur vient vous voir ici, n'est-ce pas ?

— Elle vient me parler.

— Et elle vous apporte ces magazines ?

— Elle les trouve chez Berti. Il...

— Oui ?

— Il a dit que la fille... Il a dit qu'elle le ferait avec n'importe qui, mais moi, elle m'aimait bien.

— Est-ce que vous alliez souvent là-bas, à l'atelier de Berti, voir la jeune fille ?

— Elle me souriait toujours. Elle aimait bien causer avec moi, et Berti a dit... il m'a raconté les choses qu'il lui avait faites, là-bas dans l'atelier.

— Il mentait, Moretti. Vous comprenez ? Il ne faisait que vous taquiner.

— Non, c'est vrai. Elle était là et elle l'a entendu.

— Mais elle ne le comprenait pas.

— Les choses qu'il disait...

— Elle ne comprenait pas. C'était une étrangère qui ne comprenait pas tout ce qu'on racontait.

Guarnaccia remarqua, soulagé, que son interlocuteur commençait à tripoter, d'un air absent, la pile de vêtements.

— Elle m'aimait bien, alors pourquoi est-ce qu'elle... Berti a dit qu'elle viendrait me voir et elle l'a fait.

— Elle venait travailler, Moretti, c'est tout. Berti se moquait de vous.

— Vous ne comprenez pas. Elle m'aimait bien. Je lui ai dit qu'elle pouvait venir ici manger ses sandwiches. Je lui ai fait du café. Si elle le faisait avec tous les autres, alors pourquoi pas avec moi ? Je ne voulais pas lui faire de mal, simplement qu'elle reste tranquille. C'était pas de ma faute, vous pouvez demander à mon frère. Je n'allais pas le dire. Personne ne l'aurait su, mais mon frère est revenu et il a vu... Il était en colère. Il a dit que ce qui était fait était fait, et il m'a emmené chez lui. Il sait que je ne voulais pas lui faire du mal, vous pouvez lui demander.

— On va le faire, on va parler à votre frère.

— Il a toujours dit qu'il me trouverait quelqu'un. Il a trouvé quelqu'un pour Tina. Je voulais quelqu'un pour moi tout seul.

— Enfilez vos chaussures et mettez votre bonnet... il fait froid.

Pourquoi ce lacet manquant devait-il balayer toute crainte chez Guarnaccia et éveiller en lui la compassion ? D'autant qu'il savait qu'on lui retirerait bientôt l'autre lacet, de toute manière.

— Prenez vos cigarettes.

Un bref sursaut de perspicacité animale parcourut le visage du gros Beppe.

— Mais vous allez me ramener bientôt !

— Bien sûr. Mais vous risquez d'avoir envie de fumer, pendant qu'on discute.

La figure redevint docile et stupide. L'adjudant avait le cœur serré devant la misère de toute cette affaire, cette grosse bête humaine, le corps d'une ravissante jeune fille souillé et brisé sous une pile de tessons de poterie, le petit Moretti, frêle et hargneux, qu'une guerre dont il ne savait rien avait projeté dans une pareille situation.

— Allons-y.

Voyant que Beppe tirait un bout de rideau déchiré masquant l'entrée de la cuisine, Guarnaccia l'arrêta.

— On doit repasser par la fabrique. J'ai laissé toutes les lumières allumées.

Il ouvrit la marche dans le couloir carrelé. Ils se trouvaient au pied de l'escalier et il venait d'éteindre, lorsqu'il entendit les pas derrière lui s'arrêter. Il s'immobilisa et sentit la chair de poule lui parcourir le crâne sous sa casquette.

— Qu'est-ce qui se passe ?

— Vous n'allez pas m'enfermer dans la villa ?

— On va seulement parler à votre frère.

— Parce que une fois, quand j'ai frappé Sestini... mon frère m'a dit, il a dit que c'était pas de ma faute et qu'ils ne m'embêteraient plus, il s'en occuperait, mais que si je faisais du mal à quelqu'un, ils m'enfermeraient dans la villa !

— Ne vous inquiétez pas, personne ne va vous faire de mal.

L'adjudant avança lentement et entendit les pas dans son sillage. Ils avaient traversé la salle des tours et se retrouvaient momentanément dans le noir, lorsque Guarnaccia flaira le danger en entendant le bruit d'une sirène au loin. Il fit volte-face, songeant à faire passer l'individu devant lui, et posa une main prudente sur le Beretta dans son holster, mais avant qu'il n'ait eu le temps de tourner complètement les talons, il sentit un violent coup sur la tempe gauche qui le fit chanceler. D'instinct, il leva l'avant-bras pour parer d'autres brutalités, avant de recevoir un coup de pied dans l'estomac qui le fit se plier en deux, le souffle coupé, puis vomir. Il ne voyait rien, sinon des anneaux de lumière miroitant dans une obscurité nauséabonde, mais, tout courbé qu'il était, il se mit à courir, une main cramponnée à son ventre et l'autre tendue pour éviter les obstacles. Il percevait la démarche pesante dans son dos, mais savait qu'il courait plus vite que son poursuivant et, malgré son état de semi-hébétude, il se consola à l'idée qu'un gros godillot sans lacet pourrait fort bien lui sauver la vie. Ce fut alors que sa hanche droite heurta un objet pointu et solide, l'interrompant dans sa course et le courbant davantage. La douleur était si forte qu'il poussa un gémissement, puis il se tut dans l'instant lorsqu'il comprit que l'obscurité qui l'entourait ne résultait pas du choc qu'il avait reçu mais était tout à fait réelle, et que les pas lourds derrière lui avaient cessé. Aveuglé par la souffrance, il avait couru dans la mauvaise direction, en s'éloignant de la lumière et de la sortie, pour se plonger dans un ténébreux labyrinthe où il se perdrait même en plein jour. Il demeura immobile et tâcha de calmer sa respiration haletante. Il ne voyait ni n'entendait rien. Il tendit doucement la main. Elle effleura un morceau de plastique, la grosse extrudeuse, une table.

— Vous voulez m'enfermer dans la villa...

La voix était calme et proche. L'adjudant ne répondit pas. Une sueur froide perla à son front. Allait-il appuyer sur l'interrupteur ? Il avançait, à présent, la botte sans lacet traînant derrière l'autre. Quel besoin avait-il d'allumer alors qu'il passait le plus clair de ses journées dans ces lieux et errait sans doute aussi souvent dans le noir ? À moins que ce ne soit une astuce ? Il devait savoir que l'adjudant était armé. Et il n'y avait certes pas d'autre solution. En l'absence de lumière, Guarnaccia n'avait qu'à attendre que l'autre reprenne la parole pour lui tirer dessus. Avec une lenteur infinie, il baissa sa main droite jusqu'à ce qu'elle effleure le cuir de son holster. Il dégaina le Beretta sans produire le moindre bruit.

— Qu'est-ce que vous faites ?

L'adjudant leva le bras, enclencha la première balle et fit feu. Un cri de rage et de douleur confirma qu'il avait atteint sa cible mais l'avait seulement blessée. On le fit ensuite basculer en arrière, tandis que de grosses mains se refermaient sur sa gorge. Il tenta d'utiliser son propre poids pour repousser son agresseur, mais perdit l'équilibre dès le début et partit à la renverse jusqu'à ce que ses jambes heurtent un objet saillant, qui devait être, selon lui, l'un des grands bacs d'argile. Il tenait toujours le Beretta et s'en servait maintenant pour se défendre ; il tira de nouveau et entendit la balle rebondir sur quelque chose de métallique. L'étau sur sa gorge était inexorable et il sut qu'il n'allait pas tarder à perdre conscience. Dans un ultime effort désespéré, il se débrouilla pour lever un genou et pousser. Tout en agissant ainsi, il comprit qu'il commettait une erreur, sans doute la dernière, car ça ne fit que le déséquilibrer davantage et il bascula par-dessus le bord du bassin, si bien que ses oreilles plongées dans l'eau se mirent à bourdonner. Il avait encore les yeux ouverts mais la réalité commençait à lui échapper, de sorte qu'il ne savait plus trop s'il voyait ou imaginait les yeux minuscules qui étincelaient contre son visage. Sa tête plongea ensuite dans l'eau et s'enfonça dans la glaise visqueuse au-dessous. À travers les tintements de ses oreilles, il perçut un hurlement lointain et, dans une suprême lueur de conscience, fut assez lucide pour se demander s'il émanait de lui.

CHAPITRE X

— Imbécile ! rugit Niccolini en brandissant le poing. Imbécile ! C'est donc ça que vous vouliez ? Finir dans cet endroit ? Vous avez dû perdre l'esprit... Je n'arrive toujours pas à croire que vous ayez fait ça ! On devrait vous interner, ma parole... Tenez, c'est du chocolat... Et quand je pense que j'ai parcouru tout ce chemin en voiture pour vous dire quel crétin vous faites !

— Comment avez-vous pu entrer ?

— J'ai mes méthodes. Comment vous vous sentez ?

— Eh bien...

— Bon. C'est plus que vous ne méritez.

Guarnaccia sourit. Il allait dire qu'il ne s'était jamais senti aussi mal de toute sa vie, mais s'il ne pouvait combattre le bagout de Niccolini dans ses meilleurs moments, il n'allait pas essayer depuis un lit d'hôpital.

Son collègue s'assit sur le bord, ce qui souleva le matelas et fit tressaillir l'adjudant.

— Et maintenant... le mieux à faire, c'est de vous tirer d'ici le plus vite possible. Allez vous attaquer à des maniaques de dix tonnes si ça vous chante, mais tâchez au moins d'éviter les toubibs qui vous achèvent en un rien de temps, si vous les laissez faire.

— Ils me gardent encore ici une semaine sous observation.

— Foutaises ! Vous devez vraiment apprendre à vous défendre... et dans différents domaines.

— J'ai bien peur que vous n'ayez raison. Comment est-ce que j'ai... comment ça se fait qu'il n'ait pas réussi à... ?

— Vous ne savez pas ? Vous voulez dire que personne ne vous a rien dit ?

— Personne. Ils n'ont laissé entrer personne sauf ma femme, et elle a reçu la consigne stricte de ne pas me parler travail. Ils disent : repos complet...

— Et comment voulez-vous vous reposer, si vous ne savez pas ce qui se passe ! Ça n'a aucun sens. Bon, c'est vrai que vous étiez mal en point et que ce n'est pas agréable d'en parler, mais pour résumer, disons que le gros Beppe est mort. On est arrivés là-bas juste à temps, mais on a eu un mal de chien à vous dénicher. C'est une chance que vous ayez tiré, sinon... Mais vous avez dû entendre nos sirènes ?

— C'était vous ? Je savais que je l'avais touché, mais je ne pensais pas que... je l'ai donc tué. C'est ce qu'ils ne voulaient pas me dire.

— Mais pas du tout, répliqua Niccolini, le visage un peu assombri. C'est moi qui ai tiré. Je n'ai pas eu le choix. Personne n'aurait pu le détacher de vous d'une autre façon, et c'était une question de secondes... Pour ne rien vous cacher, j'ai cru que vous n'en réchapperiez pas, en fait. C'est la première fois que j'ai dû agir ainsi et j'espère ne jamais avoir à le refaire, mais c'est comme ça.

— Alors vous m'avez sauvé la vie.

— Pas du tout. C'est le petit Moretti qui vous l'a sauvée. Il a demandé à me voir après votre départ. Personne d'autre ne savait ce que vous maniganciez, mais lui oui, apparemment... lui avez-vous dit ?

— Je lui ai dit que je savais...

— Ma foi, il a dû prendre peur et il voulait me dire de ne pas aller chercher Beppe, sauf si lui venait avec nous, car personne à part lui ne pouvait le contrôler si l'autre devenait violent. Il semble que Moretti ne le laissait pas dans sa propre maison, s'il ne s'y trouvait pas lui-même... c'est pourquoi le frère est resté à l'usine, quand Moretti est allé déjeuner avec ses clients. En tout cas, à ce stade-là, pas besoin de se creuser longtemps la cervelle pour deviner où vous aviez filé, aussi je suis parti à votre recherche avec deux de mes gars. Je vais vous confier autre chose que vous ne savez pas : il y a quelques années, un incident a eu lieu à la fabrique... les hommes taquinaient Beppe comme ils le faisaient souvent, et il s'est rebiffé et s'en est pris à Sestini, en manquant de lui régler son compte. Heureusement que Moretti se trouvait dans les parages, sinon... Quoi qu'il en soit, l'affaire fut réglée entre eux et aucune plainte déposée chez nous. Ils ne l'ont plus taquiné, après.

Guarnaccia ne précisa pas qu'il avait eu vent de l'affaire. Pas plus qu'il ne mentionna que, si les ouvriers de la fabrique n'embêtaient plus le gros Beppe, Berti n'avait jamais cessé. L'adjudant ne se sentait pas d'humeur à aborder le sujet et rien ne pressait en la matière. Il était assez satisfait de savoir qu'après avoir tant tergiversé au sujet de Berti, il pouvait désormais se mettre à le détester pleinement, bien qu'il demeure fasciné par son habileté, un peu comme un oiseau serait fasciné par un serpent.

— Eh bien voilà, conclut Niccolini, en retrouvant son ton jovial. Je suis content de n'avoir pas eu à réfléchir avant de faire ce qui devait être fait. Autrement, le pauvre bougre aurait de toute façon fini ses jours à la villa, et je pense que le petit Moretti en aurait eu le cœur brisé, après tout ce qu'il avait fait pour l'éviter.

— Comment va-t-il ?

— Il s'en remettra. Il a sa femme, sa petite fille, et la faïencerie pour le tenir occupé. Bien sûr, il doit toujours répondre de l'accusation concernant cette histoire d'argent de Robiglio.

— Est-ce qu'on va donner suite à l'affaire ?

— Non, ou alors je ne connais pas Robiglio. Après tout, Moretti n'a avoué qu'un seul incident, et l'argent n'a jamais quitté le territoire. Les avocats de Robiglio vont le tirer de ce mauvais pas... il est assigné à résidence pour l'instant, mais ce genre de personnage possède neuf vies. Il est revenu sur le devant de la scène après la guerre et je parie qu'il sera bientôt en train de parader en ville, comme si rien ne s'était passé. Il va revenir en première ligne, la vermine revient toujours. La seule consolation, c'est qu'il ne se présentera plus aux élections, du moins pas cette fois-ci, en tout cas.

— Mais il y aura une prochaine occasion.

— Oh, sans doute. Tôt ou tard, on aura le plaisir de l'avoir pour maire. Eh bien, j'espère que je serai muté d'ici là. À propos, qui vous remplace ?

— Mon brigadier peut se débrouiller, c'est un gars compétent.

Ils bavardèrent un moment des problèmes quotidiens, mais leurs pensées revinrent inévitablement vers l'affaire qui occupait encore leur esprit.

— Avez-vous jamais découvert le vêtement manquant ? s'enquit l'adjudant.

— Pas la moindre trace. On a fouillé la tanière du gros Beppe, mais j'imagine que quelqu'un s'en est débarrassé aussitôt après, soit lui, soit Moretti.

— Les parents de la fille sont venus ?

— Non. Le corps est acheminé là-bas demain par le train. Le capitaine s'est occupé de tout depuis chez nous. Je crois que l'autre fille va voyager avec le cercueil. Ça ne m'étonnerait pas, elle a subi un sacré choc. Était-elle aussi jolie que son amie ?

— Non, mais elle m'a paru avoir bon cœur, être affectueuse, même si elle semblait un peu bizarre.

Il se demanda vers qui une personne dans sa situation pouvait se tourner, pour trouver du réconfort. Sans doute même pas vers ses parents, à qui elle avait dû cacher la vérité. Il songea au jeune Corsari, ni blanc, ni noir, qui s'était lié avec les deux jeunes filles. La pensée ne lui procura aucun plaisir.

Niccolini, décidé à maintenir une note guillerette, s'était lancé dans le récit d'une autre de ses conquêtes. Il arrivait juste au moment crucial de l'histoire, la voix tonitruante et l'œil vif, lorsque la porte s'ouvrit à la volée et une jeune infirmière en colère apparut.

— Que se passe-t-il ici ? J'entends le vacarme depuis l'autre bout du couloir ! Je croyais que vous aviez deux minutes à lui consacrer pour des questions professionnelles.

— Tout à fait. C'est fini maintenant. J'étais sur le point de m'en aller...

— Est-ce que vous vous rendez compte que ce patient a eu trois côtes fêlées, le fémur fracturé et la gorge abîmée ? Sans parler du choc et de l'immersion ! Je dois vous demander de partir sur-le-champ. Le médecin est en chemin.

Elle sortit comme un ouragan en refermant la porte dans un claquement irrité.

— Jolie fille, commenta Niccolini, l'œil toujours aussi brillant. Pleine d'esprit, aussi, ce qui me plaît toujours. Est-ce la raison pour laquelle vous êtes ravi de traîner ici une autre semaine ? Eh bien, je suppose que je ferais mieux de vous laisser. Mais puisque j'ai fait tout ce chemin pour vous traiter de crétin, je pourrais en profiter pour vous dire combien j'ai été impressionné par votre manière de dénicher la vérité. Pour être honnête, la première fois que je vous ai vu, j'ai pensé que vous ne seriez bon à rien. Vous n'allez pas le prendre mal, hein ? Je me suis dit : « Ce type dort debout. » Vous donnez cette impression... vous n'êtes pas vexé ?

— Non, non...

Il l'était un peu, certes. Dieu sait qu'il en avait pourtant l'habitude. Depuis ses premiers jours à l'école, les gens s'énervaient après lui, parce qu'il avait l'air endormi. Sa femme s'en plaignait souvent aussi. Mais il était navré d'avoir fait une telle impression à son nouvel ami et aurait souhaité avoir ne serait-ce qu'un quart de son énergie et de son entrain.

— Je suis content que vous soyez venu, dit-il à son collègue, qui lui serrait la main avec vigueur, non sans créer un fâcheux effet sur ces fameuses côtes fêlées.

— Suivez mon conseil et rentrez à la maison le plus vite possible... et suivez-en un autre aussi : ne risquez plus jamais votre vie comme ça ! Ça n'en vaut pas la peine. Vous n'auriez arrangé personne en vous faisant tuer. Accomplir son devoir, c'est très bien, mais ne le prenez pas trop au sérieux, car on n'a qu'une vie pour en profiter. Fin des conseils. Tous mes vœux de rétablissement !

Lorsque Niccolini eut disparu, un silence pesant envahit la chambre et Guarnaccia eut tout loisir de se concentrer sur les douleurs conjointes de ses os brisés, de sa gorge tuméfiée, et de la profonde déception que lui inspirait sa propre personne. Il n'avait jamais fait grand cas de l'attitude somnolente qu'on lui reprochait, mais, tout à coup, voilà qu'il s'en inquiétait au plus haut point. Pouvait-il s'agir d'une question d'alimentation ? Peut-être ne se nourrissait-il pas comme il faut. Son regard se posa sur l'énorme barre de chocolat sur le petit meuble à son chevet. Elle devait peser un kilo. Avec quelque difficulté, il parvint à tendre un bras et à l'attraper. Même en casser un morceau lui fit mal, mais il le brisa tout de même et se mit à grignoter d'un air pensif. Pendant qu'il avait beaucoup de temps libre, il pouvait changer de mode de vie, en commençant par faire plus attention à ce qu'il mangeait, et veiller à donner une meilleure impression aux gens, en se montrant plus vivant et plus communicatif. Il allait s'y atteler tout de suite, pendant son séjour à l'hôpital. Il pourrait discuter de cette histoire de diététique avec le médecin, se montrer plus loquace avec cette jolie infirmière qui devait sans doute le juger comme le plus terne des patients qu'elle ait jamais rencontré, et témoigner un plus grand intérêt pour les petites choses dont lui parlait son épouse pour l'égayer.

Dix minutes plus tard, l'infirmière entra, suivie de la femme de Guarnaccia et du médecin, et tous les trois se tinrent autour du lit en l'observant. L'infirmière n'avait aucune intention d'admettre qu'elle avait laissé un visiteur indésirable épuiser son patient et elle eut soin de préciser, en lui prenant le pouls :

— Comme vous le voyez, il souffre beaucoup moins aujourd'hui.

L'adjudant répondit par un aimable ronflement.

Impression réalisée sur Presse Offset par

BRODARD & TAUPIN

GROUPE CPI

La Flèche (Sarthe), 17941
N° d'édition : 3476
Dépôt légal : avril 2003

Imprimé en France